文春文庫

だから荒野

桐野夏生

文藝春秋

だから荒野❖目次

第一章　夜の底にて　7
第二章　逃げられ夫　61
第三章　逃げる妻　123
第四章　世間の耳目　195
第五章　素手で立つ　249
第六章　破れかぶれ　317
第七章　人間の魂　389
解説　速水健朗　455

だから荒野

第一章　夜の底にて

十月二日で、四十六歳になった。

森村朋美《もりむらともみ》は、洗面台の三面鏡に映る自分の顔を、目を凝らして見つめた。

目尻の笑い皺が深くなったかもしれない。口角も下がった気がする。ほうれい線が目立つのはそのせいだろう。

頬骨の上に散らばる茶色いシミが増えた。これは、そばかすではなく、肝斑と言うらしい。女性ホルモンと関係があるそうだから、そろそろ更年期障害が始まるのだろうか。四十六歳ということは、四捨五入すれば五十歳なのだから。

母親の更年期障害は長く、重かったと聞いたことがある。のぼせと発汗とメニエール症候群と鬱っぽい気分の四重苦だった、と。

自分もやがて、人前でのぼせたり、一人だけ顔に汗をかいたり、わけもなく気分が塞《ふさ》いだりするようになるのだろうか。

「いやだなあ、立派な中年になっちゃったじゃないの」

朋美は思わず、鏡の中の自分に向かって声をかけた。

中年どころか、体は確実に老年に向かっているのだ。二の腕のたるみ。腹の贅肉《ぜいにく》。若い頃はぴんと張っていた体型が、日に日に崩れていく。

誕生日が実は虚《むな》しい日だと、歳《とし》を取るごとに感じられるのは寂しかった。せめて、家族の誰かが「おめでとう」と言ってくれたら、少しは明るくなれるのに、あいにく森村家には、そんな優しい人間は一人もいない。

だから今日は、夫の浩光《ひろみつ》の重い尻を叩《たた》き、近頃は母親と目も合わせなくなった二人の息子を追い立てて、豪華なディナーを食べるつもりだ。

朋美は、普段より念入りにファンデーションを塗って、眉山をはっきりと描いた。ブルーのアイシャドウを濃くして、リキッドのアイラインを引く。

アイラインなんか滅多《めった》に引いたことがないから、案の定、失敗して、太くはみ出してしまった。まるで舞台化粧のように、目だけがやたらときつく、大きく見える。

しかし、夜の外出なのだから、少々派手でもいいではないか、と思い直した。化粧をやり直すのが面倒臭い。男ばかりの家族の中にいると、大雑把になって自分のことも「まあ、いいか」と思うようになる。

「げっ」

いつやって来たのか、次男の優太《ゆうた》が、後ろから鏡の中の朋美を覗《のぞ》き込んでいる。

「失礼ね」

朋美は鏡越しに優太を睨《にら》んだ。優太は朋美の顔を指差した。

「その顔、すっげえ怖《こえ》え」

「どこが怖いのよ」

確かに目許《めもと》を強調し過ぎてはいる。けれど、このくらい化粧した方が、妖艶で美しく見えるのではないかしら。

そんな風に思った矢先だったから、朋美は優太の反応にショックを受けた。

「あのさ、あんた、すっげえ派手な化粧した、頭のおかしいおばさんに見えるよ」

頭のおかしいおばさん？　何と憎たらしいことを言うのか。

「あんたって言うの、やめなさいよ。それより、早く着替えないと食事に間に合わないわよ」

朋美は気を悪くして、声を荒らげた。

そろそろ六時だというのに、優太はまだ緩んだTシャツに、パジャマ代わりのジャージのままだ。近くに寄って来ると、むっと若い男の体臭がした。

「それから、あなた脂《あぶら》臭いよ。お風呂入ってるの？」

朋美が鼻に手を当てると、「るっせー、死ねや」と返された。

「親に何て言い方するのよ」

いつもながら、優太の物言いには腹が立ってならない。

「俺、今日、行かねえから。あんたら三人で行ってくれや」

優太が平然と言ってのけたので、朋美は怒った。

「何が、あんたら三人で、よ。ヤクザじゃあるまいし。四人で予約したのに、どうするの」

「一人ぐらい、キャンセルすりゃいいじゃん。簡単なこったよ」

優太はTシャツをめくって、痩せた腹をさすりながら、わざと不良っぽく言った。

高校一年の優太は、学校から帰ったら、すぐ自室に籠《こ》もってネットゲームを始める。他に何の興味もないのかと問い詰めたくなるくらい、ゲーム三昧の日々である。

朋美も浩光も口を酸っぱくして注意しているのだが、優太は子供の頃からのゲーム好きで、改めようとする気配は微塵《みじん》もないどころか、エスカレートする一方だ。勉強をしている姿など見たことがないから、近所の都立高校に潜り込めたのは奇蹟《きせき》に近かった。

しかも、近頃は、どこで覚えたのか、わざとチンピラのような物言いをする。朋美は、優太と喋《しゃべ》ると、我が子ながら嫌悪を催すほどだった。ネットゲームというバーチャルな世界で、いい子ぶっているせいではないか、と密《ひそ》かに考えることもある。

兄の健太《けんた》によると、近頃は、「ネトゲ廃人」なる言葉まであって、依存症も増えているらしい。

『その点、優太は学校に行っているだけ、まだマシだよ。そう思おうよ、そう思うしかないじゃないか』

と、言い切ったのは、その場しのぎの雄、夫の浩光である。しかし、携帯でもゲームはできるのだから、学校に行くと称して何をしているのかはわからないのだった。

「じゃ、夕飯どうするの。うちには何もないわよ」

優太が来ないのなら、それでもよい、と朋美は思った。朋美がせっかく作ったおかずを嫌い、菓子しか食べないのなら、それでもよい、とある日思い切った瞬間と、よく似ていた。

「んなことわかってるよ」優太は憎たらしく吐き捨てる。「いっつも、何もねえじゃん。適当に買って食うからいいよ。だいたい、うちはいつだって適当だったんだからさ。こっちも慣れてるよ。何だよー、今更」

食事のことを言われると、返す言葉がない。朋美がとっくに諦めたことのひとつだった。

子供の方も、母親の弱点を知っていて、わざと言い立てている気がする。

朋美は料理があまり得意ではない。浩光が家で食事をする時は必死で作ったが、子供たちと自分だけの時は、あまり手をかけないようになった。

というのも、子供たちの好き嫌いが激しくて、懸命に作っても、ほとんど捨てる羽目になるからだった。どんなに怒鳴っても、息子二人はテレビの前から離れず、野菜料理には手を付けない。

朝食を作るのをやめ、フレークやケーキ菓子などを、子供たちに勝手に食べさせるようになったのも、優太が小学校低学年の頃からだった。

健太も優太も、学校給食で栄養分を補っていたようなものだ。手作りの食事がいいのは百も承知だが、子育ての難しさは、肝腎の子供がそれを好まないところにあるのだった。

「だからさ、たまにはいいレストランで食べようよ。ね、行こうよ。今日はお母さんの誕生日なのよ」

「いやだよ。キモいおばさんなんかと、一緒に歩きたくねえよ」

優太が踵《きびす》を返して、自室に向かって歩きだした。その足音が大きいので、朋美は怒鳴った。

「歩き方うるさいよ。下の家から文句言われるから、静かに歩きなさい」

優太は振り返りもせずに、言い返す。

「あんたみたいな、がさつな女に言われたかねえよ」

「あんたって言うのやめなさいよ。がさつな女ってのもやめなさいよ。母親でしょう」

「早《はや》よ、死ねや」

ドアを乱暴に閉める音だけが廊下にこだました。

まったく男の子なんて産むものじゃない、と朋美は腹立たしかった。子供の頃は可愛かったが、長じれば必ず母親を舐《な》めて、馬鹿《ばか》にしてかかるのだ。

朋美は、娘を持つ母親たちが羨《うらや》ましい。娘だったら、「殺す」だの「死ね」だの言わずに、買い物や映画に付き合ってくれるだろう。そして、母親の作る食事が不出来でも、優しく許してくれるだろう。姉と自分がそうだったように。

息子たちが、「マックに行こう」と言うだけで驚喜して付いて来たのは、小学校中学年までだった。

その後は、母親と一緒にいるところすら友達に見られたくない、と「一緒に歩いたりしたら殺す」と言われ、外食しようよと誘うと、「金だけくれよ」と手を突き出される。

もっとも、放っておけばいいのだから、楽ではあった。その代わり、自分は女一人、永遠に独りぼっちだ、と寂しく感じることもある。

朋美は腹立ちを抑えながら、洗面台の上の化粧道具を素早くポーチに投げ入れた。髪の毛が、洗面ボウルや床に落ちているのを見付けて、いやいや指で摘《つま》んで拾う。太くて短いから、息子たちのどちらかのだろう。

夫も息子も、一切家事なんか手伝わない癖に、図体《ずうたい》ばかりでかくて邪魔で仕方がない。その上、口を開けば文句しか言わない。

男たちが朝、家を出て行った後の惨状を見ると、朋美はいつも気分が滅入《めい》った。

便座の蓋《ふた》ははね上がり、床には小便の滴《しずく》が垂れている。使用済みのタオルはそのまま放り出されて、使ったコップはシンクに積み上げられている。

朝風呂の湯は当然のように落としておらず、湯船の蓋は開けっ放し。シャワーホースはそのまま転がって、石鹼《せっけん》には髪の毛が何本も付着。

ベッドの布団は、起きた形のままで、脱いだパジャマは昆虫の脱《ぬ》け殻さながらだ。常に家の中は片付かないし、年頃の男の子が二人もいるから、いくら空気を入れ換えても、男臭くて堪《たま》らない。

何度注意しても改まらないので、朋美は、岩を山頂まで運んでは、寸前で転がり落ちることを永遠に繰り返す罰を受けたというギリシャ神話を思い出し、その岩を運ぶのは自分か、とつくづくいやになるのだった。

片付けだけで、パワーが搾り取られるのだから、この上、捨てられる食事の支度など、誰ができようか。

朋美は、息子たちが早く家を出て、独り立ちしてほしい、と心から願っている。とはいえ、夫の浩光と二人きりで暮らすのも、気詰まりだった。浩光は、自分の楽しみを最優先する、身勝手な男だ。

本人は、お洒落《しゃれ》眼鏡をかけて服装に気を配り、女にもてると信じているらしいが、最近は、加齢臭が鼻に付くようになった。なのに、本人はまだ若い気でいるのだから、始末に悪い。女は、男よりも臭いに敏感なのだと、いつか衝撃を与える形で本人に言ってやろう、と待ち構えているものの、なかなかその機会がこないのが残念である。

朋美は寝室に戻って、クローゼットを開けた。何を着て食事に行くかは、すでに決まっている。この日のために買ったチュニックドレスだ。

ブルーの小花模様で、スクエアに開いた襟のぐるりには、幅広の綿レースが付いている。

若い女の子向けの服だと承知しているし、値段もそれなりにしたのだが、若い店員に、

「わー、すごい可愛い。とてもお似合いになりますよー」と勧められて、つい衝動買いしてしまった。

朋美は、仕上げにゴールドのロングネックレスを垂らし、揃《そろ》いの長いイヤリングを付けて、意気揚々とリビングに入って行った。

「用意できたわよ」

テレビを見ながら、朋美の支度ができるのを待っていた夫の浩光が、ぎょっとした顔で膝を浮かせた。

その拍子に、浩光の膝から、飼い猫のロマンがずり落ちるようにして床に降りた。ロマンは太っているので、動作が鈍い。

ちなみに、「ロマン」などと、ふざけた名前を付けたのは、浩光である。朋美は知らなかったが、フランスに「ロマン・ロラン」という作家がいるのだそうだ。

「それは何を書いた人?」と、浩光に尋ねたら、「お前は『ジャン・クリストフ』も知らんのか。リテラシー、ゼロだな」と断じられたことがあった。

だが、「リテラシーって何」と聞いたら、答えられなかったから、浩光も自分と似たり寄ったりの程度の頭なのだろう。

しかも、姑《しゆうとめ》の美智子《みちこ》は、何度教えても「マロン」と呼ぶから、笑ってしまう。

子猫のロマンを貰《もら》い受けて来たのは、浩光だった。

飲み屋のママのところの猫が子を産んだから、貰い手が付くまで預かる、と言うので、いずれ返すのかと思っていたら、猫はそのまま家に棲《す》み着いてしまった。

朋美は猫が好きではないので、正直、迷惑だった。猫の毛を掃除するのも、砂を替えるのも面倒臭い。ロマンの方もわかっているのか、朋美にはまったく懐かない。

「おい、何か、お前、凄《すご》くないかあ。気合い入り過ぎって言うのかなあ」

浩光がパンツの膝に付いた、猫の毛を払い落としながら言った。

「えっ、これのどこが凄いの？　普通の格好じゃない」

朋美は両手を腰に当てた。文句があるなら言ってみなさいよ、というポーズだ。その時、浩光が笑いを堪《こら》えるように俯《うつむ》いたのが面白くなかった。

「強いて言えば、化粧かな。いつもと違うから、ちょっとびっくりしたんだけど。後は何だろう。服？　それとも、そのネックレスかな」

朋美は不快になった。

「それじゃ全部じゃない。もっとポイントで言ってよ」

「うん、そうだな」と、はっきりしない。「でもさあ、やっぱ全体がおかしいんだよ」

「だからさ、何が変なのか、はっきり言ってよ。途中でやめるの、感じ悪いじゃない」

「じゃ、言うよ。全体がちょっと迫力あり過ぎる感じで。やり過ぎてんだよな」

「どういうこと」

「ま、化粧が特にそうだと思うけど、服もちょっと変な感じだよ」

優太に続いて夫にもケチをつけられた朋美は、ふくれっ面になった。

かと思ったのよ」

「つまり、あたしにしては派手過ぎるってこと？　でも、夜だから、このくらい、いい

学校時代の友達や、近所の主婦たちと食べに行くのは、ほとんどがランチである。立派なレストランでディナーを、となれば、自分の誕生日くらいしかない。

「派手って言うのかな。何て言えばぴったりくるかな」浩光が、言葉を探して中空を睨んだ。「ツーマッチって言えばいいのかな。ま、確実に言えるのは化粧が濃過ぎることかな。あと、そういう格好って、言っちゃ悪いけど、若い子がするんじゃないの？　ミスマッチってことか。あ、ツーマッチにミスマッチ。こりゃ面白いや」

朋美が反論しようと、ぐっと唾を飲み込んだところに、リビングに入って来た長男の健太が口を挟んだ。

「そうだよ。それに、上がそういう格好だったら、下はスリムな方が合うんだよ。今の若い女の子は、そういうのにスパッツ合わせたり、スキニージーンズ合わせたりしてるじゃん。お母さんのは、ただの裾の広がった昔のパンツでしょ。だせえよ、似合わねえよ、最悪だよ。それから、そのアクセサリー変だよ。今時、キンキラキンなんて、バブル時代じゃないんだから、センス悪いよ」

「そんな、ださいとか最悪とか、酷《ひど》いこと言わなくたっていいじゃない」

さんざんな言われように、朋美は悄気《しょげ》た。

誰も祝ってくれないどころか、文句ばかり言われる誕生日なんて最悪ではないか。

しかも、夫の言は腹立たしい限りだが、若い息子に言われると、急に自信をなくすのだから困ったものだ。

「あたし、気に入ってるんだから着替えないよ。これで行く」

朋美は意地を張った。

「好きにすれば。でも、俺は一緒に歩きたくねえな」

健太も優太と同じく、冷酷だった。

さすがに浩光が聞きとがめて、息子をいなすように言った。

「まあまあまあ。ともかく顔だけちょっと直しなよ。目の周りとかさ、きついから。それだと、ほら、あれだよ。中国の昔の劇。そうそう、京劇だよ、京劇」

「そうだ、京劇だ」

お調子者の健太が、奇声を発して京劇の真似《まね》をして見せたので、浩光が爆笑した。涙まで流して笑っている。

「わかったわよ」

仕方なく、洗面台の前でアイラインを拭き取り、頰紅を手の甲でこすった。「京劇」という言葉に傷付いている。

腕時計を覗いて驚いた。レストランは七時に予約したのに、すでに六時を回っているではないか。焦っているせいで手元が狂い、泣いたかのように目許が滲《にじ》んだ。

「これで文句ないでしょ。早く行きましょ」

玄関で、外出用の黒いヒールを履いていると、浩光が言った。

「あれ、車で行くんじゃないの。俺、その気だったんだけどな」

「じゃ、あなたが運転してくれるの？」

朋美は夫を見上げた。

「いや、それはやっぱりママタクでしょ」

ママタクとは、朋美が運転手となることだ。

「いやだ。車で行ったら、あたし飲めないじゃん。あなた、帰り運転してくれるなら、車でもいいけど」

「いやだよ、俺も飲むもん」浩光はにべもない。「でも、これから駅まで歩いてたら間に合わないよ」

確かに、自宅マンションから、最寄り駅までは、徒歩でたっぷり二十五分はかかるのだった。バス便もあるが、バス停まで十分歩く上に、来る時間が不規則なので、誰も使いたがらない。

「お母さん、車で行こうよ。でないと、俺も行かねえよ」健太までが、かったるそうに言う。「だいたい、何で新宿なんだよ。駅前とかで充分じゃね？」

母親の誕生日など近辺ですればいいのに何で都内まで、と聞こえる。駅前には居酒屋ぐらいしかないのに、という言葉を呑み込んだ。

「そうだよ、何で新宿なの。どうせ出るなら、青山辺りにすればいいのに」

接待とやらで、都心の美味《うま》い店で飲み食いしている浩光は、家族と外食すること自体を好まないのだった。ださい妻を連れて行くことを、恥ずかしく思っているのだろう。

「もう決めたんだから、いいじゃない。今更、キャンセルしたくないし」

「わかったから、せめて車で行こうよ」

浩光も譲らない。自分の快楽のためなら、頑固になる。

「でもさ、ヒールじゃ運転できないし、このヒールじゃないと、パンツに合わないんだもん」

「そんなの靴を持ってって、車の中で履き替えりゃいいじゃないか。じゃ、俺たち駐車場で待ってるよ」

浩光と健太は先に出て行った。

「待ってよ。冷たいなあ」

朋美は運転用のフラットシューズに履き替えて、パンプスをレジ袋に入れて持ち、優太に怒鳴った。

「優太、行ってくるから、戸締まりしてよね」

勿論《もちろん》、返事はない。

エレベーターを待っている最中に、車のキーを忘れたことに気付いた。家に取りに戻る。やはり、優太は夢中でゲームをやっていると見え、戸締まりなどされていなかった。これでは、泥棒が入ってもわからない。

朋美は、普段使いのバッグをあちこち探ったが、キーは見当たらなかった。その時、昨日の土曜日、浩光がゴルフに乗って行ったことを思い出した。

浩光は毎朝、朋美に駅まで送らせるが、週末、ゴルフやゴルフの練習場に行く時だけは自分で運転して行く。ということは、車のキーは浩光が持っているはずだ。

携帯電話で確かめようとした時、当の浩光の方からかかってきた。

「俺だよ。お前、何してんだよ」と、怒っているではないか。

「車のキーが見当たらないのよ」

「俺が持ってるよ」

「やっぱり」安堵《あんど》したが、腸《はらわた》が煮えくり返りそうになった。「何で持ってるって、先に言ってくれないのよ。あたし、家中、探しまくったんだよ」

「ごめんごめん。知ってると思ったんだ」

心が籠もっていない。浩光は、悪いなんて、これっぽっちも思っていないのに、適当にその場を収めようと口先だけで謝るのだ。

そもそも、車のキーを持っているのなら、行きだけでも運転してくれたってよさそうなものだ。意地悪。あたしの誕生日なのに、と目の奥がつんとしかかった。

「優太、戸締まり」

朋美は、もう一度次男に声をかけたが、当然のように返答はない。

家族がみんないなくなったと喜んでゲームに没頭しているのだろう。仕方がないので、朋美は外から施錠した。

健太から聞いた話だが、優太がはまっているネットゲームは、見知らぬ人とチームを組んで、街を建設するゲームなのだという。そのチームにいったん入れて貰ったなら、チーム貢献の役割分担もあるし、他チームとチームワークも競わねばならないし、結構、大変なのだそうだ。

いっそのこと、自分もそのゲームにはまってやろうか、と朋美は思った。ゲームの中で、優太と出会ったら、あっちはどんな反応をするのだろう。

実の母親には「死ね」と言って憚《はばか》らない息子が、ネットの世界では礼儀正しい、いい子だとしたら、何のために、現実世界で子育てをしてきたのだろうか。優太は自分など必要としない、と朋美は複雑な気持ちになった。

マンションの駐車場では、浩光が腕時計を見ながら焦《じ》れていた。

「遅いぞ」

「そんなあ、自分のせいじゃないの。キーを持って行ったんだったら、先に言ってよね」

朋美は文句を言った。

「だって、土曜に車を使ったのは俺だろう。わかってると思ったんだよ。お前なんか、いつもキーをバッグに仕舞ったままじゃないか。だから、俺が使う時は探すんだぜ。いつもの場所に戻しておけよ。お前がだらしないんだよ」

浩光がむっとして言い返した。

探すなんてよく言うよ。朋美のバッグを逆さまにして、中の物をすべて出し、車のキーが落ちたら、そのままキーだけ拾って出て行ってしまう癖に。

腹が立ったが、朋美は辛うじて収めた。誕生日のディナーが待っているからだ。

「はいはい、もういいわよ」

「早くしろよ。今日は天気がいいから、新宿の駐車場、混んでるよ。こういう日はわっと人が出るんだ」

「だから、電車で行こうって言ったんじゃない。そんなに遅くないから電車で行こうよ」

すると、健太が口を出した。

「ママタクの方が早いって。楽だし。早く乗ろうよ」

楽なのは、お前たちだろう。ママタク。また、こいつらの運転手か、と思いながら、朋美は運転席に座ってシートベルトを締めた。

マンションから駅まで、毎朝、浩光を送って行くのが習慣になったのは、引っ越した翌日が土砂降りだったせいだ。スーツや靴が濡《ぬ》れてしまう、と浩光が泣き顔で頼むので、車を出した。

それですっかり味を占めた浩光は、当然のように朋美に頼むようになった。

近頃は、ママタクに頼り切って、雨の夜や寒い日、酔った時など、真夜中にも拘《かか》わらず、何の遠慮もせずに「迎えに来て」とメールして寄越す。

全員バラバラで、それぞれが身勝手。

常に自分のことしか考えていないのが、森村家の人々なのだった。

しかも、癪《しゃく》に障るのは、自分たちが身勝手になったのは朋美のせいだ、と男たちが思い込んでいる節《ふし》があることだ。

朋美が母親失格で、食事もろくに作らなかったから、自分はこんなに食べ物の知識がない男になったのだ、と健太は言わなかったか。

次男の優太があんなにゲーム漬けになったのは、お前の教育が悪かったからだ、と浩光は言わなかったか。

いや、男たちだけではない。

浩光の母親の美智子は、しばしば森村家にやって来ては検分し、「あら、こんな物食べてるの。フレークなんて料理のうちに入らないでしょ」と大袈裟《おおげさ》に驚いたり、「朋美さんは、お皿というものを知らないの。お鍋から直接食べるなんて野蛮人ですよ」と、嫁失格どころか、人間失格をほのめかす。

美智子の軽率な言葉が、子供たちが母親を軽侮するきっかけになった、とも言えるのではないか。

そんな屈辱のあれこれを思い出しながら、暗い気持ちになっている朋美をよそに、後部座席にいる浩光と健太は新車の話で盛り上がっていた。

健太は、今、車の免許を取りに教習所に通っている。健太が免許を取得して、運転を始めるのも、時間の問題だった。

そうなったら、週日は自分が好き勝手に乗り回してきた車も、健太と取り合いになるだろう。

朋美は家事はからきし駄目だが、車の運転だけは好きだから、車さえも自分の自由にならなくなるのかと不安になる。

「ビーエムとか、どう。僕、好きなんだけどね」

健太が遠慮がちに浩光に尋ねている。

「ビーエムは俺も好きだよ。あと、ベンツもいいな。新型のEシリーズとかカッコいいよな」

「ああ、僕もあのステーションワゴンはいいと思うよ。でもさ、外車はいろいろ金がかかるでしょう」

「うん。でもさ、ゴルフ場に行く時は、やっぱ外車がいいよ。何と言っても、ゴルフ場の待遇が違うんだ」

浩光が夢見るようなことを言うのを背中で聞きながら、朋美は内心、可笑《おか》しかった。浩光が、近所のゴルフ練習場で知り合った主婦たちと行く、月に一回のゴルフを心底楽しみにしているのを知っているからだ。

「プリウスとかも悪くないね」

「やっぱ国産は便利だもんな。燃費もいいし」

「お父さん、ゴルフの時、プリウスでもいいの？」

「まあね。あれはコンセプトがはっきりしてるからな。それはそれでいいじゃない」

「なるほどね」

何て幼稚で見栄っ張りな会話だろう。朋美は運転しながら、バックミラーで後部座席の男たちを眺める。

「ねえねえ、あたしの意見も聞いてよ」

「そうだそうだ。お母さんの意見も聞かなきゃな、何せママタクの運転手なんだから。何がいい？」

浩光が小馬鹿にしたように言った。

「ベンツ。ベンツ買って」

朋美が後ろに向かって怒鳴ると、浩光は沈黙して答えなかった。ゴルフには好都合でも、朋美や健太が意気揚々と週日乗り回すことを考えると、気が進まないのだ。

しかし、ママタクを利用している以上、車は必需品となっている。この二律背反。

「じゃ、二台にしましょうよ」

浩光はまたしても答えない。

新宿でいつも車を停《と》める地下駐車場が近づいて来た。だが、日曜の夕方とあって長蛇の列だ。朋美は青梅街道を転回して、最後尾に付けた。

「俺、ちょっとヨドバシに用事があるから、レストランで直接落ち合おうや」

「僕も紀伊國屋で本を買わなくちゃいけないから、先に降りる」

浩光と健太が、さっさと降りようとする。

「ちょっと待ってよ。どうして、あたし一人がここで並ぶのよ」

「俺は日曜しか時間ないんだぜ。少しは勤め人のこと考えろよ」

最後は凄味《すごみ》を利かせて、浩光は健太と一緒に車を降りてしまった。車内の空気が一瞬縮まるほどの大きな音を立ててドアを閉める。

朋美は身を竦《すく》ませて耳を押さえた後、腹立たしさを抑え切れなくなった。

普通、こういうことって夫がやらないか？

妻と子供を先に降ろして買い物に行かせ、自分は駐車場に停めてから合流しないか。

近所のスーパーでだって、ファミレスでだって、世のお父さんたちは妻子を大事にしていないか。

男の責任とはそういうものではないか。弱者を庇《かば》い、優しくする。

なのに、どうして自分の家は逆なのだろう。自分が何かを譲り過ぎてきたせいか。

何を譲ってきたの？

わからなくなって、朋美は首を傾《かし》げた。

朋美は、予約時間を十五分も遅れて、新宿二丁目にあるイタリアンレストランに着いた。

途端、足元の違和感に気付いた。パンプスに履き替えるのを忘れて、運転用のフラットシューズでレストランに来てしまったのだ。

パンツの丈とシューズのバランスが悪くてカッコ悪い。自分だけがあたふたと駆け回っている気がして、惨めな気持ちになった。

しかも、初めて来たレストランは、ネットの写真と大きく違っていた。

ネットの写真は洒落ていたが、実際は庶民的で、子連れファミリーがたくさん来ていた。

ファミレスに毛が生えた程度のレストランだったのに、自分だけが意気込んでお洒落したのか、とがっかりする。

浩光が窓際の席から、無言で手を挙げた。笑いもしない。レストランの雰囲気が気に入らないのだろう。

「遅かったな」

「だって、駐車場、混んでたんだもん」

浩光と健太は、すでに赤い顔でシャンペンらしいグラスを手にしている。生ハムの皿もあるので、朋美は自分を待たないで先に始めたのか、とむっとした。

「もう始めてるの」

不満げに言ったが、浩光は謝らなかった。

「喉が渇いたんだ」

映画やドラマだと、こういう場合、意気消沈した主人公の前に、「誕生日おめでとう」と後ろ手に隠してあった指輪の箱や、花束などが忽然《こつぜん》と現れて、主人公を驚喜させたり、涙ぐませたりするものだが、そんな気配は毛頭なかった。どころか、がやがやとうるさい店内に苛立《いらだ》ってか、浩光は機嫌が悪かった。浩光は、自称グルメで、些細《ささい》なことで、すぐ気分を害する。

健太の話によると、浩光はネットのグルメサイトの投稿者なのだという。「ＨＩＲＯ」という名で名文を書くので、その筋では有名人だと聞いて、仰天したことがある。朋美がその事実を知らなかったのは、浩光が携帯で料理写真を撮って、グルメサイトに投稿するほどの店に、一度も連れて行って貰ったことがないからだった。

コース料理が次々と運ばれてきた。が、量は少なく、料理が冷めた皿もあった。

「ここはどうやって選んだの」

浩光が、爆発寸前の暗い顔で朋美に訊《き》く。

「前にハングル講座で一緒だった人が教えてくれたのよ。新宿だったら、ここって。美味《おい》しくて、お値段もリーズナブルだし、雰囲気もいいって」

「信じられないな」と、浩光は首を傾げた。「しかも、電話でコース頼んじゃったんだよね」

「ごめん。よくなかった？」

「こういう店は、アラカルトで試すべきだったな」

「すみません」

いつの間にか謝っている自分がいて、甚だ不快である。食事となると、浩光は急に睨みを利かせるから、朋美は萎縮してしまうのだった。

料理の能力に自信がないせいもあるし、食べる場数を踏んでいない弱みもある。

「このハウスワイン、不味《まず》いな」

浩光が、まるでソムリエみたいに、ワイングラスをぐるぐる回した後、光に透かせながら言う。

「うん、水飴《みずあめ》みたいな味がする」

健太が生意気に口を出し、浩光が満足げに頷《うなず》いた。

「うまい言い方だな。そう、水飴なんだよ。防腐剤だの水飴だの、混ざり物がたくさん入ってるんだ。こういうのは悪酔いするから、飲み過ぎに気を付けなくちゃならない」

と、言いながら、二人ともハウスワインは三杯目だ。

「そんな味するの？　あたしは今日飲めないから、わからないわ」

運転手にされたことを抗議して言ったのに、二人ともまったく気付かない。

「これじゃ、パスタも怪しいもんだ」

「うん、美味いのを食べたかったのに残念だね」

「サイゼリヤでよかった、なんちゃって。いや、あっちの方がずっと美味いぞ」

浩光が、他のテーブルをひと渡り睨んで独り言を言った。

「つまり、あたしが選んだお店がご不満だってことね」

朋美が言うと、浩光が気障《きざ》に肩を竦めた。

「俺に相談してくれたらよかったのに」

だって、あたしの誕生日なのに、食事しようなんて誘ってくれたことなんか一度もないじゃない。

だからあたしが調べて予約したのに、文句ばかり言うなんてひどくない？

「あの、今日はあたしの誕生日なんですけど。なのに、あたしが自らセッティングしたんですけど」

さすがにふて腐れて、言わずもがなのことを言った。すると、浩光が当然のように頷いた。

「んなこと言わなくたってわかってるよ。おめでとう。だから、俺がここの勘定持てばいいんだろう？」

「そんな言い方しなくたっていいじゃん」

「じゃ、お前が払うか」

「いやよ」

すでに険悪な雰囲気になっていた。

浩光から家計費として朋美に渡されるのは、たったの二十万円である。どうせ熱心に食事を作らないのだからと、ある時から浩光は、家計を自分で管理するようになった。

しかし、あまり料理をしないと言っても、総菜は買うし、外食もする。子供たちの小遣いも必要なのだから、あっという間に二十万は溶けてなくなる。

到底足りなくて、朋美は、ショッピングはおろか、お稽古《けいこ》事も満足にできないのだった。

だから、自分の小遣い稼ぎに、パートも幾つか経験した。だが、どれも仕事が厳しくて長続きしなかった。スーパーの鮮魚売り場は冷え性になったし、クリーニング屋の受付は綿埃《わたぼこり》がきつかった。もっと自分に向いた仕事を探したいと思っているうちに、時間ばかりがどんどん過ぎていく。

「お母さん、幾つになったの」

健太が興味なさそうに聞いた。

「四十六よ」

「朋美ちゃんも、とうとう四十六か」

浩光は口許に笑いを浮かべた。

「何が可笑しいの」

「いや、お互いに歳取ったね、と思って。ご同情申し上げます」

「いやだ、同情なんかしなくていいわよ。誰だって歳取るんだからさ」

浩光が、いかにも若い女にしか価値がない、と言っているようで不快だった。

「お父さん、お母さんとどこで知り合ったんだっけ？」

フォークの先に、やっとのことでロメインレタスを刺した健太が尋ねた。

「取引先の受付にいたんだ」

「マジかよ」健太が笑った。その笑いは、さっき鏡の中の朋美を嘲った優太の顔にそっくりだった。「受付って、美人の仕事じゃない。どんな派遣会社もさ、受付嬢の選定にはなかなかうるさいらしいよ」

「それで、お父さんと何度かデートしてね。今流行《はや》りの出来ちゃった婚だったのよ」

朋美は半ば自棄《やけ》で、真実を明かした。

「うへえ、マジかよ。じゃ、俺のせいってわけ？」

健太が頓狂な声を上げた。

「そうよ。失敗しちゃった」

朋美はパスタの皿が早く来ないか、と振り返りながら早口で言った。

「失敗かあ」健太が馬鹿笑いをする。「だよね、お父さん。だから、お母さんみたいな人、選んじゃったんだね」

「そう、あんなに料理嫌いって、知らなかったからね」

「お母さんってさ、片付けも苦手じゃね？　俺、友達来るの恥ずかしかったもん。森村のうちって、生ゴミの臭いする、いつも臭いって言われてさ」

「おい、ほんとか？」

浩光が自尊心を傷付けられた顔をした。

「そうだよ。あとさ、弁当の時間がチョー恥ずかしいんだよ。だってさ、お母さん、凄いんだよ。メシの上に薩摩《さつま》揚げ二枚、どんと載せてさ。それが俺の弁当なんだ。『森村の弁当』ってギャグになってさ。みんな昼に、今日は何だって見に来たよ。タコ焼きがおかずに入っていた時は、チョー受けたよ」

健太は笑っているが、話しているうちに屈辱が蘇《よみがえ》ったのか、目許が次第に悔しさで赤らんでくるのがわかった。

「ごめんね。あたし、ほんとにお弁当作るの、苦手だったの。時間かかるしさ」

朋美は懐かしむように言ったが、健太は横を向いている。

「弁当作りのコツはね、前の晩からおかず作ることなんだよ。うちのオフクロがそう言ってたぞ」と、浩光。

自分は料理なんかしたこともないのに、美智子の受け売りなんかして。

朋美は顔を上げなかった。暇だから、しょっちゅう森村家にやって来て、口はおろか手まで出す美智子が苦手だった。

「お母さん、夕飯作らないもん。お父さんがいない時は、いつもコンビニの弁当とか、買って来たおかずだった」

「でもさ、作ったって健太も優太も好き嫌いが多くて、全然食べないんだもの。だから、もう、それだったら、お弁当も好きな物をどんと入れてやれと思ったの。健太は薩摩揚げが大好きだったじゃないの」

「そうだけどさ。それって程度問題じゃね？」

健太が苦笑しながらも、強い非難を込めた口調で言う。

パスタが二種類運ばれて来た。カラスミパスタと挽肉《ひきにく》ソースのトマト味だ。

カラスミパスタをフォークで器用にからめ取りながら、浩光が口の中に溜《た》まる唾を感じさせて喋った。

「何だ、カラスミパウダーじゃないか。本物のカラスミを数切れは入れないと、看板に偽りありだぞ。メニューの写真には、カラスミが入っていた」

「へえ、カラスミパウダーなんかあるんだ。タラコパウダーみたいなものかしら」

朋美は急に悲しくなって、どうでもいいことを呟《つぶや》いた。

「お母さんは何も知らないから、料理もできないんだよ」

浩光が健太に向かって言う。

「そうだね。味音痴だもんね」

「料理の能力は、食の経験値だからね。小さい頃から、どんだけ美味いもの食べたか、どんだけいろんな種類の食材を食べたかによるんだよ」

「じゃ、うちは全然駄目じゃん」

「ねえ、岩田《いわた》の家じゃどうしてたの？　朋美のお母さんは仕事してたからな。忙しくて、メシとか作ってなかったんだろう」

岩田とは、朋美の旧姓だ。

「お母さんは、ちゃんとご飯作ってくれたわよ。あたしにはとても美味しかった」

朋美はそれだけ言うと、いきなり立ち上がった。その時、フラットシューズの踵《かかと》で、パンツの裾を踏んづけたので、軽くよろめいたほどだった。

「トイレ、あっちだよ」

挽肉ソースのパスタをたっぷりと取った健太が、顔を上げずに、フォークでトイレ方向を指す。

「あたし、先に出るわ」

「何でだよ」憮然《ぶぜん》とした浩光が苦い顔をした。「お前、いい歳して何を拗《す》ねてるんだ」

「拗ねてるんじゃないの。何だか、いやになっただけ」

朋美はそそくさとバッグを手にして立ち上がった。グラスに少し残っていたジンジャーエールに気付いて飲み干す。隣のテーブルの女が非難の眼差《まなざ》しでこちらを見たが気にならなかった。氷がからんと音を立てる。

この世に、カラスミパウダーなんて物があるなんて知らなかった。

ハウスワインとやらが水飴みたいな味がするなんて知らなかった。

このレストランがあまりよくないなんて、来たことないから知らなかった。

弁当には薩摩揚げだけでなく、冷凍シューマイも入れてやったはずだけど、あんなに恨んでいるなんて知らなかった。

知らないことだらけを、誕生日に責められるのはいや。

「バイバイ」

朋美は、健太にだけ小さな声で挨拶《あいさつ》して手を振った。健太はぽかんとして、こちらを見ている。その顔は、子供の頃を彷彿《ほうふつ》させた。

「おい、俺たち、帰りの足どうするんだ」

浩光の怒気を含んだ声が聞こえたが、素知らぬ顔でレジを通り抜けた。

「ありがとうございました」

レジに立っている若い女性が礼を言いながら、不審な顔で浩光たちのテーブルを窺《うかが》った。だが、朋美の顔を見て、何かを悟ったような顔をした。よほどさばさばして見えたのだろう。

朋美は店を出た後、一度も振り返らずに、駐車場に向かって、靖国通りの歩道をさっさと歩いた。

昂奮《こうふん》した頰に、十月の冷たい空気が心地よかった。

夜気に、ほんのりと金木犀《きんもくせい》の匂いが混じって香《かぐわ》しい。新宿御苑から漂ってきているのだろう。

朋美は、夜気を胸いっぱい吸い込んで、夜空を見上げた。

夜の底に潜む自由。

遠くへ、遠くへ。

誰も行ったことのない遠くへ、行ってみたい。

夜の底に届くように。

そこに何があるのか、見届けたい。

急に肌寒さに気付いて、ぶるっと震える。

朋美は、バッグの中から黒のカーディガンを出して、気に入りのチュニックドレスの上に羽織った。気に入りのゴールドのネックレスが胸の上で揺れている。気に入りのイヤリング、気に入りのパンツ。

自分が気に入って選んだ物は、もう誰にも汚させたくない。もう、誰の意見も聞きたくなかった。

家に帰るのはやめよう。皆と暮らすのは、これでおしまいにしよう。

自分がいなくなったって、姑の美智子が喜んで浩光の世話をするだろうし、子供たちも大きくなって、すでに手はかからない。

健太も優太も、自分の道を進めばいいのだ。

健太は同じ大学の彼女がいて、彼女の部屋にしょっちゅう入り浸っている。だったら、彼女に美味しいご飯を作って貰って、充実した家庭を築き、一緒に生きていけばいい。

そして、優太は、ネットゲームさえあればいいのだから、ゲームと共に生きればいい。それが幻想だとしても。

現実世界に戻って来ることなんかないのだ。

私は現実でしか生きられないから、ここで自由に生きる。

朋美は、地下駐車場に停めた車に戻った。車内灯を点《つ》け、自分の持ち物を点検する。

佐野のアウトレットに行った時、奮発して買ったコーチのショルダーバッグ。その中には、財布、携帯電話、家の鍵、化粧道具の入ったポーチ、ハンカチ、ティッシュ、のど飴《あめ》などが入っている。

カーディガンが一枚、よそゆきのパンプス一足、運転用のフラットシューズ一足。

財布には、家計費の残りの現金九万円と、クレジットカードが二枚入っていた。そして、免許証。

もしや、と思って確かめると、ホルダーに浩光のETCカードがそのまま入っていた。儲《もう》かった。これまで自宅周辺しか運転したことがなく、高速道路に乗ったことはなかったが、ETCカードがあれば、どこにでも行ける通行証を手にした気分だ。

ついでにトランクを開けると、浩光のゴルフバッグが入ったままになっていた。後部座席には膝掛け毛布まである。ダッシュボードの小さなボックスを開けてみたら、小銭が大量に入っているのに気付いた。

浩光たちが駐車場に探しに来るとまずいので、とりあえず、九百円也の駐車料金を払って、表に出る。新宿のネオンに目が眩《くら》みそうだった。夜のドライブなんて、駅に浩光を迎えに行く時以外、したことがないから、わくわくする。

朋美は、西口のセブン-イレブンの駐車場に車を停めて、これからどこに行くかを考えることにした。その前に、車で当てのない旅に出ることを、誰かに報告したくなった。

携帯を確かめると、「お誕生日おめでとう」というメールが一通だけ届いていた。前橋の高校に通っていた時の親友、滝川《たきがわ》知佐子《ちさこ》からだった。

知佐子は三十代で離婚し、今は銀座のデパートのブラックフォーマルドレス売り場で働いている。千葉市のアパートに住んでいることもあって滅多に会えないが、まめにメールをくれる。

知佐子に電話をすると、留守番電話になっていた。

「もしもし、朋美です。メールありがとう。誕生日、覚えてくれてて嬉《うれ》しかったわ。あなただけなんだもの。それでね、ちょっと話したいことがあったので、電話しました。もし、時間があったら、折り返しください。でも、疲れていたり、用事があったら、無理しなくていいからね。では」と、伝言を残す。

朋美はコンビニに入って、銀行ＡＴＭで五万円下ろした。

結婚前の貯金と、家計費を遣《や》り繰りして貯《た》めた金、パートの金などを合わせれば、百万以上はある。倹約すれば、三、四カ月は暮らせるはずだ。

雑誌の棚に、道路地図があるのに気付き、しばらく眺めてから買い物籠に入れた。

高速道路を延々と走れば、日本国中どこにでも行けるのだ。しかも、ＥＴＣカードは、浩光の物だから、支払いは浩光だ。

甘い物に目がない朋美は、チョコエクレアとホットコーヒーを買って車に戻った。

コーヒーを飲みながら、エクレアに齧《かじ》り付く。ちょうど食べ終わったところに、知佐子から電話がかかってきた。

「もしもし、久しぶり。電車に乗ってたから、出られなかったの」

「忙しいのにごめんね」

「いいよ、もう帰って来たから。朋美、お誕生日おめでとう。あたしたちも、いい歳になったわね」

知佐子の声は低い。ショートカットで眼鏡を掛けている知佐子は、一見無愛想だ。でも、知佐子は誰よりもよく気が付いて優しい。

「メールありがとう。あたしの誕生日を覚えててくれたのは、あなただけなのよ」

「あら、そうなの。だって、あなたは家族がいるじゃない」

「いるけどさ」

「いるけどって」

知佐子は何か訊きたそうだったが、続く言葉を呑み込んだらしい。

「何かいろいろあって、いやになっちゃったのよ」

知佐子は黙って聞いている。

「それで、あなたに電話したのはね。これから一人で旅に出るから、報告しようと思ったのよ」

「一人で旅に出るって、どういうこと?」

知佐子が不安そうな声で叫んだ。

「いやだ、死ぬ気じゃないわよ、誤解しないで」朋美の方がびっくりした。「旅行よ、旅行」

「ああ、唐突だったから、びっくりした」知佐子が噴き出した。「そういや、そんなサッカー選手いたわね。自分探しの旅に出るって」

「いたいた」と、朋美。

「どこに行くの？　モロッコとか？」

「何でモロッコなのよ。外国なんか行かないわよ」

「いや、旅っていったら、何となくモロッコ辺りかなと思って」

知佐子は、無責任なことを言って笑った。その背後から、聞き覚えのある音楽が聞こえてきた。知っている曲だが、題名を忘れてしまった。

「ね、その曲、何だっけ」

「『ボレロ』よ」

『ボレロ』か。どこかでCDを買って、車の中で繰り返し聴きながら、どこまでも遠くに行ったら、どんなに楽しいだろう。

朋美は、ジョルジュ・ドンというダンサーが優雅に踊る様を思い出した。あの映画も、『ボレロ』というのではなかったかしら。ぼんやり考えていると、知佐子が心配そうに低い声で遮った。

「で、真面目な話、どこに行くつもりなの」

「決めてないの。車があるから、高速で遠くまで行ってみようかと思ってる」

「そうか、車があるのね。何か家があるみたいな感じだね。いざとなれば泊まれるし」

知佐子が感心したように言う。知佐子は車の運転ができない。

「そう、確かに家みたいね」

朋美は、嬉しくなって繰り返した。

「どうして急にそうなったの？」

「今日、あたしの誕生日だったじゃない。それで家族とご飯を食べに行ったんだけど、何だか虚しくなっちゃって、これまで何をしてきたんだろうと思ったら、居ても立ってもいられない気がした。それで、別の人生を生きようかな、とふと思ったの」

「わからないでもないけどさ、何で虚しくなったの？　何かあったの」

「特別なことなんか何もないわ。でも、誰もあたしの気持ちなんかわからないし、わかろうともしないってことに気付いたからよ」

「つまり、孤独ってこと？」

「そうそう、その言葉がぴったりかも」

朋美は冷たくなったコーヒーを飲み干して、指に付いたエクレアのチョコを舐め取った。

「なるほど。だから家出したのね」

「違う違う、家出じゃないの」朋美は首を振って、きっぱりと言った。「二度と家に帰る気はないもの。家族とはすべてが食い違っているから、合わせようと努力するだけ無駄に感じられてならないの。だから、好きに生きようと思ってる」

「ふうん、一人で自由に生きたいってことか。いいと思うよ。あたしも離婚する時、同じように思ったし、今でも後悔してないもん」

やはり、同性の友達はいいな、と朋美は思った。まだ形になっていない気持ちや感覚を、カンナで削り、ヤスリで磨いて言葉にしてくれる。

「だからね、万が一、ダンナから連絡があったら、知らん顔しておいてくれないかな。とはいえ、うちのダンナはあなたの名前も、番号も知らないと思うけど。もしかしたら、年賀状から割り出すかもしれないからさ」

「勿論、そうするわよ」知佐子は頼もしく応じた。「それで、前橋には帰るの？　お母様、まだあっちに住んでらっしゃるでしょう」

実家には真っ先に問い合わせがいくだろう。母親の公江《きみえ》は七十三歳になるが、現役の保健師だ。保健所を定年退職した後、地元の企業に勤めている。仕事があるから、心配をかけるわけにはいかなかった。

「行かない。姉が一緒に住んでいるので、事情を話しておくわ。でね、これからどこに行くか決めたら、時々、報告するね」

「是非、そうしてよ。気ままに、のんびりやりなさいよ。それで、いよいよ困ったら、うちにおいで」

「ありがとう。セーフティネットになってくれるのね」

「そうそう、セーフティネット」知佐子は何を思い出したのか、笑った。「でも、旅って目的があると盛り上がるじゃない。何かないの。ほら、自分探しとかさ」

「また言ってる。やめてよ。自分なんて、とうにわかってるわよ」朋美は苦笑する。

「そうね。あたしたちはいくら自分を探しても、女でしかないんだからさ」

知佐子がドスの利いた声で同意した。

「そうそう。探したって、答えは同じよ。自分は自分。女の自分」

朋美は車のフロントガラス越しに、夜空に光る星を眺め上げた。こうして星を見ることも、しばらくしてこなかった気がする。

「じゃあさ、初恋の人にでも会いに行こうかしら」

冗談で言ったのに、知佐子が俄然《がぜん》、乗ってきた。

「それ、いい。面白い。あなたの初恋の人って、あたし知ってる人？」

「多分、知らないわよ。あなたと中学違うもの」

「ふうん、中学の時の人なのね」

「そう、二年先輩」

名前は、宮内繁《みやうちしげる》。背がひょろひょろと高くて、サッカー部に所属していた。

違う高校に行ったために別れたきりになっている。金沢の大学に進学したと風の噂《うわさ》に聞いたが、その後の消息は知らない。

「いいわね、『二年先輩』って言葉。ときめくわあ」

知佐子が冷やかした。本当に繁君を探してみようか、と朋美は思った。

家族を捨てておいていい気なものだ、と浩光や美智子や息子たちの怒る顔が脳裏に浮かぶ。すると、なおさら、淡い夢のようなことに固執したくなるのだった。

「でもね、どこにいて何をしてるのかも知らないのよ」

「なあんだ、知らないの？　でも、今はフェイスブックとかあるから、意外にわかるって聞いたけどね。調べてあげようか」

「フェイスブックやってるの？」

「やってるよ」

浩光のパソコンを借りて、たまに調べ物をするくらいしか使わない朋美は、冗談めかして言った。

「こうやって、あたしはどんどん遅れていくのね。ネット弱者ってヤツ」

浩光はグルメサイトの有名な投稿者だというし、健太も就職のためにフェイスブックなどを活用していると聞いたことがあるし、優太はネットゲームにはまっている。自分だけが疎いのだった。

「遅れるとか、進んでいるとかの問題じゃないでしょう」知佐子が笑った。

朋美は話を変えた。

「でも、消息を知っている人もいるよ。酒井《さかい》典彦《のりひこ》」

「それ、誰。あたし、聞いたことない」

「結婚前まで付き合ってた人よ」

典彦は、浩光と知り合う前に五年もの間、付き合っていた。朋美が受付をしていた住宅メーカーの技術者である。

仲が良かったのに、結婚まで進まなかった理由は、典彦が煮え切らなかったせいだ。あまりに決断しないので、業を煮やした朋美が浩光と付き合い始め、典彦をふった形になってしまった。

典彦は、浩光よりもずっと優しく、思慮深かったのに、なぜ別れてしまったのだろう。

「その人は今、何をしているの」

「元々長崎の人なんだけど、そっちに戻ったって聞いてる」

「旅の目的出来たじゃない。とりあえず長崎に行ってみたら？　『宮内繁』はあたしが調べておくから」

「なるほど。考えてみるわ」

知佐子との電話を切った後、朋美は自分自身に驚いた。こんなにいとも簡単に、家族を捨てられるとは思っていなかったし、一人で外れた道を行く勇気があるとも思っていなかった。

長崎に行って、典彦と会ってみる。

その思い付きが、知佐子との会話から突然生まれた、とんでもない飛躍のような気がして、朋美は何度も自問自答した。だが、答えは変わらない。自分で運転して長崎に辿《たど》り着いたら、典彦に会ってみたい。

　再びヨリを戻したい、などと微塵も思っていない。ただ、典彦がどんな人物だったのか、そして今、どんな生活を送っているのか、確かめたい気持ちが強いのだった。それは、自分が選んだ今の生活の検証なのかもしれない。


　朋美は、新宿ワシントンホテルに宿を取って、地下駐車場に車を入れた。

　ワシントンホテルを選んだのは、母親と姉が、朋美の結婚式で東京に出て来た時に宿泊したホテルだったからだ。ちなみに、結婚式は京王プラザだった。

　ワシントンホテルを選んだ理由に思い至った時、朋美は軽い自己嫌悪に陥った。自分は結婚前に時間を戻したいだけなのではないか。でも、時を遡行《そこう》することはできない。

　長崎に行くことも、「宮内繁」を探すこともにわかに馬鹿馬鹿しく思えてくる。何を夢見ているのだろう。

　ホテルの部屋で、切ってあった携帯電話の電源を入れてみた。もし、夫や息子から謝罪や心配するメールが来ていたら、家に戻るかもしれないと心が揺れる。

　しかし、驚いたことに、ひとつも着信がなかった。

　レストランを出て、車ごと家に帰って来ない妻を、夫は探そうともしないらしい。

　朋美が必ず家に戻るという確信があるのだろう。やはり自分は舐められているのだ、と朋美は腹立たしかった。

とりあえず長崎に行く。そして、家には二度と帰らない。決心が容易に固まった。

急に一人きりになって、心細くないかと心配していたが、ホテルの部屋で、自分の見たいテレビ番組を存分に眺めているうちに楽しくなってきた。

居間にあるテレビは、浩光が帰宅したら、ほとんど浩光に独占される。土日は終日だ。浩光はサッカーやゴルフなどのスポーツ番組しか見ない。朋美が好きなバラエティ番組など馬鹿にしているから、浩光がいる時、朋美が見たい番組にチャンネルを合わせることは、ほとんどないのだった。

その晩は驚くほどよく眠れた。翌朝は遠出のための買い物に行くことにした。車中で寝ることも考えると、用意する品数は多くなった。

まずユニクロに行って、下着とソックスとTシャツ、フリースとジーンズを買った。それから、無印良品で毛布と枕を調達。アウトドアショップで、コンロと燃料を買った。マツモトキヨシでは、歯ブラシと、いつも使っている化粧水と乳液を。

携帯電話の充電器を家に置いてきたことに気付いて、携帯電話のショップに寄る。どうせならネットが見られるスマホがいいです、と店員に勧められて、ごもっともと買い換えた。朋美は機械の操作に強い。

ずっと車の運転をしていて一番困るのが、情報を得にくいところだからだ。最後に、スーパーマーケットに立ち寄って、水や菓子、果物などを買い込んだ。

持ち金があっという間に減って、心細くなるが、仕方がない。

ホテルに戻ってトイレで着替える。駐車場で、買った荷物を車に積み込んでいる時、新しいスマホにメール着信があった。ようやく、浩光がメールを寄越したのだった。


昨日は言い過ぎたと反省している。

でも、あなたもいい歳してるんだから、ふざけるのはやめてくれ。

特に、車を持って行かれたのは困る。

さらに言えば、ゴルフバッグも困る。

あなたは気が済むまで帰って来なくてもいいから、車はどこか駐車場に入れて鍵を送ってくれ。

あと、ゴルフバッグは至急、自宅に送り返してくれないか。

来週、コンペがあるのでよろしく頼む。

浩光

何だ、これは。怒りのあまり、朋美はスマホを壁に投げ付けそうになった。誕生日を迎えた妻に車を運転させ、言いたい放題言って、傷付けたことに対する謝罪もなく、自分の車とゴルフバッグのことしか言及していないメールが来るとは思ってもいなかった。

「あなたは気が済むまで帰って来なくてもいいから」とは、何様のつもりなのか。「コンペがあるのでよろしく頼む」に至っては、言語道断。まだ、朋美のことを、言うことを聞く妻だと思っているのだ。

朋美は浩光の妻なのだから、車の半分は、朋美の財産でもある。違うか。さんざん運転手扱いしておいて、「困る」はないだろう。

だが、浩光はETCカードには言及していなかった。きっと入れっ放しにしていることに、まだ気付いていないのだ。

朋美はほくそ笑んだ。どうせトンズラするのだから、ETCを止められないうちに、できるだけ遠くに移動するしかない。

その前にすべきことがあった。

朋美は駐車場から車を出して近くの路上に停め、スマホでゴルフ道具の中古屋を探した。あっという間に、数件ヒットした。早速、近くの中古屋に出向く。

「このゴルフバッグを、引き取って頂きたいんですけど」

店員を呼んで、トランクを開けて中を見せた。――

「これはお客様のですか？」

男性用のクラブだから、盗品と間違われたのだろうか。

「いえ、主人のです」

「失礼ですが、ご主人様の了解は得ていらっしゃるんですか？」

店員が怪訝《けげん》な顔をする。夫婦喧嘩《げんか》に巻き込まれては堪らない、と思っているのだろう。

「ええ、この間、亡くなりましたの」

悲しげな顔をして言うと、途端に恐縮した表情になった。

「それは、ご愁傷様でございます」

「もう、このバッグ、見るのが辛《つら》いんですの。だから、思い切って処分しようと思って」

「そうでしょうとも。是非、私どもにお任せください」

「よろしくお願いします」

朋美は悲痛な顔で言った。

慇懃《いんぎん》無礼な店員は、ゴルフバッグを丁重に下ろして、朋美を店に請じ入れた。

「では、ご査定させて頂きます」

店員が、バッグを開けて、カウンターの上にクラブを並べた。

「まだ新しいですね。ほう、これは高いドライバーです」

朋美はゴルフなど一切興味がないので、しおらしい顔をしているものの、高いクラブと聞いて驚いた。

「いったい、幾らくらいするものなんですか」

「このドライバーは定価八万四千円ですよ。まだそんなに使われていないようですから、お勉強させて頂きます」

朋美には、月に二十万しか渡さずに、自分はそんなに高い道具を買っていたのかと腹立たしかった。

「あと、このアイアンセットもいいセットですよ。通好みです」

「そうですか。私は全然やらないのでわかりませんの」

店員は、パターを手にした。

「ほう、これはタイガー・ウッズと同じタイプです。ご主人様は、ゴルフが本当にお好きだったんですね。いいギアをお持ちです」

「はあ」と答える。だから、ゴルフバッグを送れ、と焦っていたのだ。やっと謎が解けた気がした。

店員は、ゴルフバッグの中に入っているゴルフボールや、距離を測る機械のような物も、すべて下取りすると言ってくれた。

「こちらはお引き取りできません」

カウンターの上には、使った手袋と雨具が並べられた。店で捨ててくれ、と言いそうになったが、両方とも車に積んでおけば、役に立つこともあるかもしれないと思い直す。

「主人の使った物ですから、持って帰ります」と、殊勝に目を伏せて言った。

「奥さん、これは何かプライベートな物じゃないでしょうか」

ゴルフバッグのポケットに入っていたのは、小さな革製のポーチだった。

「そのようですね。では、こちらも頂きます」

朋美は、ポーチをバッグに入れた。

結局、浩光のゴルフバッグとクラブのセットは八万円で売れた。もしかすると、もっと高く売れたかもしれないが、朋美は大満足だ。

手の切れるような紙幣を入れた封筒を手にして、朋美は意気揚々と車に戻った。すっきりと広くなったトランクに、毛布や枕、コンロなどを入れる。

今日中に浜松辺りまで行きたいので、そろそろ出発しようかと思ったが、『ボレロ』を買い忘れたことを思い出し、三丁目方向に戻った。

大胆にも、昨日も停めた地下駐車場に車を入れて、CDショップに『ボレロ』を買いに行った。ついでに、若い頃によく聞いたジャニス・イアンのCDも買う。

これで準備万端整ったが、すでに昼過ぎだ。紀伊國屋書店近くにあるカレーチェーンに入り、若い人に交じって「バター風味チキンカレー」を頼んだ。こんなことも初めての経験だから、楽しくてならない。

ふと、バッグに入れた浩光の革製のポーチに何が入っているのか確かめたくなった。ファスナーを開けて中を覗いた朋美は、慌てて手で覆った。ぎっしりとコンドームが入っているのが見えたのだ。

「あんのヤロー」

見栄を張れる外車が欲しいはずだ。汚らわしい。朋美は、ポーチを捨ててしまおうと思ったが、奥にまだ紙切れが一枚入っているのに気付く。

引き出してみると、「小野寺百合花《おのでらゆりか》」という名前と住所、携帯電話の番号が書かれた紙片だった。若い女の子特有の丸文字であるところを見ると、どうやらゴルフ場か練習場で知り合った若い女性に貰った番号らしい。

おそらく、土曜日に手に入れて、悪いことをする時に必携のポーチに仕舞ったのだろう。浩光のゴルフバッグの中など、一度も見たことのない朋美は、こんなことでもなければ、永遠に知らなかったはずだ。

だから、至急送り返せ、と書いて寄越したのかと思い至ると笑えてきた。浩光が欲しいのはゴルフ道具ではなく、このポーチと紙片なのだ。

自分が「百合花」の携帯番号を握っていると知ったら、浩光は必死で追って来るかもしれない。あるいは、すでに携帯電話に入力済みか。

「お待ちどおさま」

朋美の眼前に、カレーの皿が置かれた。

思えばこれまで、レストランはおろか、このようなチェーン店でさえも、一人で入って、ご飯を食べたことはないのだった。

気後れした朋美は、そっと隣を盗み見た。スーツ姿のサラリーマンらしき若い男が、携帯を眺めながら、カレーを掻《か》っ込んでいた。その向こうは女子大生か。文庫本を読みながら、カレーが来るのを待っている。ゆっくりスプーンを口に運んで、咀嚼《そしやく》するOL風。それぞれが、てんでに食欲を満たし、好きに過ごしている。

仕事も持たず、家庭という小さな箱の中で生きてきた自分は、母親失格だの主婦失格だのと言われる度に、負い目を感じて首を竦めていなかったか、臆病なカメのように。

何も気にする必要などなかった。堂々と生きていればよかったのだ。自分でも驚いたことに、朋美は涙ぐんでいた。恥ずかしくなって、慌ててチキンカレーを食べ始める。予想外に美味いのに驚いた。

食べ終えた朋美は、皆、終わると同時に立ち上がって勘定を済ませ、どこかに去って行く。動きに無駄はない。

朋美も真似をして、さっさと店を出た。新宿の雑踏の中を歩きながら、これからは一人で店を選び、一人で食べてゆけるのだと思うと、心が奮い立った。

スマホが鳴った。知佐子からだ。

「ねえ、今、運転中？　どの辺りにいるの」

「まだ新宿でうろうろしてる」

「何だ、盛り下がるな。早く旅立ってよ。もう浜松辺りかと思った」

「追い立てないでよ。あたしの決心は鈍らないからさ」

朋美の言葉に、知佐子が笑った。

「それで、宮内繁さんだけどね。フェイスブックでは見つからなかった。グーグルもヒットしないのよ。同姓同名はいるけど、年齢が違うの。男の人って、会社の名鑑とか、スポーツ大会とかで、案外ヒットするんだけどね」

朋美はがっかりした。

「それってどういうことなの？」

「わかんないけど、宮内さんて自営とかで地味な仕事しているんじゃないの。あるいは、婿養子に入って名前を変えたか」

あり得ないことではなかった。が、それでは探しようがない。朋美は諦めて苦笑する。

「もういいわ、ありがとう。やっぱり繁君とは縁がなさそう」

「長崎の元彼の方はどうなのよ」

「家業のお店を継ぐとか言ってたから、行けばわかるんじゃないかしら」

典彦の父親は、長崎で仏具店を営んでいると聞いたことがあった。

「ねえ、その人にも会えなかったら、あなたはまた東京に戻って来るの？」

「何も考えてないのよ。行き当たりばったり」

他人事のように、朋美は笑った。

「あたし、ちょっと心配なんだけど」

「なるようになるわよ」

「でも、何かあったらどうするの」

「それって、どんな場合？」

知佐子は、しばらく返答しなかった。

「病気したり、事故を起こしたり、犯罪者と出遭って騙《だま》されたり」

よくもまあ、ネガティブなことばかり考えつくものだ、と朋美は呆《あき》れた。

「その時に考えるわ」

「へえ。あたし、あなたがそういう人だって知らなかった」

知佐子が感心したように言った。

「あたしだって知らなかったわよ」

「お願いだから、あたしには連絡入れてね」

不安になったらしい知佐子が、真剣な声で頼んだ。

「もちろん。あなたには必ず連絡するから」

「あ、そうだ」と、急に知佐子が声を上げた。「どうせなら明後日《あさって》出掛けたらどう。あたし、明日お休みなのよ。一緒にご飯食べよう」

「あら、それもいいわね。十年くらい会ってないものね」

せっかく、自由な気持ちになったのだから、東京にしばらくいて、映画を見たり、美術館巡りをしたりして、のんびりするのはどうだろう。だったら、もっと安い宿を探した方がいい。朋美は逞《たくま》しくなった気分で、地下駐車場に降りる重い扉を開けた。

生温《なまぬる》い風が頰を撫《な》でた。

第二章　逃げられ夫

朋美が、突然レストランから出て行ってしまったので、浩光は向かっ腹を立てた。

「何だ、あいつ。途中で帰ったりして、何考えてるんだ。やることが子供っぽいんだよ。社会じゃ通用しないぞ」

ワインの酔いのせいか、思わず声が大きくなったらしい。急に、周囲がしんと静まり返るのを感じた。

ちなみに、「社会じゃ通用しないぞ」というのは、浩光の口癖である。

時にはひっくり返して、「会社じゃ通用しないぞ」ともいう。また、「営業」「現場」「世界」など、その都度、言い換えては武器にしてきた。

他にも、威圧もしくは責任回避のために、「俺は聞いてないぞ」という言葉を使うこともあるが、家ではほとんど使わない。下手に関わりたくないからだった。

健太が気にして、浩光の袖を引いた。

「聞こえてるよ」

浩光は、両隣の家族連れや、向かい側に座っているカップルをちらりと見遣《みや》った。

皆、素知らぬ顔で、食事を楽しんでいるふりをしているが、笑いを嚙《か》み殺しているようでもある。

浩光は、隣のテーブルの、中学生らしき女の子をぎろりと睨《にら》んだ。さっきから薄笑いを浮かべて、こちらを見ていたからだ。

浩光の視線を感じた女の子は、ポーカーフェイスを決め込み、ものすごい速度で携帯メールを打ち始めた。

「別に聞こえたっていいさ。本当のことじゃないか」

傲然《ごうぜん》と言い返すと、健太は声を潜めて囁《ささや》いた。

「お母さんが怒って出て行ったの、みんな見てたんだよ」

健太の小心さも気に入らなかった。横目で息子を睨《ね》め付ける。

「いいじゃないか。それぞれ家庭の事情ってものがあるんだよ」

「でもさ、みんな面白がってるよ。ちょっとした内紛ショーと思ってるんじゃね？」

内紛ショーだと？

息子に大袈裟《おおげさ》に言われると、腹立たしさが募った。

「構わないよ」と、声を荒らげる。「見たけりゃ見ろってんだ」

その声も周りに聞こえたのか、一瞬、空気が凍り付くのがわかった。

「あーあ、お父さんが有名人だったら、ツイッターとかですぐやられちゃうだろな。チョーKYなんだもん」

健太は、恥ずかしそうに浩光から目を逸《そ》らしながら言った。

浩光は、健太にも腹が立った。こいつは子供の時分から、何ごとにも自信がなくて、常に大人の顔色を窺《うかが》うようなところがあった。今時の「空気を読む」ってヤツか。にしても、読み過ぎる。

自分の勤めるハウジングメーカーの面接に、健太のような気弱な学生が来たら絶対に落としてやる、などと実の息子なのに酷《むご》いことを考え始める。

正直なところ、浩光は、次男の優太の方が優秀だと信じて可愛がってきた。優太は幼児の頃から賢《さと》く、誰よりも活発で、子供の頃の自分を見るような気がしたからだ。だが、それも小学校低学年までで、今のようにゲーム漬けになってしまっては、まともに話すこともできないし、目も合わない。

「社会じゃ通用しないぞ」と怒鳴ったところで、柳に風だろう。「ネトゲでしか通用しないぞ」という恫喝《どうかつ》なら効くかもしれないが、たとえ言ったところで、ネトゲの世界など何も知らない父親の言なのだから、冷笑くらいしか返さないに決まっていた。

そうなると、気の弱い健太の方が扱いやすく、浩光の自宅での話し相手は、もっぱら健太だった。しかし、健太もガールフレンドが出来てから、あまり家に居着かなくなっている。

「あのさ、人前で夫婦喧嘩《げんか》すんなよ。カッコ悪いじゃん」と健太。

「夫婦喧嘩なんてしてないじゃないか。話しているうちに、あっちが勝手に気分を損ねただけだよ」

「それが夫婦喧嘩っていうんじゃねえの」

「夫婦喧嘩じゃない。ちょっとした食い違いだよ。だから、世間なんか気にするな。お前はいちいち気にし過ぎなんだよ」

反撥《はんぱつ》したものの、「夫婦喧嘩」という言葉を発した途端、気恥ずかしくなった。

浩光は照れ隠しに、羊の挽肉《ひきにく》ソースをたっぷりかけたスパゲティを取って、フォークに絡めてみた。

意外に美味《うま》いのでびっくりした。他のテーブルでも同じスパゲティを食べているから、この店の名物なのかもしれない。

朋美の選択を貶《けな》したけれども、案外いい店かもしれない。家に帰ったら、「食べログ」で検索してみよう。

浩光は脂で光る唇を紙ナプキンで拭いながら、店を観察し始めた。

「世間なんて思ってねえよ。世間って何だよ、いったい。今、この場が問題なんだろ?」

思いがけず、健太がムキになって反論してきたので、浩光は面倒になった。

「うん、そうだな。お前の言うことも一理あるかもな」と、適当にその場をしのいで、話題を変える。「ところで、このソース、結構美味いじゃないか」

健太は、一瞬呆気《あっけ》に取られた表情をしたが、すぐに頷《うなず》いた。

「うん、カラスミパウダーの方もいけるよ」

「お前、カラスミって言うけど、本物はな、ボッタルガといってボラじゃないんだぞ。

ほんとはな、マグロなんだ」

「いいよ、そんな蘊蓄《うんちく》」健太が露骨にうざそうな顔をして、また蒸し返した。「それより、お母さんは何にむかついたんだろ。俺の弁当の話かな」

またその話題になった。浩光はむっとして、健太のあるかなきかの薄い眉を見つめた。

お前のその眉はいったい誰に似たのだ、と関係のないことを思う。強いて言えば、母親の美智子か。美智子は眉が薄いのを気にして、いつも茶色く太く描いているので、元がどんな形だったか忘れてしまうほどだ。

対して、朋美は平凡な顔立ちだが、眉だけはわざわざ描く必要がないほど濃く、綺麗《きれい》な形をしていた。朋美の眉は、次男の優太に受け継がれている。

「あんなお母さん、俺、初めて見たよ」

健太が元気なく言うので、浩光は仕方なしに応じた。

「さあね、何だろうな。自分の誕生日なのに、運転手やらされてイラっとしたんだろう。酒だって飲めないし」

ふうん、そんなもんかな、と曖昧に頷いた健太が、浩光の真似《まね》をして、分厚いワイングラスをぐるぐると回してみせた。勢い余って、中の液体をこぼす。白いテーブルクロスに、薄赤いシミが広がった。

「おい、気を付けろ。馬鹿《ばか》にされるぞ」

浩光は健太に乱暴に注意した。

「馬鹿にされるぞ」も、浩光の口癖だったが、健太は気にも留めていない様子だ。子供っぽい口調で言う。

「でもさ、考えてみたら、確かにお母さんの誕生日なのに、何もプレゼント用意してなかったし、運転やらせちゃったし。ちょっと可哀相だったかもね」

「毎年、何もあげてないじゃないか」

例年の習慣を、あたかも免罪符であるかのように掲げてみる。しかし、健太は肩を竦《すく》めて詰《なじ》った。

「どうせ、お母さんの誕生日のことなんか、綺麗さっぱり忘れてたんだろ？」

そうだよ、と浩光は素直に頷いた。

「俺なんか、香奈《かな》の誕生日忘れたりしたら、殺されるだろうな」

香奈は、健太のガールフレンドだ。同じ大学のクラスメイトで、付き合って二年近くなる。というのは、つい最近、朋美から聞かされたばかりだった。

「彼女にどんなプレゼント渡すんだ？」

「だいたい、女の子がアニバーサリーに欲しがるのはアクセだからさ。そんなもんだよ」

健太が自信たっぷりに言った。

「アニバーサリーって何だよ」

「記念日だよ」

「そのくらい知ってるよ。俺は英語は得意なんだからさ」浩光は苛立《いらだ》った。「じゃなくて、お前らにとって、どういう日がアニバーサリーなんだって聞いてるんだよ」

健太は少し考えてから言った。

「誕生日だろ。あとはクリスマスとバレンタインかな。それから付き合い始めた二人の記念日が重要なんだ」

「ずいぶんあるな」

「当たり前だよ」

健太は自信ありげだ。

「で、プレゼントは何をあげるんだ」

「だからさ、ほとんどアクセだって。女はアクセに異常に萌《も》えるんだ。とはいえ、学生ってことで、安くても許して貰《もら》ってるけどね。一番でかいイベントが香奈の誕生日かな。これはプレゼントに数万はかけるね。だいたいがリングかネックレスってとこ。クリスマスとかは一万くらいかな。これは意外性が勝負だね」

健太は意気揚々と喋《しゃべ》り続けた。

「バレンタインは、あっちがチョコとTシャツとかくれるから、お返しに何かピアスとかね。付き合い始めた日は、二人だけの大事な日だから、金をかけるんじゃなくて、もっとハートウォーミングな物をプレゼントし合う。つうか、センスが問われるんだよ」

「例えば何だ」

「揃《そろ》いのマフラーとか、ペアのリングとか」

健太は照れもせずに言ってのける。

「揃いのリングなんか持ってるのか」

浩光は呆《あき》れて聞いた。

「ああ、去年一緒に買った。香奈はいつもしてくれているけど、俺は恥ずかしいから、ペンダントにしている」

「ほう、見せてみろ」と、浩光は身を乗り出して、健太の襟元を覗《のぞ》き込んだが、「いやだよ」と健太はパーカーのファスナーを上まで上げてしまった。

「アクセサリーとかはどこで買うんだ」

浩光はがっかりして椅子に座り直す。

「企業秘密だよ」

急に健太の口が重くなったので、浩光はデキャンタから、空になったグラスに赤ワインを注いだ。

「ほら、飲めよ」

「何だよ、お父さん。香奈のアクセじゃ、お母さんに合わないよ」

健太が呆れて言ったが、浩光は薄く笑った。

朋美にアクセサリーをプレゼントする気は毛頭なかった。釣った魚に餌はやらないとはよく言ったもので、結婚後はそんな気がまったく起きない。朋美も承知しているらしく、何か物をねだられたことは一度もない。

朋美は一人で買い物に行って、勝手に好きな物を買って来て、悦に入っている。いい例が、今日着ていた、あのへんてこな服だ。

アクセサリーだって、浩光がケバいんじゃないかと眉を顰《ひそ》めるような派手な物が好きで、もともと趣味が合わない。浩光の好みは、控えめなイヤリングや、清楚《せいそ》な真珠のネックレスである。

以前、結婚十年目の記念日にダイヤモンドを妻に贈ろう、というCMがよく流れていた時期があった。確か「スイートテン・ダイヤモンド」とかいったはずだ。

そのCMが流れた時、たまたま十周年を迎えていたため、朋美に冗談で言ったことがある。

『おい、俺もお前に買ってやった方がいいのかな』

勿論《もちろん》、冗談だから笑いながら言った。だが、朋美は真剣な顔をした。

『あたしはダイヤなんか要らないわ。だったら新車にしてよ』

『馬鹿、新車の方が高いだろ』

『何だ、じゃ要らない』

その表情の憎たらしかったこと。さっき車の中で「ベンツ。ベンツ買って」と叫んだ時とそっくりだった。

夫はプレゼントなどくれるわけがないのだから、相手にした自分が馬鹿だった、という自嘲の笑いだ。

朋美は、ある時から急に、浩光に対してクールになった気がする。それまでは、何かあるごとに、「話し合いましょうよ」とか、「あなたの意見も聞きたいの」と真剣な顔で言ってきたものだ。

その都度、「家庭のことはお前に任せたから」と適当にあしらってきたが、諦めたように何も話さなくなったのは、いつ頃からだろう。もしかすると、家計の管理を自分がするようになってからではないか。

思い出そうとしてみたが、そのうち、そんな過去のことなど、どうでもよくなった。

そもそも朋美は、感情の量が人より少ないのだ。まず、スポーツが嫌いだ。野球やサッカーなどの試合の中にいかに素晴らしい人間ドラマがあるか、あれこれ例を引いて語って聞かせても、冷ややかな反応しか返ってこない。

酔っ払って帰宅し、社内の権力闘争について涙ながらに語ったこともあった。

その時は、まったく興味なさげに「へえ、あなたって、そんなことしてるの」と馬鹿にしたように応じられて、かっとした。もう二度と、こいつに会社の話などするもんか、と思ったものだ。

ともかく、朋美は親身になってくれない。冷酷で怠惰で、何を考えているかわからない女。夫婦の会話が成り立たないのは、朋美の努力が圧倒的に足りないからだ。

そんなことを考えていると、耳に入らなかったと思ったのか、健太が念を押した。

「お母さんには、若い子のアクセは似合わないよ」

「わかってるよ。俺は仕事のために聞いてるんだよ」

と、浩光は憮然《ぶぜん》として言った。

「俺が聞きたいのは、仕事だからに決まってるだろう、馬鹿だな。若い女の子がどんな物を好きなのか、把握しておこうと思ったんだ。ほら、お父さん、広告だからさ。若い女の子の嗜好《しこう》とかを摑《つか》む必要があるんだよ」

無論、浩光の魂胆は違うところにある。

ゴルフ練習場で会った若い女たちや、行き付けのバー「エルチェ」のママに、親密になる機会があったらプレゼントしようと目論《もくろ》んでいる。だから、若い男から情報を得たいのだった。

「怪しいなあ。住宅メーカーに若い女が関係あんのかなあ」

健太が疑ったが、浩光はわざと渋い顔をした。

「何言ってるんだ。真面目な話だぞ。お前、その程度の読みじゃ、世の中通用しないぞ」

「悪かったね」と、健太が苦笑した。

「で、どこで買ってるんだ」

「俺なんか、金ねえからさ。たいしたものは買えねえよ。ＢＥＡＭＳとかＳＨＩＰＳとかに行ってさ。一緒に選んでお金を出してあげたり、ａｇｅｔｅとか、そんなアクセ屋に行って、どれがいいか聞いておいて、後で行って包んで貰ったりする。安くてもいい時なんかは、コードのブレスレット買ってあげたり。そんなのでも女の子は喜ぶよ」

急に、小馬鹿にしていた長男が大きく見えてきたから不思議なものだ。

浩光はメモを取りたい欲望と戦いながら、必死に暗記する。

「コードって何だ」

「紐《ひも》だよ。紐」

「紐の腕輪なんかあるのか」

「腕輪じゃねえよ、ブレスレット」健太が失笑した。「あんたは知らねえだろうけど、カジュアルで可愛いんだよ」

「あんた」という語にむっとしたが、浩光は知ったかぶりをした。

「うんうん、コードのブレスね。あとは、ＢＥＡＭＳとかＳＨＩＰＳだな。ところで、ａｇｅｔｅって店はどこにあるんだ」

「検索すりゃいいじゃん」

にべもなく突っぱねられて、浩光は身じろぎした。慣れない小売り店で若い女の店員に聞いて選ぶと、ついつい見栄を張って高い物を買ってしまうことがある。ネットで検索して、ネットショップで買えば一番楽だ。

届け先は会社の住所にすれば問題ない。

浩光はほっとした。ひと仕事終えたような満足感がある。

健太は食後にコーヒーを飲んだが、浩光はグラッパまで飲んでかなり酩酊《めいてい》した。妙にひねこびた女子中学生のいる家族連れは帰ってしまったので、気楽に飲める。

「お母さん、もう家に帰っちゃったかな。メールしてみようか」

健太が携帯電話を取り出したので、浩光は止めた。

「いいよ。あいつはいったん機嫌損ねたら、すぐには直らないから無駄だよ」

朋美はのんびりして見えるが、怒ると妙に頑固なところがある。若い頃から、喧嘩する度にしばらく口を利かなくなるから、手こずってきたではないか。怒って先に帰ってしまったほどだから、今更どんな手を打っても遅い。

このまま放っておいて、明日の朝、駅に向かう車中、適当に話しかければいいだろう。そうすれば、数日はぎくしゃくしていても、いずれなし崩しになる。日常なんかすぐに戻ってくるさ。それまではこちらも逆ギレしているふりをして、朋美を焦らせてやればいいのだ、あんな勝手なヤツ。

そう思っているうちに、余計なことをして振り回す朋美に、浩光も腹が立ってきた。

「そろそろ帰るか」浩光は腕時計を覗いて怒鳴った。「おーい、チェック」

中年ウェイターを呼び付ける。指先で、カードにサインをする真似までしてみせる。

「お客様、お会計はレジでお願い致します」

慇懃《いんぎん》にレジを指差されて、癪《しゃく》に障った浩光は聞こえよがしに愚痴った。

「おいおい、テーブルでチェックさせろよ。海外じゃ、みんなテーブルだよ」

「やめろよ、みっともねえだろ」

健太に言われて、浩光は仕方なく笑ってみせた。どこか自棄《やけ》になっている。

外に出て、靖国通りを並んで歩いた。晴れた夜空に星が見える。少し冷たい風が酔った頬に心地よかった。しかし、電車で郊外まで帰るのが面倒で仕方がない。帰りは助手席で寝て帰れたはずなのに。

明日から始まる仕事に頭を悩ませつつ、日曜日の盛り場を歩く気持ちは朋美にわからないだろう、と思うのだった。

ようやくマンションに帰り着いた。浩光は、健太に裏の駐車場まで車があるかどうか見に行かせた。その間、エントランスで苛々《いらいら》して待つしかない。

「うちの車ないよ」

健太が戻って来た。

「何だ。あいつ、どこをうろついてるんだ」

駅からタクシーで帰って来た浩光は不機嫌だった。千八百円也の出費が勿体《もったい》なく感じられる。

健太は答えずに、携帯電話に見入っている。香奈からメールでも来たのだろう。健太が動こうとしないので、浩光は下りてきたエレベーターに乗り込んで言った。

「先に行くぞ」

言った時にはすでにボタンを押していた。あっ、という顔をした健太の鼻先で、ドアが閉まる。面倒だから、そのまま乗ってゆく。七階に着いて、家の扉を開けようとしたが、施錠されていた。ポケットから家の鍵を出そうとした浩光は、持って出なかったことに気付いて愕然《がくぜん》とした。一緒に外出したから、鍵は妻任せだったのだ。

「何だよ、お父さん。冷てえじゃん。ひってえなあ」

浮かない顔の健太がやって来た。よほど腹が立ったのか、言葉遣いがぞんざいになっている。

「お前、鍵持ってるか?」

いや、と健太は首を横に振る。「持って来てねえよ、んなもん」

「持って出ろよ、鍵くらい」

「あんただって持ってねえだろが」

「おい、『あんた』はやめろ」

「それどこじゃねえだろう」

健太は肩を怒らせた。

「参ったな。お母さんがいたから、つい忘れて出ちゃったよ」

二人して顔を見合わせ、それからインターホンを押した。優太が部屋に残っているはずだから、開けて貰えるだろう。しかし、何度鳴らしても、いくら待っても、優太は現れなかった。

「やばいなあ。あいつ、ゲームに夢中の時はまったく耳に入らないからな。おい、携帯に電話してみろ」

浩光は、健太に電話をかけさせた。だが、応答はないという。

メールも打ち、電話をかけたが、優太は気付かないのか、反応がないのだった。

「こんな馬鹿なことがあるか。中に家族がいるのに、閉め出されて入れないんだぞ」

浩光はドアをどんどんと拳で叩《たた》いた。

「お父さん、夜中にうっせえよ」

健太に止められて、さすがにどうしたものか、と浩光は腕組みをした。

万が一、このままずっと表で夜を明かす羽目になったら、いくら暖かな十月の夜とはいえ凍えてしまうに決まっていた。

ファミレスかどこかで夜を明かすにしても、月曜は朝から企画会議がある。ユニクロのチェックのネルシャツのまま、出社できるわけがなかった。

それもこれも、すべて朋美のせいだ、と思うといっそう腹立ちが募る。

「ねえ、お母さんに何時に帰るか聞いてみようよ」

健太が携帯の短縮ボタンを押すのを、手で制止した。

「やめろ」と怒鳴る。自分たちがこんな目に遭っているのを知ったら、朋美はほくそ笑むだろう。あいつにいい思いは絶対にさせないぞ。こうなったら、我慢くらべだ。このまま、開放廊下で寝たって構わないとさえ思う。

自分が鍵を置いて出たのが原因なのに、すべて朋美のせいのように思えてくるのはどういうわけか。

そもそも、日曜の夜は自宅でのんびりしたいのに、わざわざ新宿まで食事に付き合わされるし、勘定は払わせられるし、帰りは電車だし、ろくなことはない。

　家で鍋でもやればよかったんだ。俺だって何も祝って貰ってないんだから。文句が口を衝《つ》いて出そうになる。

「あっちから謝ってくるまで、俺は連絡しないぞ」

「何だよ、意地張ってる場合かよ」

　健太が呆れ顔で大きな溜息を吐いた。

「だって、あっちが悪いんじゃないか」

「お父さんが鍵忘れたんだろ。管理人のおっさんも帰っちゃったし、絶望的だな」

「おい、じゃ、ここで話でもするか」

　浩光は健太を誘って、非常階段に腰掛けた。こうしているうちに、朋美が戻って来るだろうと踏んでいる。だが、健太はそわそわしながら、何度も腕時計を覗いた。

「ね、お父さん。俺さ、香奈のうちに行っていい？」

「馬鹿」と、浩光は思わず健太の頭を小突いた。「そんな勝手が通用するか」

「勝手かよ。そんな言い方ねえだろう。寒いし、なんだかトイレだって行きたいしさ」

　健太は唇を尖らせて文句を言った後、心細そうに振り返った。誰もいないマンションの夜の開放廊下は不気味だった。非常階段を照らす蛍光灯が、青白い光を投げかけて顔色が悪く見える。

「もう一回、優太に電話してみっか」

健太が何度目かの電話をした。すると、ようやく通じたらしく、健太の顔がぱっと明るくなった。

「鍵忘れたんだ。開けてくれよ。え、開いてる？　開いてねえよ。お母さんが外から鍵かけたんだろ。マジだよ、早く開けろよ」

やった、と二人でほっとしてドアの前に行った。すると、優太が哄笑《こうしょう》しながら、ドアを開けた。

「お前ら、マジ？　マジ？」と、笑い転げている。

「おい、『お前』なんて父親に言うな。それより、インターホンを何度鳴らしたと思ってるんだ。ゲームばっかりしてないで、少しは外部にも注意を払え」

「ガイブかよ。大袈裟だな」と、優太が朋美そっくりの眉を片方だけ上げた。

不機嫌な浩光は、優太の細い体を押しのけて中に入った。外で冷え切り、すっかり酔いも醒めてしまった。

「何だよー。せっかくいいとこだったのに、中断して開けてやってんだぜ。弁償しろよな」

優太が肩を竦めた。

「何だと。何を弁償するんだ。俺には通用しないぞ」

浩光がかっとして向き直ったのを見て、優太はけらけら笑いながら、いち早く自室に逃げ込んでしまった。

健太は居間のソファに腰掛けて、熱心にメールを打ち始めている。この顚末《てんまつ》を彼女とやらに報告しているのだろう。どいつもこいつも。浩光は情けなくて仕方がない。

「ええい、飲み直しだ」

浩光は、棚からウイスキーの瓶を取って冷蔵庫を開けた。しかし、自動製氷機は水を補充していないとみえて、からっぽだった。

仕方なく缶ビールでも飲もうと思ったが、これまた誰も補充していないらしく、冷えている缶は一本もない。

浩光は冷蔵庫の中を覗き込んだ。ソースやマヨネーズ、ケチャップなどの調味料はあるが、全体にがらんとしていた。

太巻きが二個残っているだけのスーパーのパックがひとつ。いつ買ったのか、太巻きの海苔《のり》は乾いて反り返っている。そして、切断面を茶色く変色させたリンゴが半分転がっているだけだった。あとは、扉のポケットにポカリスエットが一本。野菜の買い置きもないし、ハムやソーセージの類もない。

浩光は、心の中で朋美を呪った。

「ほんっとに、だらしねえ主婦だなあ」

浩光は、朋美のこういうところが気に入らなかった。食に対して興味がないこと。そして、努力もせずに開き直っているところ。

「台所は、家族の心が集まる場所よ」とは、母の美智子の口癖だ。浩光もその通りだと思う。美智子は、一人息子の自分のために一生懸命メシを作ってくれた。なのに、うちの台所にはいつも何もない。だから、家族はバラバラで互いに思い遣りがないのだ。何度も朋美に注意してきたが、朋美の意見は違っていた。

『あたしだって一生懸命やってるのよ。でも、子供がどうしても食べないんだもの。作ったたって仕方がないよ。おかしいと思うなら、自分でやってみればいい』

『お前のやり方が悪いんじゃないか。うちのオフクロなんか、ニンジンやピーマンはみじん切りにしてハンバーグに入れてたぞ』

『どうして、昔の人と安易に比べるの。今は時代が違うのよ。今の子には無理』

『やってみたのかよ』

『何度もやったわよ。つまり、あなたはあたしの努力が足りないって言うのね』

そうして水掛け論になった。浩光も黙るしかなかった。そもそも、子供が言うことを聞かないというのも、主婦業をさぼるための言い訳ではないのか。浩光は、「社会じゃ通用しないぞ」と、独りごとを言う。

浩光は、食器棚からグラスを取った。曇りを認めて、シャツの裾で拭う。俺は毎日一生懸命仕事をしてるぞ。なのに、お前は何をしている。収めようのない怒りがあって、どうしたらいいかわからない。

翌朝、寒さで目覚めた浩光は、何となく異変を感じて起き上がった。驚いたことに、昨夜の格好のままで、ソファで寝ていた。

しかも、光がいつになく明るい。いやな予感がして腕時計を覗き、悲鳴を上げそうになった。すでに七時を回っているではないか。あと二十分ほどで、家を出る時間だった。

浩光は真っ先にトイレに走った。

月曜は九時半から企画会議だから、宣伝部広告課長として、遅刻は絶対に許されないのだ。しかし、先客がいた。

「おい、早くしろ」と、扉を叩く。

「るっせーな。早《は》よ、死ねや」

はっきり聞こえたのは、優太の声だった。

「何だ、お前。それが親に言う言葉か」

気色ばんだが、叱る時間も勿体ない。中から、わざとらしくゆっくりと鍵を掛ける音が響いた。ここでトイレが空くのを待つわけにはいかなかった。

浩光は、どたばたと洗面所に行って歯を磨き、顔を洗った。急いで髯《ひげ》を剃《そ》る。剃り残しがあるのはわかっているが、仕方がない。

今度は着替えのために、寝室に駆け込んだ。寝室はしんと冷えて、昨日、出た時のままだった。その時初めて、違和感の正体に気付いた。

朋美がいないのだ。レストランを先に出たまま、朝まで家には帰って来なかったのだ。どこに泊まったのだろう。

昨夜、駐車場に車がなかったことは確認したが、心のどこかで、朋美のことだから、皆が寝ている間に帰って来て、ベッドに潜り込んでいるに違いないと高を括《くく》っていた。心配するというよりも、朋美の真意がわからなかった。妻の不在という事態が頭の中に入ってこない。そんなに怒らせるようなことを言っただろうか。昨夜の会話を反芻《はんすう》するも、何も思いつかなかった。

浩光は混乱したまま、タンスの引き出しを開け、一番上にあった靴下を穿《は》いた。少々毛羽立っていたが、仕方がない。

クリーニングのビニール袋を歯で破って、シャツを着た。月曜に相応《ふさわ》しくないピンク色だった。そして、クローゼットの中に掛かっていた、グレーのスーツを引っ張り出す。先週ずっと着ていたから、背中の皺《しわ》が目立った。しかし、他のスーツを試す時間もないから、急いで羽織った。

クローゼットの扉の裏のフックに掛かっているネクタイを引っ摑んで、胸ポケットに入れる。これまた、色柄がスーツやシャツに合っているのかどうか、検討する余地もなかった。

何とか身繕いを終えた浩光は、扉の裏に付いている鏡で顔と服装を検分した。ソファで不自然な格好で寝ていたため、生地の布目跡がはっきりと頰に付いていた。

「ええい、チクショー」

頰を何度も叩いたり擦《こす》ったりしたが、年齢のせいか、すぐには元に戻らない。そうはしていられない。トイレを我慢していたことを思い出して、トイレに向かう。

流す音がした。ようやくトイレから出て来た優太を睨み付けて、入れ替わりに入る。

用を足しながら、車ごと朋美がいないことを思い出して舌打ちをした。

「うわー、足がないじゃないか」

いつもの出勤時間というのは、ママタクを使える場合だった。

浩光は手も洗わずにトイレから飛び出た。居間のテーブルにある携帯電話を手にして、タクシーを呼ぼうとしたが、話し中だ。もう一度かけたら、無情にもバッテリー切れのマークが出た。昨夜、充電するのを忘れて寝てしまったせいだ。

ほとんど泣きそうになりながら、寝室の充電器に携帯をつなぎ、健太の部屋に走った。勢いよくドアを開けて、薄暗い部屋に入り、床に散らばる衣類や、マンガ雑誌を蹴飛ばしながら、カーテンを力いっぱい引く。

「起きろ」

何すんだよー、と目を擦る健太に、浩光は怒鳴った。

「一瞬でいいから、お前の携帯を貸してくれ」

「何で起こすんだよ」

健太が不機嫌そうに顔を顰めたが、枕元に置いてあるのを見付けて、むんずと摑んだ。寝室に戻って、充電器につないである自分の携帯の、タクシー会社の番号を見ながら、健太の携帯でかけた。

ジャージを着た健太が脇に立ち、文句を言った。

「何だよ、イエ電ですりゃいいじゃねえか」

「イエ電まで充電器延びないだろが」

「俺の携帯に履歴残るじゃねえか」

「お前だって、タクシー使う時に便利でいいだろう」

「タクシーなんか、使わねえよ」

「うるさいっ」

ぶつぶつ言っている健太の肩を突き飛ばして、やっと出たタクシー会社に、マンションの名を告げた。あと十分で到着すると言われ、ほっとして気が抜けた。

瞬間、この家には思い遣りのない人間しかいないと気付き、うんざりした。

「愛のない家だな」と独りごとを言う。

「何だって」

健太の頬に冷笑が浮かぶのを認めながら、確かめる。

「おい、お母さん、ゆうべ帰って来なかったんだな」

健太は、母親のことなど何の関心もないのか、聞いていなかった。浩光が返して寄越した携帯を、さも大切な物のように両手で包んで部屋に戻って行く。そうだろ、彼女との愛が詰まっているものな。

せめて水でも飲んで出掛けようとキッチンに行くと、優太がカップ麵を作っているところだった。

「おい、お母さん、いないぞ。どこに行ったかわからない」

「どーでもよし」

学生ズボンをだらしなく腰まで下げて穿《は》いている優太は、コンビニの割り箸を歯で割って、カップ麺を啜《すす》りだした。

急に空腹を感じた浩光は、せめて食パンでも齧《かじ》ろうとあちこち探したが、見付けることができなかった。

浩光は朝、朋美が焼いてくれるトーストを齧り、自分で紅茶をいれて飲むのが常だった。ネットではグルメで鳴らしているが、浩光の朝食は誰にも言えない。

「おい、パンがどこにあるか知らないか?」

「れーとーこ」と、優太。

驚いて、冷凍庫の引き出しを開けると、冷凍食品がたくさん入っていた。パスタ、うどん、ピラフ、食パン。これが朋美の仕事か、と愕然とする。もう間に合わないと知って、浩光は優太に頼んだ。

「俺にもひと口くれないか」

優太は悠然と無視して菓子パンを袋ごとくわえ、右手にカップ麺、左手に箸を持ってキッチンから出て行ってしまった。

「何だ、あいつ」

浩光は、冷蔵庫の中にポカリスエットが入っていたことを思い出した。取り出して口を付けようとすると、振り返った優太が怒鳴る。

「俺んだよ」

元はと言えば俺の金だ、と怒鳴り返したかったが、浩光は我慢した。つくづく、自分たちの子育ては失敗した、と思う。息子たちには、一日も早く独立して出て行ってほしい。

だが、何を考えているのかわからない朋美と二人きりの生活になることを想像すると、溜息も出るのだった。

タクシーに乗って駅に向かう途中、浩光はふと心配になった。朋美はこのまま二度と家には戻らないのではないか、という不安に駆られたのだ。

（いや、別にあいつは帰って来なくてもいいいんだ）

浩光は自分の冷酷さにびっくりした。心配なのは、車の方だ。それとゴルフバッグ。このふたつがないと、週末のゴルフに行けないし、通勤にも困る。

車だけが戻って来たなら、駅前に駐車場でも借りるか。いや、そうしたら、帰りに飲んで帰れない。八方塞がりだ。

不意に、ゴルフバッグのことを思い出し、浩光は、あっ、と声を上げた。運転手が驚いて振り返った。

「何かお忘れ物でも？」

「ああ。いや、でも、いいんだ。大丈夫、要らないから」

土曜日、近所の北町ゴルフ練習場で、いつものメンバーと来週日曜にあるコンペの打ち合わせをした時、新メンバーを紹介されたのだった。

時々、ここで見かける若い女性で、スタイルがいいので、以前から気になっていたのだった。

『小野寺です。お仲間に入れてくださるとか。ありがとうございます』

三十歳前後か。若さと落ち着きが同居して、ちょうどいい年頃である。真っ白なシャツと紺色のスカート。長い髪を後ろで纏《まと》めて、耳には小さなパールのピアスが揺れていた。清潔感溢《あふ》れるウェアも、清楚なアクセサリーも、細い体つきも、すべて浩光の好みだった。

『小野寺さん、こちらの森村さんはゴルフもお上手だし、家も近いから、送り迎えをお願いするといいですよ。道中、ゴルフの極意を伝授してくださるでしょう』

お節介な竹内《たけうち》老が言う。

「ゴルフの極意」云々《うんぬん》は、厭味《いやみ》に感じられたが、竹内老の目は明らかに、私に感謝しなさい、と語っている。

浩光は、竹内老に軽く頭を下げ、小野寺に近付いた。嗅《か》いだことのない、いい香りがして、目眩《めまい》がした。

『今度のコンペ、参加されるんですね』

『はあ、あたくし下手なんですけど、ぜひ入れてくださいませ。今後とも、ご指導のほどをお願いいたします』

『ちなみにハンデはお持ちですか？』

『はあ。18です』

『おお、女性にしては素晴らしいですね』

するとと、竹内老が口を挟んだ。

『森村さん、この人はお父さんが小姉井の会員だそうだよ』

浩光は息を吞《の》んだ。小姉井カントリークラブと言えば、名門中の名門だ。

ということは、小野寺と仲良くなれば、小姉井にも出入りできるかもしれない。浩光は、俄然《がぜん》張り切った。

『では、私がお迎えに上がりますので、ご住所を教えて頂けますか』

『よろしいですか？　ありがとうございます』

小野寺は、受付にあったメモ用紙を貰って、住所とフルネームを書いてくれた。可愛らしい字だった。

『何かあると困るので、携帯の番号も教えて頂けますか』

小野寺は何の警戒もせずに、さらさらと携帯電話の番号も認《したた》めてくれた。メアドも、と言いそうになったが、それはいずれ教えてくれるだろう。

浩光は紙片を眺めた。「小野寺百合花」とある。ユリカ。何と美しい名前だろう。

久しぶりにときめきを感じた浩光は、竹内老が楽しそうに横顔を観察しているのを感じながらも、頬が緩むのを抑えきれなかった。

『では、来週の日曜、午前七時に、この住所にお迎えに上がりますから』

『ありがとうございます』

『いやいや、古くて汚い車ですよ』

こればかりは本音である。ベンツの新車だったらどんなにいいか、と思う。

『いえ、とんでもない。あたし、運転すると疲れてしまうので、本当にありがたいです。何卒《なにとぞ》よろしくお願いいたします』

仕種《しぐさ》も楚々《そそ》として言葉遣いも美しい。まったくもって好ましい女性だった。惜しむらくは、既婚で子供もいるらしいことだが、こんな素敵な女性と近付きになれるのなら、どちらでもいいような気がした。

百合花の書いてくれたメモをすぐに携帯に入力すればよかった。だが、その場でするのもさもしい気がして、いつでもできる、とゴルフバッグに仕舞ったのが間違いだった。ゴルフバッグごと、いや、ゴルフバッグを積んだ車ごと、妻がどこかへ消えてしまったのだから。

こちらから連絡などしたくなかったが、仕方なく、浩光はメールを打った。来週の日曜までなら何とかなるだろうけれど、万が一、ということもある。昨夜のことは反省などしていなかった。むしろ逆で、朋美が反省すべきだと思っていたが、この際、背に腹は替えられなかった。


昨日は言い過ぎたと反省している。

でも、あなたもいい歳《とし》してるんだから、ふざけるのはやめてくれ。

特に、車を持って行かれたのは困る。

さらに言えば、ゴルフバッグも困る。

あなたは気が済むまで帰って来なくてもいいから、車はどこか駐車場に入れて鍵を送ってくれ。

あと、ゴルフバッグは至急、自宅に送り返してくれないか。

来週、コンペがあるのでよろしく頼む。

浩光

退社時間となったが、浩光はぐずぐずしていた。

朋美から、メールの返事が来ないのだ。何度か健太に連絡して聞いてみたが、マンションの駐車場に車は戻っていない、という。

息子たちにも、連絡は何もなかったようだ。どこかで事故にでも遭ったのか、と急に心配になったが、それなら警察から連絡があるだろう。

やはり、昨日のことに腹を立てた朋美が、車ごと家出したとしか思えなかった。

このまま何の連絡もなかったら、捜索願や失踪届《しっそう》を出すことになるのだろうか。

それだけは恥ずかしくてできない、と浩光は思った。

妻の家出がばれれば、夫婦仲がよくなかった、と会社に知れて、家庭の経営すらもできない無能力者、という烙印《らくいん》を押されかねない。

浩光は、送信したメールの文面を見た。

「あなたは気が済むまで帰って来なくてもいいから」

このフレーズがよくなかったのではないか。

朋美はそれを読んで、調子に乗ったのではあるまいか。いや、何と冷酷な夫だと腹を立てたか。

もう一度、打ち直そうかと思ったが、こっちが心配しているのに、返信も寄越さないヤツになんか下手に出ることはない、と思い直した。

「よし。あと三日だ。三日待ってやろう」と、声に出して言う。

「何の納期ですか？」

声をかけてきたのは、部下の山本《やまもと》だ。ようやく結婚したと思ったら、すぐに離婚して五年が経《た》つ男である。

すでに三十代後半に突入し、後頭部も薄くなった。女性社員の人気もなく、まったく再婚する気配もないので、今夕は特に親近感が増している。

「いや、何でもないよ。俺もいろいろあってさ」

「ありますよねえ、いろいろと」と、調子がいい。

「おい、ラーメンでも食いに行くか」

一瞬、山本の横顔に躊躇《ちゅうちょ》する色が見えたが、浩光は気にしなかった。部下の思惑など、いちいち気にしていたら、身が保《も》たない。いやならいやだと断ればいいのだ。

浩光は、山本を有楽町の路地裏にある昔ながらのラーメン屋に誘った。ビールと餃子《ギョーザ》、タンメンなどを頼んで夕食とする。

この後は、いつも通り、中野にある行き付けのバー「エルチェ」に寄って、ママの千春《ちはる》相手に愚痴をこぼし続け、終電まで粘ることにしている。

「エルチェ」は、会社の仲間も、家族も知らない、浩光だけの居場所である。ただ、六時過ぎから居続けるのも迷惑かと思い、いつも九時頃顔を出すことにしていた。

浩光は、山本のグラスにビールを注ぎながら聞いた。

「お前、何で離婚したんだっけ」

「出ましたね、課長の『ずけり』が」

山本が苦笑した。

「何だ、それ」浩光は気を悪くした。「俺、そう言われてるのか」

「いやいや、いい意味ですって。単刀直入《うたぐ》ってことで」

誤魔化《ごまか》された気がする。浩光は疑り深い目を山本に向けた。

「そうか？」例によって、面倒臭くなる。「まあ、いいや」

山本がビールをひと口飲んで話し始めた。

「私の場合はですね。ひたすら尽くしたんですけど、経験の差ですかね」

「おいおい、セックスか」

「ひえー、『ずけり』絶好調だなあ」山本は頭を掻《か》いた。「違いますよ。海外旅行の経験値の差。俺たちが離婚したのは、新婚旅行の後ですから」

「成田離婚か」

「ま、もう少しは保ちましたけどね」

山本は笑った。あまり話したくなさそうなので、浩光は促した。

「それで？」

「はあ、俺は海外旅行初めてだったんですよ。何せ、パスポート初めて取ったんですから。しかし、相手は結婚するまで十カ国以上は行っている猛者《もさ》ですから、もう、すごいんですよ、突き上げが。レストランの席が悪いのに、あんたはどうして抗議しないのか、とか。待遇が悪いのに何でチップを十ドルも渡したんだ、とか。あんた、相手に舐《な》められてるわよって、もうずっと文句言われっ放し。つくづく俺はコミュニケーション能力のない駄目な男だって思いました。それで疲れ果てて、風邪引いて、惨めなもんでした。どこも観光できずにホテルで寝てたら、あんたみたいなつまらない男は、世界で通用しないから離婚するって、即座に言われました」

「世界で通用しないってか。優しさがないなあ、その人は」

「そうなんですよ、はい」

山本は辛《つら》そうな顔で頷いた。

「ほんとに女ってヤツは、いったん駄目だってなると情け容赦がないよな。社会じゃ通用しないよ。じゃ、お前は一生独身を貫くのか」

「あ、でも、私、来年結婚することになったんです」

浩光は驚いて山本の顔を見た。なぜか、「裏切り者」という言葉が口を衝いて出そうになった。

「俺、聞いてないよ」

「すみません、いずれお話ししようと思っていたんですが、今日はいい機会を頂いたと思って」

山本が急に丁寧な口調になって、薄い頭を掻いた。

「それはおめでとう。今度は失敗するなよ」

山本が苦笑いする。

「ありがとうございます」

浩光は九時になるのを待たずに、「エルチェ」に行こうと腰を浮かせかける。

「もう、俺行くわ」

「課長、何かあったんですか」

「何もないよ」

首を振って財布を出した浩光は、自分が離婚する羽目になった時は、今晩の話も、山本にあちこちで喋り散らされるのだろうな、と溜息を吐いた。

中野に向かう途中、携帯電話を見たが、着信はなかった。思い切って、朋美の母親に聞いてみようかと思ったが、さすがに「妻が車で出て行ってしまった」とは言いにくい。

「まあ、いいや。少し待とう」

浩光はまた独りごちた。

「こんばんは」

浩光は、中野の裏通りにあるバー「エルチェ」のドアを開けた。

エリアデス・オチョアの歌う「チャンチャン」が低く流れている。

薄暗い光に目が慣れると、黒光りするカウンターがあって、その中で優しげな女がにこやかに笑っている。

「いらっしゃい、今日はまた早いわね」

浩光は素早く先客がいるかどうか、目を走らせた。誰もいない。ほっとして笑みがこぼれた。

「月曜だから、暇なのよ」

低い掠《かす》れた声の持ち主は、このバー「エルチェ」の女主人、白井《しらい》千春である。

千春は独身で、年齢不詳。白い肌の張りや美しい指先を見ると、四十代初めだろうと浩光は踏んでいた。

　今日の千春は、体にぴったりと張り付くような黒いドレスを着て、細い金の鎖を幾重も首に巻いている。揃いの鎖を腕にも巻いていて、センスが際立っていた。

　煉瓦《れんが》造りの壁と床。壁面には、大きな「チェ・ゲバラ」のポスターが張ってある。ちなみに、「エルチェ」とは、「エル・チェ」。ゲバラのことだとか。千春はゲバラが大好きで、店名にしたと聞いた。

　常連客の一人が、からかったことがあった。

「怪しいね。あなたの歳でゲバラ好きなんて。年上の彼氏でもいるんだろう」

「あら、知らないの。最近、映画になったから、若いファンも増えてるのよ。女っていえば、男に影響されてると思ってるんじゃない？　あたしは、いつも男に教えられてばかりいる女じゃないわよ」

　千春が笑いながら言い返した。気の強いところも人気の秘密だった。週末ともなると、十人しか座れないカウンターは、中年男でぎっしり満員になる。しかも、皆粘るから、いつまで経っても満席で、入れないことも多いのだった。

　とはいえ、開店時間の六時から行くのでは、いかにも千春が目的のようで気恥ずかしい。見栄もあるから、頃合いを測るのが難しいのだ。

「珍しいわね。森村さんがピンクのシャツ着るなんて」

　千春が、煙草《たばこ》に火を点《つ》けて煙を吐き出した。

「これかい?」浩光は自分のシャツを指差した。「いやはや、大変だったんだから」

千春が差し出したお絞りで手を拭きながら、額の汗を拭う仕種もする。

「何が大変だったの?」

「いやもう、ロングロングストーリーだよ」

「へえ、どうしたの」

千春が身を乗り出したので、浩光は嬉《うれ》しくなった。千春には何でも話せる気がする。幸い、誰もいないから、洗いざらいぶちまけて、意見を聞こうと思った。

「実は、女房が出てっちゃってさ」

「えーっ」と、千春が驚いて煙草の煙を上に吐いた。「何でまた。だって、森村さんの奥様って、おとなしい方なんでしょう?」

「いや、何の取り柄もない専業主婦だよ」

「森村さんはそう言うけど、専業主婦って、なかなかなれない身分よ。男が甲斐性《かいしょう》ないと駄目なんだから」

浩光は、自分が褒められたようで、ちょっといい気分になった。

「まあね、贅沢《ぜいたく》な話だよな」

千春が一瞬、苦笑したように見えたが、目の錯覚だろう。千春は手際よくベルギービールと薄いグラスを差し出した。

つまみは山盛りのポップコーンだ。よく塩味が効いていて美味い。千春が、うまい具合に泡を立ててベルギービールを注いでくれた。

「千春ちゃんはそう言うけどさ。うちの女房は、決しておとなしくないよ」

浩光は溜息を吐いてみせる。哀れな夫を演じて、目の前の女の同情を引きたくて堪《たま》らない。

だが、あまり哀れなふりをしても、馬鹿にされるだけかもしれない、と怖《お》じる自分もいる。難しい塩梅《あんばい》だった。

「皆さん、必ずそう仰《おつしや》るわね。おとなしく見えるけど、実は女房怖いんだよって。あたしは結婚したことがないから、そういう男の心理ってわからないけどね」

千春が何か考えているような顔をした。彫りの深い横顔に、憂いがある。

「いや、男はみんな女が怖いんだよ」と、思ってもいないことを口にする。そして、思い出したように付け加えた。「あれ、千春ちゃん、結婚したことないんだっけ？」

常連同士の情報交換でとうに知っている癖に、浩光はとぼけた。

「ないわよ。ねえ、結婚生活って楽しい？」

千春が頬杖を突いて、浩光の目を覗き込んだので、ぞくぞくした。

「楽しくなんかないよ。まさに生活そのものだからさ。子供なんか生まれてみろよ。単に家庭経営だよ。しかもさ、こんな事態になると、俺もう、どうしたらいいかわからないしさ。こういう時のリスクマネージメントって、誰も教えてくれないしね」

「ねえ、こんな事態って何があったの」

千春が心配そうに、美しい眉を顰めた。さあ来た。浩光は唾を飲んだ。

「昨日の夜さ、女房の誕生日だったんだよ」

「奥様、お幾つになられたの？」

「四十六かな」

「まだお若いのね」

「若くなんかないよ、歳だよ。目尻なんか皺だらけで、びっくりするよ」

「酷《ひど》いこと言ってる」千春が苦笑した。

「それで、女房に運転させて息子と三人で食事に行ったんだけどさ。何が理由かわからないんだけど、突然、女房が立ち上がってさ。こう言ったんだよ。あたし先に出る、もういやになったって。いきなりなんで、ほんと、びっくりしたよ。で、俺と息子は残ったメシ食って、電車で帰って来たんだけど、あいつはそのまま車ごと帰って来ないの」

千春は、うんうんと頷きながら聞いている。

「ねえ、どうして、奥様のお誕生日なのに車で行ったの？」

「いい質問。そこがミソなの」

浩光は千春を指差した。千春と話すのが楽しくなっている。

「つまり、最初から失敗しちゃったんだよ。うちの女房は車の運転が割と好きなの。だから、俺が車で行こうって言っちゃったの。ちょっと膨れっ面してたけど、時間もないし、行こ行こって、強行しちゃったわけ。だってレストランは新宿だっていうしさ。日曜の夜にわざわざ電車で行くの面倒じゃない」

千春が手で止める仕種をした。

「ちょっと待って。だって奥様のお誕生日なんでしょう？　わざわざ行くの面倒って、それはかなり冷たいんじゃないかしら」

表情に怒りが表れている。浩光は圧倒されそうになっている。

「いや、ま、そうなんだけどさ」

「それに、奥様がいくら運転好きだからって、運転させたら、お酒とか飲めないじゃない。奥様はお酒お飲みにならないの？」

「少しは飲むよ」

「だったら、森村さんが飲まないで運転してってあげればよかったのに」

どうにも旗色が悪い。浩光は悄気《しょげ》てみせた。

「そうなんだよ。後から考えたら、原因はそれかなって思ったけど、まさか出てっちゃうとは思わなかったから」

「確かに、それだけで出て行くっていうのも、ちょっと極端な気がするわね」

千春に助け船を出されて、浩光は飛び付いた。

「そこが俺もいまひとつわからないんだ」

千春が、空になりつつある浩光のグラスにビールを注ぎ足した。

「で、プレゼントはどうしたの？」

浩光は返事に詰まった。

「それが買うの忘れちゃったんだよ」

「やっだー、信じられない。それよ、絶対にそのせいよ」

千春が若い女の子のように高い声を出す。

「じゃ、このメールはどう思う？　これ送ったのに、女房からは全然返信来ないんだよ」

浩光は携帯電話を取り出し、自分の送ったメールの文面を見せた。

「いやだ。ずい分、冷たい感じがするわ」

即座に千春は断じた。

「やっぱ、冷たいかあ。俺もちょっと後悔してるんだよね。千春ちゃんだったら、これ読んでどうする？」

「あたしだったら、頭に来て、もう少し心配させてやれ、と思うわよ」

「やっぱりそうか」

浩光は頭を抱えたが、千春のような女が妻だったら、こんな目には遭わされないだろうと思う。あるいは、百合花であれば。

「じゃ、待ってればいいかな」

「でも、もう帰って来ないかもしれないわよ」

「ま、それでもいいけどさ」

つい本心を言うと、千春が笑った。

「奥さんが帰って来なかったら、森村さんは、『逃げられ夫』になっちゃうのよ」

「逃げられ夫？」

屈辱的なネーミングだった。だが、確かに周囲にはそう思われてしまうだろう。先ほどからかった山本と同じように、自分も揶揄《やゆ》されるのだ。浩光の啞然《あぜん》とした顔に驚いたのか、千春が慌てて取り繕うように言った。

「あ、そうだ。こんなの作って来たから召し上がってね」

千春が冷蔵庫から、タッパーウェアを出して、中身を陶器の皿に盛り付けた。割り箸を添えて、浩光の前に置く。

「何だい」

「豚耳とセロリの炒め物」

へえ、と喜んで箸を付けた。千春が料理上手で、いろいろなつまみを用意して、常連客に出すところも、この店が繁盛している理由のひとつだった。常連にならないとかまってくれないので、浩光もずいぶん通ったものである。

ドアが開いて客が数人入って来た。

「あら、いらっしゃい」千春の顔が華やいだ。

浩光は、千春の手料理を食べながら、惨めな思いを消せないでいた。「逃げられ夫」。そんな風に言われたくはなかった。

浩光が自宅マンションに帰り着くと、十一時近いにも拘《かか》わらず、玄関と廊下の照明が煌々《こうこう》と点いているのに驚かされた。朋美だったら、照明は最小限にとどめ、とうに寝室に引っ込んでいる時間だ。

それに、森村家では滅多《めった》にしない匂いが、家中に充満していた。煮物の匂いだ。浩光は匂いを嗅ぎながら首を傾《かし》げた。しかも、いつも三和土《たたき》に散乱している男たちの大きな靴も、綺麗に片付けられてすっきりしている。

「ただいま」と一応、言ってみた。

「お帰りいー」

母親の美智子がバタバタとスリッパの音をさせて現れた。

「あれ、来てたの？」

「来てたのじゃないわよ。驚いちゃうわよねえ。あなた、朋美さん、家出したっていうじゃない。たいがいにしてほしいわ」

スリッパを履いた途端、提げていた鞄《かばん》を奪われ、ジャケットを脱がされる。浩光は、ただ突っ立っているだけでよかった。

「誰に聞いたの？」

「健ちゃんよ。今日、電話貰ってびっくりしちゃった。ほんっとに、やることやってない人は、立つ鳥跡を濁しっ放しだわね。台所のシンク磨いておいたわよ。お風呂場もね」

「ああ、すみません」

美智子が来ると、食事のレベルは格段に向上するし、家の中も片付く。だが、干渉がましい。

「健太は？」

「さっき出掛けてった。彼女の家でＤＶＤ見るから、今日は帰らないって」

「調子いいなあ」

息子が羨《うらや》ましかった。

「優太は？」

「部屋で何かやってる」

「聞くだけ無駄だったな」

居間に入ると、けたたましい音を立てて、テレビが点いていた。美智子の好きな韓流ドラマだ。七十三歳になる美智子は頑健だが、耳だけ遠い。

浩光はスポーツニュースを見たかったが、我慢した。朋美だったら、自分の好きな番組を見ていても、いつの間にかいなくなってチャンネルを譲ってくれるのに。

「あたし、しばらくこちらに泊まり込むわね」

美智子が張り切った声で言った。


翌朝、浩光が起きた頃には、ご飯と豆腐の味噌《みそ》汁、卵焼き、大根おろし、納豆、野菜サラダ、の完璧な朝食が出来上がっていた。

「ヒロちゃん、おはよう」

何も言わないうちから、美智子が茶を淹《い》れてくれて、前にどかっと座る。

「あなた、食材なんかひとつもないから、ゆうべ、あたしが買いに行ったのよ。朋美さん、卵も買ってないんだから驚いちゃうわ。健ちゃんに聞いたら、インスタントラーメンにも何も入れないんだってね。驚いちゃうわ」

美智子の口癖は、「驚いちゃうわ」である。

「あ、お金払うよ」

「はい、じゃ、四千七百九十二円お願いしますよ」

美智子が目を細めて、レシートの数字を読んだ。

「手回しいいな」

「手際がいいって言ってよ」

朝からワイドショーが点けてあって喧《やかま》しい。浩光の前で茶を啜りながら、美智子は、「おや、そうなの。呆れたもんだわね」などと呟《つぶや》いて、テレビと会話している。

「ヤベ」

キッチンを覗いて、すぐさま顔を引っ込めてしまったのは、優太である。

「優ちゃん、おはよう。こっち来てご飯食べなさい」

美智子が声をかけたが、優太は美智子が苦手らしく、無言で自室に戻ってしまった。

母が気を悪くしたように言った。

「小さい時はいい子だったのに、あんなに変わっちゃうなんて、驚いちゃうわね。絶対に教育の問題よね。あなたもそう思うでしょ？　あの子があんなにゲームばかりしているのは、この家に愛情ってものが不足しているからよ。評論家もそう言ってた」

普段、一人暮らしをしている美智子は、水を得た魚のように家事をこなし、喋り散らしている。たまには親孝行するのもいいかと思ったものの、朝から晩まで、朋美への非難を聞かされるのも憂鬱ではあった。

「もう行くよ」と、浩光は立ち上がった。

「ヒロちゃん、夕飯は」

「わかんないからいいよ」

「あら、そうなの」美智子は不満顔である。

浩光は後ろを見ずにさっさと家を出た。思えば、夕食をどうするか、聞かれたことも近頃では皆無だった。

久しぶりに朝から白飯を食べたので、腹が重くて仕方がない。浩光は、バスを待ちながら腹をさすった。

やっと来たバスに乗って駅に向かう途中、北町ゴルフ練習場の高いネットが見えた。途端に車とゴルフバッグがないことを思い出す。今日も朋美から連絡がなかったら、どうしようか。

小野寺百合花の家には、誰かに迎えに行って貰うよう頼むか、レンタカーを借りるしかなかった。しかし、百合花の住所も携帯番号もわからないのだから、連絡しようもない。

古顔の竹内か、練習場で会う主婦たちに聞いてみようか。それでも駄目なら、練習場のフロントに顔を出して聞くしかない。

昼休み、浩光は竹内に電話をかけてみた。七十八歳になる竹内は、北町ゴルフ練習場創設の時からの常連で、いつの間にか、そこに集まる仲間の世話役のようなことをしていた。

「森村さんか。どうもご苦労さん」

白髪でお洒落《しやれ》な竹内は、新しもの好きで、iPhoneを持っているのが自慢である。赤いボルボに乗り、iPhoneのカーナビアプリを使いこなしているので、カッコいいと主婦たちにも人気が高かった。

「日曜のコンペですが、私、小野寺さんを迎えに行くことになってましたでしょ。実はですね、小野寺さんの住所と連絡先を書いたメモをなくしちゃったんですよ。もし、ご存じでしたら、教えてほしいんですが」

「きみ、ゴルフバッグのポケットに入れてただろう。よく見たかね？」

竹内の観察眼に驚きながら、浩光はしどろもどろの説明をした。

「いや、それがどう探してもないんですよ」

妻がゴルフバッグごと、車に乗って行ってしまって連絡が取れない、なんて言えたものではなかった。

「おかしいな。もっとよく見たまえよ。確か、折り畳んで、ポーチのような物に入れてたぞ」

浩光は、竹内の記憶力のよさにたじたじとなった。

「よくご存じですね。それがポーチごと、綺麗さっぱりないんですよ」

「盗まれたのかな。おかしいぞ。だって、ゴルフクラブでなく、ポーチを持っていくヤツはいないだろう。金でも入っていたのかね」

「いえ、小物です」

まさか、コンドームがぎっしり、とは言えない。

「おかしいなあ」

「竹内さん、小野寺さんのご連絡先を知っている方はいませんかね」

「そういう運のいい男は、あんただけさ」

竹内は豪快に笑った。

「参ったな。どうしたらいいかな」

「練習場に行って聞いてみたらどうかな。もっとも、あそこの支配人は新しいから、よく知らないだろうけど」

「はあ、では、帰りに寄ってみます」

「ところでね、きみのドライバーを、今度、試打させて貰ってもいいかい。購入を考えているんだ」

「ああ、あれですか。コンペに持って行くかどうか迷っているんですよ」

竹内は憤然とした。

「どうして。まだ買ったばかりじゃないか。持って来たまえよ」

「はあ。では、持って行くようにします」

バッグも車もないのに、何でこんな展開になるんだろう。浩光は泣きたくなった。

仕方がないので、朋美に電話をかけてみる。しかし、電源が切られている、と繰り返されるのみだ。「エルチェ」のママに指摘されたように、文面がまずかったのかもしれない、と反省して打ち直す。


朋美、今どこで何してますか？

皆、心配してるから、連絡くらいください。

それから、車はレンタカー借りることにしました。

なので、ゴルフバッグだけ、自宅に送ってくれると助かります。

よろしくお願いします。

　浩光

低姿勢のメールを打ちながらも、癪に障って仕方がなかった。しかし、もう背に腹は替えられない。

だが、午後じゅう待っていたのに、朋美からの返信はなかった。

浩光は退社した後、どこにも寄らずに北町ゴルフ練習場に向かった。ナイター照明が煌々と灯《とも》っているが、わずか十数人が打っているだけで、土日の賑《にぎ》わいを知っている浩光には寂しげに見えた。

浩光は、受付カウンターに向かった。使用している打席がひと目でわかる電光掲示板を背に、皆に「よっこちゃん」と呼ばれている眼鏡の中年女性が、こちらを見て驚いた顔をした。彼女はオーナーの姪《めい》だと聞いていた。

「あら、森村さん、平日に珍しいですね」

「いや、練習じゃないんだ」

「そういや、スーツ着てるものね」

よっこちゃんが珍奇なものを見るように目を眇《すが》めて、浩光の全身に目を走らせた。

「あのさ、ここによく来る小野寺さんて女性がいるじゃない」

「小野寺さん？」

「背が高くて髪が長くて、モデルみたいなスタイルのいい人だよ。先週の土曜にも来てたけど、白いシャツに紺のスカート穿いていた」

「ああ、はいはいはい」と、よっこちゃんが何度も頷いた。「皇室関係のテニスウェアみたいなの着てる人ですね」

浩光は、むっとして首を捻《ひね》った。どうしてこうも、女は同性に意地悪いのかと思う。

「まあ、そうかな。で、その人の連絡先わからないかな。俺、日曜のコンペに乗っけて行く約束したんだけど、住所書いた紙をどこかになくしちゃったんだよ」

「あらあ、そうですかあ」

取り返しの付かない失策のように、よっこちゃんが、眉を顰める。

「で、こっちで連絡先わかってたら、教えてほしいんだけど」

「ここはお名前しか伺ってないんです、ゴルフ場じゃありませんから。それに、わかってたって、個人情報だからお教えできません」

意外に冷たく断られて意気消沈する。

「そうだよね。どうしようか」

「お仲間の方はご存じないんですか」

「小野寺さんは、新しく入ったばかりの人だから、知らないと思うんだよね」

絶望的な気分になった。

「二階の打席に、高瀬《たかせ》さんがいらしてますよ。聞いてみたらいかがですか?」

よっこちゃんが、背後の電光掲示板を振り返って、四十八番を指差した。

「高瀬さんか」

気が進まなかったが、やむを得ない。浩光は二階へと階段を上った。

高瀬は休憩していたらしく、ベンチで煙草を吸っていた。髪が黒々として、眉と目の間隔が狭いので、険があるように感じられる。

「高瀬さん」

浩光が声をかけると、高瀬はぎょっとしたように腰を浮かせた。

「おや、これはこれは」

高瀬は、駅前の和菓子屋「高瀬」の二代目主人である。竹内が音頭を取る練習場のコンペには、必ず顔を出す。だが、店では愛想が悪く、客を拒絶するように、白衣姿で新聞を睨んでいるところを何度も目撃した。

浩光が高瀬を苦手としているのは、それだけではない。高瀬の妻が、マンションの隣人である島津《しまづ》夫人とテニス仲間だ、と朋美から聞いていたせいだった。

「コンペのための秘密練習ですか」

冗談のつもりだったのに、高瀬は一瞬、顔を硬直させ、鬱屈を感じさせる言を吐いた。

「いや、ちょっと球を引っぱたきたい時もあるんですよ」

「わかりますよ、私もよくあります」と、いつも通り、軽口でその場をしのぐ。

高瀬がにこりともしないで聞いてきた。

「今日は練習ですか?」

「いや、実は日曜に、新しく入った小野寺さんという女性を、私が乗せて行くことになりましてね」

「ほう」高瀬はにやりと笑った。

「なのに、連絡先を書いたメモをなくしてしまったんですよ。それで申し訳ないので、どなたか住所をご存じないかと思ってね」

「先週入った、綺麗な方ですよね」高瀬も知っていたとみえる。「女房に聞いてみましょうか。小野寺さんの話をした時、下の子と学校が一緒とか言ってたような気がするので」

浩光はほっとして礼を言った。

「ありがとうございます。是非お願いします」

しかし、マンションに戻って来ると、隣の島津夫人のことが気になってきた。情報通だ、と朋美がぼやいていたことを思い出したからだった。「高瀬」経由で、百合花のことを知られると、何かと面倒そうだ。

浩光は伸び上がって、駐車場を見た。相変わらず、森村家の車はない。

島津夫人は朋美より若い。小柄でやや太め。自分でカットしているとしか思えない無造作なボブスタイルに、トレーナーとジーンズという活動的な服装をしている。

浩光にとって、まったく好みのタイプではないのだが、あたりを払う威圧感を覚えてしまうのはなぜだろう。まず、姿勢がいい。そして、甲高い声がよく通って押し出しがいい。

朋美によると、島津夫人が堂々としている理由は、二人の子供の受験を成功させたことにあるらしい。上の男の子は、都内有数の進学校に。下の女の子は、誰もが羨む有名私立小学校に入学させた。その成功体験が、島津夫人を自信満々の主婦にして、四十八世帯もあるマンション中の子供たちの動向を探る活力を生んでいるのだという。

受験の終わった子供には、誰しも結果を聞きにくいものだが、島津夫人だけは当然のようにこう訊《たず》ねることができる。

『ねえ、○○ちゃん、中学どこに決めたの？』

あまりに直截《ちょくせつ》的な質問に、子供は思わず正直に答えてしまう。それでも夫人はまだ満足せず、『それは第一志望だったの？』と畳みかけるのだそうだ。

浩光は下顎《したあご》をごしごし擦った。そんな怖《おそ》ろしい噂《うわさ》好きの隣人に、みすみす好餌を与えてしまったのではあるまいか。

「森村さんのお宅、奥さんの姿見ないのよね。どうやら逃げられたらしいの」と、島津夫人が噂を撒《ま》き散らす様を想像すると、寒気すら覚える。

だが、コンペに出席する、とせっかく言ってくれた小野寺百合花の連絡先を、夫人から聞き出さないことには、百合花に迷惑をかけるばかりか、自分はあの北町ゴルフ練習場の仲間から呆れられてしまうだろう。

それがコミュニティというものだ。何ごとも長続きしない、無趣味な朋美に決してわかるはずがない。浩光は、またしても、自分勝手な妻に腹が立つのだった。

「ただいま」

家に入ると、美智子が奥からどたばたと走り出て来た。嬉しそうに両手を叩く。

「早かったわね。ご飯できてるわよ」

匂いからすると、浩光の好物のサンマの塩焼きのようだ。煮物に続き、焼き魚の匂いも家では滅多に嗅いだことがない。居間からは、バラエティ番組の馬鹿笑いが聞こえてきた。

美智子がいることをすっかり忘れていた。夕飯など何も考えずに早く帰って来てしまったから、用意されているのは有難い。だが、これから毎日、美智子のお喋りに付き合わされるのかと思うと、溜息が出た。

「お母さん、いつもならこんなに早くないから、俺の分、用意しなくていいよ」

途端に、美智子は不満そうな顔をする。

「じゃ、お風呂に入んなさいよ」

「ああ」と答えて、「ありがと」と付け加える。美智子がいかにも母親らしく、浩光の表情を観察しているのに気が付いたからだ。

「あなた、疲れた顔してる。朋美さんのことでしょ？　やあね、心配かけて」

案の定、言われる。

「いや、仕事が大変でさ」と誤魔化す。

普段なら、すぐに風呂に入ってビールでも飲みながら、のんびりスポーツ番組を見たりできるのに。小うるさい美智子がでんと構えていると、独身時代に退行してしまったような気がする。

「お父さん、ちょっと」

浩光が着替えのために寝室に入ろうとすると、健太が自室のドアを開けて手招きした。

「何だ、どうした」

ネクタイを外しながら、健太の部屋に行く。

「お母さんからメールが来たよ」

えっ、と浩光は、息子が出す携帯電話を引ったくってメールを読んだ。


健太、優太。元気でやっていますか？

私があなたたちのところから去って、もう二日目。さぞかし心配していることでしょう。

突然でごめんなさい。

私はもう家には帰らないつもりです。

これからは、二人で生き抜いてくださいね。

健太へ。就職、頑張ってね。

香奈さんにワガママ言わないでね。

今時の女の子は、男の子に命令されるとキレるわよ。

優太へ。あなたはゲーム中毒よ。

今のうちに何とかやめる努力をしないと、大人になっても苦労しますよ。

あと、言葉遣いを改めなさい。誰も味方してくれないよ。

二人とも、何か困ったことがあったら、メールください。

私も母親だから、できることがあれば、何とか責任は果たします。

お父さんに、車は頂きます、と伝えておいてください。

そして、探さないで、と。

それでは元気でね。

母

浩光は、慌てて自身の携帯をポケットから取り出して確かめた。着信はない。

その時初めて、朋美は自分を信頼していないのだ、この家に帰るつもりはないのだ、と確信した。二十年一緒に暮らした自分への言葉はなく、子供たちだけに宛てたメールが、夫婦の隙間《すきま》を物語っているような気がする。

しかし、あまりにも失礼じゃないか。

俺はお前にそんなに悪いことしたか。

黙って出て行ってしまうほど、俺が虐待したとでもいうのか。

外に働きに行かなくても済み、ぐうたら主婦でも暮らしていられたのは、いったい誰のおかげだと思っているんだ。

何が気に入らない？

今この場で朋美に投げ付けたい言葉が、浩光の胸の中に矢継ぎ早に生まれて、混乱した。

「どう思う？」

健太が困惑したように聞いてきた。

「どう思うも何も、俺には何の連絡も来ないんだから、認めるわけにはいかない」

「じゃ、帰って来てって打とうか」

浩光は、慌てて健太の手を止めた。

「余計なことするな。そうは言ってないんだ。俺は何も言わないぞ」急に腹が立った。

「だって、俺に言いたいことがあるのなら、直接言えばいいじゃないか。やり方がおかしい」

「エルチェ」のママのアドバイスを鵜呑《うの》みにして、低姿勢のメールを打ったことも腹立たしかった。

「じゃ、やり方がおかしいって言う？」

「いいや、余計なことするな。俺からは何も言いたくない。あ、待て。残していった物で必要な物があるなら送るって言ってやれ」

「お父さんからって言えばいいの？」

健太は、気弱に眉を顰めた。

「いや、お前が言えばいい。変に戻って来られても困るだろう」

「えーっ」と、健太はわけがわからないという顔で、浩光を見た。

「俺、夫婦喧嘩に介入したくないよ」

「夫婦喧嘩じゃないよ」

浩光は声を荒らげた。そうではないか。あっちが俺の車に乗って勝手に出て行ったんだから、帰って来い、と言うことはない。むしろ、帰って来るな、と言い放った方がいい。そうだ。俺は妻に逃げられたのではなく、妻を追い出したのだ。

そりゃ、浮気も何度かしたし、妻には言えない金の遣い方もした。家のことなど顧みずに、仕事という名目で楽しいことをたくさんしてきた。しかし、いきなり出て行くというのは、人間としていかがなものか。しかも、夫である自分には何の連絡もせずに。

浩光は怒りが収まらなかった。あまりぷりぷりしているので、美智子が寄って来た。

「どうしたの。何かあったの」

「いや、何でもない」

「あのさ、お母さんから、もう家に帰らないってメール来たんだよ」

健太がばらしたので、美智子は「あらー」と目を剝《む》いた。

「呆れちゃうわね。驚いちゃうわね。そんなことよく言えるわね。主婦の責任放棄して、可愛い子供をよく棄《す》てられるわね」

棄てられる？　ああ、そうか。俺は朋美に棄てられたのか。背後から突然膝の裏を押されて、ぐらりと前のめりになった気がした。

浩光は急いで、次男の優太の部屋に向かった。ノックもしないでドアを大きく開ける。

パソコン画面の青白い照明が仄《ほの》かに暗闇を照らしていた。優太はベッドに突っ伏している。

「おい、優太。お前、お母さんからメール来たか？」

答えがない。浩光はベッドに近付き、優太の痩せた肩を揺すった。

「おい、聞こえたか」

「知らねーよ、んなの。どーでもええわ」

優太が怒鳴り返したので、浩光は優太の頭を小突き、部屋のドアを思いっ切り閉めた。

寝室に戻って、自分のパソコンを立ち上げる。ブックマークして、さんざん眺めたベンツのサイトを開いた。

もうこうなったら、ローンを組んででもベンツを買ってやる。そして、新しいゴルフセットも買ってやる。身勝手な妻に取られた物をすべて取り返して、俺は意地でも楽しく、派手に暮らしてやるんだ。

「ねえ、どうしたの」

美智子が寝室のドアから、中をおずおずと窺った。

「いや、あいつに車とゴルフセットをくれてやったから、俺は新しいのを買おうと思って」

美智子は同調してくれると思ったのに、大きな吐息が聞こえてきたのが意外だった。

第三章　逃げる妻

浩光が北町ゴルフ練習場に顔を出し、小野寺百合花の住所を知るために、ばたばたと走り回っていたその日は、朋美の楽しい休日となった。

知佐子に会うため、出発を延期した朋美は、上野の東京国立博物館と国立西洋美術館を巡った後、有楽町に出て、かねてから目星を付けていた映画『インセプション』を見た。

夢の中に自分の怖《おそ》れが現れるのなら、今の自分は何を怖れているのだろう。

家のことや家族について何も考えずに済む日は、気持ちが晴れやかで楽しかった。もしかすると、こんな日は、結婚してから初めてのことではあるまいか。

初秋の宵は、夕焼けがしばらく残って空が燃え、次第に青みを増す夜空との対比が美しかった。しかも空気が冷たく乾いていて、気分がいい。

朋美は映画館から、知佐子との待ち合わせ場所の銀座三越デパートに向かって、のんびりと歩きだした。普段履かないパンプスを履いていることも、何となく気持ちを高揚させている。

映画を見ている間、スマホの電源を切っていたことを思い出し、歩道に立ち止まって電源を入れた。すると、浩光から二通目のメールが来ていた。

内容は、車はレンタカーを借りるから、ゴルフバッグだけ自宅に送ってくれ、というものだった。

最初に、「朋美、今どこで何してますか？　皆、心配してるから、連絡くらいください」とあるものの、浩光がゴルフバッグを取り返したい、としか思っていないことは、疑う余地がなかった。

浩光がたった一日で低姿勢を演じるようになったのは、朋美がメールを返さないので、これは本気だ、と気が付いたせいだろう。

おあいにく様。ゴルフバッグは、もう売っちゃったもんね。

例のポーチを発見してからというもの、浩光の自分に対する「心配」など、まったく信じられなくなった。美智子が家に現れて家事を張り切ってやってくれているだろうから、浩光と息子たちは何も困ることはないはずだ。浩光にとっては、朋美の不在なんかより、車とゴルフバッグが戻らない方がずっと困ることなのだ。

浩光をもっとやきもきさせてやらねば、気が済まない。朋美は、息子たちにだけメールで知らせることにした。銀座通りの脇道に逸《そ》れて、文案を考えた。

車は貰《もら》う、もう二度と家に帰るつもりはないと、浩光に伝えてくれと打った時は、さすがに息子たちがショックを受けるだろうと逡巡《しゅんじゅん》した。

しかし、はっきりと自分の意志だと書いておかないと、捜索願でも出された日には困る。

健太か優太が、このメールを浩光に見せれば、浩光は車やゴルフバッグを諦めざるを得ないだろう。そして、自分のことも。

息子たちも、母親から最後のメールを貰って、少しは生活態度を改めるかもしれない。これは、息子たちに対する、せめてもの愛情表現だ。そう思いながら朋美はスマホをバッグに仕舞い、銀ブラを楽しむことにした。

銀座は久しぶりだった。しばらく来ない間に、知っている店が消えた。その代わり、ブランド店が増えて、いつの間にか、若い人が集まるショッピング街になっている。映画館もシネコン形式になったし、人が集まる街は、刻々と姿を変えるものなのだ。

自宅周辺をうろうろするだけで満足しているうちに、世の中の進歩についていけなくなってしまった。だから、夫や子供たちに馬鹿《ばか》にされてしまうのだろうか。

先頭を切って走りたいとは思わないが、遅れを取り戻して、流れに付いて行きたいような焦燥感があった。

美しいウィンドウを覗《のぞ》いたり、人混みに揉《も》まれて信号を渡り損ねたりと、もたついているうちに、約束の時間に遅れそうになった。

朋美は急ぎ足で、銀座三越のハンドバッグ売り場に向かった。

知佐子が見たいバッグがあるというので、売り場で待ち合わせたのだ。

しかし、仕事帰りらしい若い女性はいるものの、知佐子の姿はない。バッグ売り場を冷やかしていると、背中を軽く叩《たた》かれた。

「朋美」

振り向いて驚いた。先ほどの後ろ姿の若い女性は、知佐子だった。

「わー、変わったわね」

以前は、眼鏡にショートカットで地味な印象だったのに、眼前の知佐子は、まったく別人になっていた。髪を伸ばして染め、鮮やかな花柄のドレスに、同系色のオレンジ色のカーディガンを羽織り、オレンジ色の口紅を付けている。ゴールド系のアクセサリーも服によく合っていて、驚くばかりの変貌ぶりだった。

「すごく素敵。センスいい」

朋美が褒めると、知佐子は照れ臭そうに言った。

「これでも一応、デパガだからさ。喪服売り場だけどね」

「ブラックフォーマルでしょ。礼服よ」

朋美が訂正すると、知佐子が苦笑した。

「朋美は相変わらず真面目で律儀だね」

意外な論評を聞いて、朋美は気抜けした。

「そう？　あたしって真面目？」

「あなたは真面目な人よ。だから、今度も我慢できなかったんでしょ？」

知佐子に指摘されて、朋美は首を傾《かし》げた。自分自身のことはよくわからないだけに、いきなりそんな指摘を受けると、久しぶりに会う友人が別人のように見えてくる。

朋美は、知佐子の素顔をしげしげと見つめた。眼鏡を取った顔をあまり見たことがないので、街で擦れ違っても、知佐子と気付かないかもしれない。

「コンタクトにしたの？　コンタクトが合わないって、昔言ってなかったっけ？」

「違うの。思い切ってレーシックしたの」

知佐子は、はっきりとアイラインで隈《くま》取《ど》った目を指差した。メイクのテクニックも上手で、十歳は若く見える。

「そうか、それで目《め》許《もと》がはっきりしているのね。やってよかったわね。若く見えるよ」

朋美は、久しぶりに会う旧友が美しいので嬉《うれ》しかった。

「手術するの怖かったけど、してよかったわ」

知佐子も、朋美の服装を褒める。

「朋美、そのチュニック、可愛いじゃない。よく似合ってるよ」

同性の友達は、相手の趣味を貶《けな》すようなことは絶対に言わない。朋美は、もう三日も着続けている服の裾を摘《つま》んだ。

「ありがとう。でも、うちの男たちに評判悪くてさ。ツーマッチにミスマッチって言われたのよ」

「そんなの気にしない方がいいわよ。自分が好きで、気持ちいい服が一番だもの。やっぱり、あなたは真面目だよね」

再び言われて、朋美は知佐子に小さな違和を感じた。あなたはこういう人間だ、と人に断じられることに慣れていないせいか。

「そうかもね。それにしても久しぶりね。会えて嬉しいわ」

朋美は気にすまいと、知佐子に微笑《ほほえ》みかけた。

知佐子は、親しげに朋美の肩に手を置いた。爪には、美しいネイルアートが施されている。

「ほんとねえ。十二年ぶりくらいかしら。クラス会の後、みんなで飲みに行ったじゃない。あたしは離婚の傷跡がまだあってさ。いろいろ話したかったけど、あなたは、お子さんが小さいからって途中で帰ったよね。あれ以来じゃない？」

ああ、そうだった。あの時は、優太が幼稚園に入ったばかりで、美智子に二人の息子を預けて出て来たのだ。

遅くなると義母に厭味《いやみ》を言われるかもしれないと思うと、気になって楽しめず、早々と帰ったのだった。本当は、知佐子たちともっとお喋《しゃべ》りをしたかったのに。

「電話では話せても、会うことはなかなかできないものね」

互いの都合を遠慮し合って、よほどの用事以外は電話さえもかけなくなった。近年は、メールだけの付き合いになっている。

「あなたが家出してくれたおかげよ」と、知佐子が言う。

「ううん、あなたが誕生祝いのメールくれたからよ」

「でも、あなたが家出しなかったら、きっとメールの遣《や》り取りだけで済んじゃったよ」

「そうか、そうだね」と笑う。

知佐子が朋美の腕を取った。

「ねえ、ご飯、食べに行こうよ」

「買い物はいいの？」

朋美は売り場を指差した。

「いいの、下見だけだから。こっそり写メしちゃった」

知佐子が携帯の写真を見せてくれた。秋冬物の茶のショルダーバッグが写っている。

「わー、素敵。あたしも欲しくなった」

「買っちゃえばいいじゃない。我慢することないよ」

知佐子はいとも簡単に言う。

「無理よ、そんな余分なお金ないもの」

朋美は、知佐子を肘で小突いた。

しばらく会わないうちに、現役で働く知佐子と、専業主婦である自分との差は大きく広がってしまったのだろうか。何が差となり、どう広がったのだろう。

不安になった途端、知佐子が冗談めかして言った。

「そうか。じゃ、あたしがあなたの家出記念に買ってあげればいいんだ」

「そうだよ、買って」

「うーん、ポーチくらいなら」

知佐子の笑い顔は、高校時代を彷彿《ほうふつ》とさせた。時間を超えて他の友人たちの面影も蘇《よみがえ》り、朋美はほっとするとともにはしゃぎ回りたくなった。

知佐子が案内してくれた店は、三越裏にある小さな割烹《かっぽう》だった。奥の小上がりに案内され、朋美は驚いた。

「こういうところって、高いんじゃないの」

「大丈夫。あなたの誕生祝いに私がご馳走《ちそう》するわ」

「いいわよ、割り勘にしようよ」

慌てて断ったが、知佐子は断固として言う。

「会うの久しぶりだからいいよ。あたし、嬉しいのよ。あなたが家を出て自由に暮らすって決心したことが。なかなかできることじゃないもん」

朋美はメニューを広げた。

「本当に自由になれればいいんだけど」

「なれるわよ。あなたのダンナからしたら、あたしは家出幇助《ほうじょ》でしょうね。ダンナに会ったら、責められちゃうわ」

「家出じゃないって。あたしはもう、あの家に帰る気はないんだから。あなたがうちのダンナに会うこともないよ」

二度と家に帰らないと何度も言ったのに、知佐子は本気にはしていなかったようだ。朋美は、メールの遣り取りをしている時は気付かなかった違和感に戸惑った。知佐子は自分の決心を信じていないのだろうか。

「すごいね。そこまできっぱりはなかなか言えないよ」知佐子が感心したように呟《つぶや》く。またしても、「真面目で律儀」というような言葉が出てくるのではないかと怖れた朋美はふざけてみせた。

「あたし、まだ家を出たばっかで、気合いが入ってるのよ」

仲居が注文を取りに来たので、二人で相談してコース料理と生ビールを頼んだ。

「お誕生日おめでとう」

知佐子が生ビールのグラスを軽くぶつけてきた。

「ありがとう。じゃ、再会を祝して」

二人で乾杯する。知佐子に誕生日を祝福されながら、夫にも息子にもこんな言葉をかけて貰えなかったな、と苦く思い出した。

「暗い顔してるよ」と、知佐子にからかわれた。「歳《とし》取るの、寂しいんでしょ」

「そりゃ、寂しいよ」と、誤魔化《ごまか》す。

家族の誰にも祝って貰えず、感謝もされず、自分は何のために生きているのだろうと思う。いくらハンドクリームを塗り込んでも治らない手荒れのように、心がかさついているのではないかと思う。

「ねえ、あなた、家に帰らないって言ってるけどさ。ご主人と二度と会えなくなっても平気なの？」

朋美は何の躊躇《ためら》いもなく頷いた。

「平気よ」

「へえ。じゃ、息子さんたちは？」

朋美はビールを飲み干してから首を捻《ひね》った。

「微妙なところ。二度と会えないのは寂しいし、悲しいわ。でもね、それはそれで仕方ないかもしれないと思う」

不意に、息子たちにメールを送ったことを思い出し、スマホを取り出して着信を確認した。健太から返信が来ていた。

「ちょっとメール見ていい？」

どんなことが書いてあるのか、とどきどきした。浩光は、自分宛にメールが来ないことを何と言っているのだろう。あの男の反応など気にしていないつもりだったが、やはり気になっていた。

「誰から来たの」

「上の息子からよ」

へえ、と知佐子も興味津々という風に、朋美の手元を覗き込んだ。

了解です。

何か必要な物があったら送ります。

遠慮なく言ってください。

健太

ずいぶん、簡潔なメールだった。

母親が二度と家に戻らないと宣言しているのに、「了解です」とは、事務的に過ぎないか。朋美はしばらく言葉がなかった。

「どうしたの？」

知佐子が上目遣いに窺《うかが》う。

「さっき、息子たちに、もう帰らないってメール書いたのよ。その返信が来たの」

「へえ、何て？　すっごく心配してるでしょう？」

「それが全然してないの。了解ですって。しかも、必要な物があったら送ります、だって。それだけしか書いてないの」

知佐子が噴き出した。

「やっぱ、あなたに似て、クールで真面目なのね」

知佐子がビールを注いでくれながら、笑いを嚙《か》み殺すようにして言う。

朋美はさすがにがっかりした。

母親が自分の意志で家を出て行くことに、息子たちは、多少なりとも衝撃を感じると思っていたのだった。

「もうあたしは必要とされていないのね。それがよくわかったわ」

知佐子が首を振った。

「そんなことないわよ。絶対に冷静なふりをしているだけよ」

「そうかなあ、違うと思うなあ」

朋美は首を傾げた。途端に、言葉が流れ出て止まらなくなった。

「あたしはね、ただ家にいるだけの人だったのよ。留守を守る人。みんな鍵を持たないで出て行っても、あたしがいつも家にいるから大丈夫だって、安心している、それだけの存在だったんだと思う。ダンナは、もともとあたしのことなんか、好きだと思ってなかったし、あたしもそうだった。互いに、妥当な相手だと思って結婚しただけだから、愛情を育てようなんて思わなかったのね。だから、それぞれの役割を果たすだけになってるのよ。あたしなんか、今やダンナの運転手でしかないもの。それ以外は関心を払われたことなんかないし、傷付け合ってると思うこともあるのよね」

「傷付け合うって、あなたもご主人を傷付けるの？」

知佐子が驚いた顔をした。朋美は頷く。

「してると思うわ。だって、ダンナが何に興味を持って、何をしたいかなんて、まったく興味がないもの。話も半分くらいしか聞いてないし、まともに目も合わないし、合わせないの。要するにお互い様なのよ」

「それでも家庭生活が続けられるんだから、男と女ってすごいわね。あたしの場合は、亭主に女ができたから離婚したけど、子供もいなかったし、綺麗《きれい》さっぱり別れられたわ」

しかし、あの頃の知佐子は、口を開けば夫の悪口しか言わなかった。

顔を歪《ゆが》めた苦しい表情を思い出した朋美は、目の前の、柔らかで美しい知佐子の顔を見て微笑んだ。

「そう思えるようになってよかったわね」

「時間が経《た》ったからよ。でも、あなたたちには何も起きてないんでしょう。ご主人に女の人とかはいないの？」

「いた時もあったかもしれないけど、今は多分いないでしょうね。それに、いたとしても、どうということはないわ」

ポーチにコンドームがぎっしり詰まっていたことを思い出すと笑えてくる。

浩光は、あわよくば使いたいと願っていたに違いないが、異性にそれほど深い関心や愛情を持つタイプではないように思う。本質的に自己中心的で、自分しか好きにならない人間だと感じていた。

「すごい冷静。朋美って、昔から決して熱くならないね」

ビールから冷酒に切り替えた知佐子が、ガラスの杯に唇を付けた。

「あたしは冷静で真面目で律儀？」

知佐子が頷いた。朋美はやんわりと否定した。

「そうでもないわよ」

新宿のカレー屋で思わず涙ぐんだことを思い出す。あのことは誰にも言えない、と苦笑いする。

「あなたは真面目って言うけど、あたしは、子育てでも何でも、必死に頑張れない質《たち》らしいのよ。子供がどうしても食べたくないって言えば、そんならいいよ、死ぬわけじゃないし、と思っちゃう。ダンナが、毎週土日にゴルフに行こうが女と遊ぼうが、別にいいよ、好きにすれば、と思う。だから、すぐに主婦失格とか、母親失格と言われてしまうんだよね。本当は自主性を尊重しているだけなのに。損なタイプなのよ」

そう言いながらも、「お前は管理能力がないから、俺が家計の管理をする」と浩光に告げられて、月額二十万しか渡されなくなった時の屈辱は忘れていなかった。

あれは、ちょうど健太の小学校卒業の時期で、卒業式や謝恩会、中学の制服の購入やらで物入りだった上に、親戚の結婚式があったので、自分の服も新調したかった。

だが、浩光は、朋美の家事能力に対して満足度が少ないから、コストパフォーマンスがどうのこうのと、文句を言いだした。

『最初が肝腎だから二十万の中でやれ。やれるはずだよ。みんなそうやっている』と言って聞かない。

つまりは、月額二十万しか家計費を出さないというのは、夫の、朋美に対する評価額なのだった。

仕方なく、朋美は自分の貯金を切り崩して服を新調し、結婚祝いを出した。二歳上の姉に愚痴ると、「貯金があるんだし、自分で出せばそれでいいじゃない。贅《ぜい》沢《たく》よ」とたしなめられたが、浩光の収入は平均からすれば高い方なのだ。

それなのに、働きに合わないからと、服や装身具を買ってくれないのは冷た過ぎる。ばかりか、医療費も家計の中から出せと言われれば、不意の支払いには滞ってしまう。その度に、朋美は貯金を切り崩してきた。

対して、浩光はゴルフ仲間と海外旅行をしたり、新しいゴルフセットを買ったりして、気ままに金を遣っている。

浩光の家計に関する決定は、恨みとして自分の中に残っていた。

「そりゃ、稼ぐのはダンナよ。あたしはダンナみたいに稼げない。パートにも出たけど、全然続かなかった。だって、家にいろ、と言われてしまうんだもの。でも、いくら家にいる主婦だって、いろんなお金がかかるじゃない。家電や家具だけじゃなくて、あたし自身にだってかかるわけでしょう。本やCDだって欲しいし、自分のパソコンだって持ちたい。いつも同じ格好で保護者会や集まりに行くのも嫌だし、新しい服やバッグだって欲しいわよ。それに合った靴だって欲しい。もう、四十代後半なんだから、いつもユニクロってわけにもいかないじゃない。でも、それを言うと、ダンナは、お前にはちゃんと金を渡しているんだから、その中でやればいい、と言って聞く耳を持たないのよ。

あたしの商品価値は、ママタクと留守番しかないの。だったら、そういう人を雇えばいいのよ。あたしはお役ご免でいい」

「でもさ、こう言っちゃ悪いけど、働かないって、いいご身分だと思うわ」

「わかってるわよ」

そう言いながらも、知佐子が、自分のことを甘い、と思っているのではないかと気になった。この遣る瀬なさを知佐子に理解して貰いたい。だが、知佐子はこう言う。

「あたし、なれって言われたら、喜んで主婦になるよ。いいじゃない、専業主婦って。文句なんか言わないで適当にやってれば、それでいいんだからさ」

「適当にやってるつもりはなかったわ」朋美は真剣に言った。「あたしなりに一生懸命やっていたつもりだけど、成果が上がらないからってお金を削られるのはおかしいわよ。だったら、ダンナが自分でやってみればいい」

「でもさ、ご飯作って掃除して」と、知佐子が言いかけたので朋美は遮った。

「そんな甘い仕事じゃないよ」

酔いも手伝って、朋美は知佐子に憤懣《ふんまん》をぶつけていた。

「わかるけどさ」

知佐子が圧倒されたのか、小さく呟いた。

「いや、わかんないと思うよ。外に出て仕事する人にはわからないのよ。うちは男の子二人じゃない。ほんとに大変だったのよ、やんちゃで。うちの中なんて、いつもぐちゃぐちゃだし、片付けるだけで精一杯。その上、好き嫌いが多くて、何を作っても頑として食べないの。食べるのは、いつもスナックやお菓子ばかり。あとは、レトルトのカレーとか、ハンバーガーくらいしか好きじゃないの。もともと食にあまり興味がないのよね。そしたら、ダンナも、ダンナのお母さんも、子供がそういう態度でいるのは、あたしが食事に手を抜いているせいだって言うのよ。そもそも、そうなんだって言っても、逆だと言い張る。でもね、どんなに努力したって、今の子は食べないのよ。世の中にたくさん、子供の好きな食べ物が溢《あふ》れているんだもの。そういう時代なのよ。それに、あたしだって家事や育児を休みたい時があるのに、ダンナは土日は必ずゴルフや用事を入れるから、留守番ばかり。自分の好きなように生きていて、あたしのことなんかまったく考えないのが、うちの男たちなの。だから、あたしも同じように生きるの。そうしなくちゃ気が済まない」

　朋美の愚痴は、ますますエスカレートしてきた。果たして自分の言いたいことが何だったのか、喋れば喋るほど、わからなくなりそうだった。わかるのは、自分の中に何かが溜《た》まっていて溢れそうだということだ。

「でも、今は息子さんたち大きくなって、少しはいいんでしょ？」

　知佐子が声を潜めた。

「うん、楽になった。健太は大学生になって彼女ができたから、あまり家に帰って来なくなったし、優太は部屋に籠《こ》もってゲーム三昧だから、世話がかからないの」

「優太君、ゲーム三昧なの？　引き籠もりじゃないでしょ？」

「一応、高校には行ってるから、まだ社会性はあるわ」と朋美は笑った。「でも、勉強なんか、まったくしてないのよ。あの子も高校生なんだから、それはあの子自身の責任でもあるわ。あたしはとっくに諦めてる」

知佐子が栗《くり》ご飯を食べる箸を止めて、責める口調になった。

「ねえ、諦めるの早くない？」

「早くないと思うわ」朋美はきっぱり答えた。「口が酸っぱくなるほど注意したし、あの子だって、自分の生活を改めるのは自分の力でしかできないって、わかっているのよ。なのに、全然改まらない。優太がゲームばかりやってるのも、ダンナからすればあたしのせいなの。あたしの育て方にすべての原因があるって言うの。そんな風に決めつけるダンナも嫌いだし、みんな嫌いよ。子供たちも可愛いと思えなくなった」

正直に打ち明けた途端、涙が溢れそうになった。知佐子が慌てた風に言った。

「あたし、責めてるんじゃないのよ。どこか羨《うらや》ましいんだよね」

「何が羨ましいの？」

朋美は驚いて、顔を上げた。

「だって、あたし子供産みたかったもの。今、四十六でしょう。もう無理だと思うと、悲しいわよ」

「優太ならあげるわよ」

冗談のつもりだったが、知佐子は笑わなかった。

「本当に産める時に産めばよかった、と後悔しているの。女って、生物学的な限界が近付くと、急に焦るのよ。人生には別の選択肢があったのに選ばなかったって」

「まだ大丈夫よ。四十代で産む人だって大勢いるじゃない」

知佐子がそんな風に考えているとは夢にも思わなかった。だが、朋美の慰めに、知佐子は首を捻った。

「今、四十六でしょう。どうかな。四十代初めならともかく、無理っぽくない?」

「あたしにはわからないけど。でもね、知佐子、子供がいても、孤独は癒されないよ」

朋美は思い切って言った。

「そうなんでしょうね。きっとそうだと思う。でも、何か不全感があるのよね。何か、人生でし忘れたことがあるような気持ちがあるの。そして、あたしにも無私に愛せる者がいたらいいな、と思うの」

知佐子がアルコールで赤くなった頰をさらに紅潮させた。

「あなたは仕事があるからいいじゃない」

朋美が言うと、知佐子は肩を竦《すく》めた。

「仕事っていうけど、デパートの販売員よ。それだって、あと十年ちょっとでクビになるんだよ。いや、もっと早いかもしれない。今、デパートもどんどん社員を切っているからね。虚《むな》しいものよ。本当にこの歳になると、いろいろ考えちゃうわよ」

「そうだね。わかるような気がする」

朋美も暗い気持ちになって、手の中にある、江戸切り子の重いグラスを眺めた。互いを羨んだところで、どうしようもないのだった。完璧な人生などどこにもないのだから。

知佐子が気を取り直したように、明るい声で誘った。

「ね、もう一軒行かない？　この近くに素敵なバーがあるの」

「いいわね、行きましょう。ここは割り勘にしてよ、大丈夫だから」

「じゃ、二軒目はあたしが持つわね」

二人で勘定を済ませて立ち上がった時、知佐子が携帯に目を落としながら言った。

「ちょっとあなたに会わせたい人がいるのよ。いい？」

朋美は驚いて聞き返した。

「誰？」

「内緒」

知佐子が思わせぶりに笑ったので、朋美は、知佐子が手回しよく、同級生の誰かを呼んでくれたのかと思った。

その人物は薄暗いバーで先に待っていた。

知佐子と朋美が入って行くと、立ち上がって軽くお辞儀をした。小柄だが、身だしなみのいい男であることが見て取れた。

年の頃は、朋美と同じくらいか、少し上のようだ。

「この人、近藤《こんどう》さん」

知佐子が、当然のように近藤の隣に立って紹介してくれた。案に相違して男性だったので、朋美は戸惑いながら挨拶《あいさつ》をした。

「初めまして、森村です」

「近藤です」男は自ら名乗り、名刺を差し出した。洒落《しやれ》た名刺には、「パリス企画株式会社 取締役社長」という字が見て取れた。

「社長さんなんですね」

朋美が言うと、知佐子が代わりに頷いた。

「そう、ブラックフォーマルドレスを作っている会社の社長さんなの。うちも扱いがすごく多いのよ」

「ああ、道理でお洒落ですね」

朋美は、近藤の、趣味のいい服装を感心して眺めた。

地味な色のスーツを着ているが、特別に誂《あつら》えたのか、体にぴたりと合っている。

「実はあたしたち結婚するの」

知佐子が照れた面持ちで報告した。

近藤を見た時、もしや、と思わないでもなかったが、突然だったので、朋美は呆気《あつけ》に取られた。

「そうだったの」

我に返って、二人に祝辞を述べる。

「それはそれは、おめでとうございます」

近藤が面映ゆそうに礼を言った。

「ありがとうございます。いい歳して恥ずかしいのですが、知佐子さんと出会ったのも運命と思って」

「そうですか、本当によかった」

知佐子は嬉しそうに、近藤の横顔を見上げながら朋美に向き直った。

「お互いバツイチでしょう。結婚なんて今更、と思ってたのよ。でも、老後に向かって一人暮らしじゃ寂しいじゃない。近藤さんも同じだって知ったから、じゃ、結婚しましょうか、となったの」

だから、知佐子は子供に拘《こだわ》っていたのか。ようやく得心がいった。

しかし、朋美には複雑な思いもなくはない。自分が結婚生活を棄《す》てて、これから孤独の荒野に旅立つことに賛同し、「セーフティネット」になると言ってくれた知佐子は、同じく荒野に一人で立っている、と思い込んでいたのだ。

だが、知佐子は再婚を考えている。

そのことが寂しくて仕方がない。が、そういう感情を持つこと自体が、あまりにも利己的な気がして恥ずかしかった。

よほど戸惑った顔をしていたのだろう。朋美の心中を敏感に察したらしい知佐子が、謝った。

「ごめんね、朋美。もっと早く伝えればよかったんだけど、あなたが飛び出して来たので、何だか言いだしかねちゃったの」

「何言ってるのよ。おめでたいわ」

朋美は必死に言った。

「でもね、問題もあるのよ」

「どういうこと」

知佐子は眉を寄せて打ち明けた。

「反対されているの」

「誰に」

朋美の質問を、近藤が引き取った。

「娘が二人いるんですけど、反対されておりましてね」

知佐子が深刻な顔で頷いた。だが、初対面の近藤にあれこれと聞くわけにもいかない。しかも、結婚生活に終止符を打って出て行こうとする自分とは、あまりに悩みの地平が違い過ぎた。

「いつ頃、ご結婚されるんですか?」

朋美は話を変えた。

知佐子が、朋美に話してもいい？　と、許可を求めるように近藤に目で相談している。

「今年中にはしようって言ってるの。結婚式、あなたも来てね」

「ありがとう。でも、わからないわ」

朋美は正直に答えてしまった。

「その時、どこにいるかわからないもの。東京にいたら、勿論《もちろん》出席させて」

知佐子は眉根を寄せた。

「あなたが遠くに行ってしまうと思うと寂しいな」

「ごめんね。ほんとにわからないのよ。とりあえず長崎に行くけど、また戻って来るかもしれないし、案外、あっちが気に入ってしまうかもしれないし、何も約束できないの」

近藤が口を挟んだ。

「知佐子さんに聞きましたが、なかなか思い切ったことをなさったそうですね」

「はい、日曜に出て来たばかりなんですよ」

朋美は、赤のグラスワインに口を付けた。軽くて華やかな味がした。あまりの美味《おい》しさに驚く。自称グルメの浩光なら、何と言うだろうと想像して、可笑《おか》しくなった。日曜のディナー騒ぎが夢の中の出来事のように、遠く感じられた。

「ご主人は、さぞ慌てておられるでしょうね」

「案外さっぱりしているかもしれませんよ」

朋美は、知佐子と軽く笑い合った。

「それより、新婚旅行はどこに行くの？」

「年末休みを利用して、イタリアを回ろうと思ってるの。楽しみにしてるのよ」

「いいなあ、羨ましい」

朋美はそうは言いつつも、結婚のどこが楽しいのだろう、と思えて仕方がなかった。楽しいのは今だけ。

「森村さんも、旅に出られるんでしょう？」

近藤が、朋美の顔を見た。

「そうなんです。車で出たので、このまま長崎に行ってしまおうと思ってるんです」

「あのね、朋美のね、結婚前に付き合っていた人が長崎にいるんですって。だから、会いに行くのよ」

知佐子が余計なことを近藤に注進したので、朋美は睨《にら》んでみせた。

「要するに、どこでもいいんです。行ったことがなくて、遠いところだったら、自分で運転して行けるから、何か適当な理由を探しているだけ」

「いいね、強くて。一人で生きていこうって決断した感じですね」

近藤が煙草《たばこ》にライターで火を点《つ》けた。

「その点、この人は、バッグを買ってくれなんて写メを送って寄越して」

「いやね、そんなこと言わないでよ」

知佐子が恥ずかしそうに、近藤の携帯を手で隠した。さっきの茶のバッグの写真は、近藤の携帯に送ったらしい。

朋美は一刻も早く、東京を旅立ちたくなってじりじりした。

自分に、「セーフティネット」が存在するとしたら、やはりたった一人で生きている女であってほしかった。そうでないと、自分の寂しさを共有して貰えない気がした。

三日目の水曜の朝、朋美はホテルをチェックアウトした。いよいよ東京を離れる日だ。

健太からたった一回短い返信があったのみで、以後、メールは絶えてなかった。

優太はどうしているのだろう。

もう家には帰らないと決めたはずなのに、何も反応が返って来ないと、気になって仕方がない。

優太は意志が弱く、気が優しい。あの酷《ひど》い言葉遣いも虚勢だと知っている。

そんな息子を置いて出て来てはいけなかったのではないか。朋美は急に心配になった。

しかし、互いに自立すべき時期だった。朋美は、優太に電話したい気持ちを必死に堪《こら》えた。

浩光からは、何の連絡もない。息子たちに出したメールの内容は、とっくに伝わっていることだろうから、息子にだけ別れを告げたことを怒っているのかもしれない。群馬に住む、自分の母や姉に告げ口でもされていると困る。

朋美は、心配になって姉の宏美《ひろみ》に電話を入れてみた。

姉は二人の子がいる専業主婦だ。現役保健師の母と同居しているから、様子を知るにはちょうどいい。

「もしもし、朋ちゃん、どうしたの」

母に似た姉の声を聞くと、朋美はなぜかいつも叱られているような気がして、慌ててしまうのだった。

「どうもしない。どうもしないけど、お母さん、元気？」

「元気よ。何であたしに聞くの。お母さんに直接電話したらいいじゃないの」

宏美が唇を尖《とが》らせる様子が目に浮かぶ。

「そうだけど、仕事中だと悪いと思って」

「どうしたの、何かあったの」

姉が詰問口調になった。声の調子も、心配性のところも、勘の良さも母にそっくりだ。

「何でもない。ただのご機嫌伺いよ」

この分では、浩光からは何の連絡も来てなさそうだ。朋美はほっとした。

「じゃ、急いでいるから」

「ちょっと待ってよ。何か用事があったんじゃないの」

「何でもない。じゃ、お母さんによろしく」

もっと話したそうな宏美の言葉を遮って、朋美は無理やり電話を切った。

朋美は東名高速に向けて、車を走らせた。新宿から甲州街道を下り、環八通りを左に折れる。ナビには、「小牧インターチェンジ」とだけ入れた。

そして、東京インターから、生まれて初めて高速道路に乗り入れた。料金所を通る時、浩光のＥＴＣカードがピッと小気味いい音を立てた。

何て簡単なんだろう。いよいよ冒険の始まりだ。

朋美は、三つの車線のうち一番左側を、トラックや軽自動車に混じって、とろとろと走った。

いくら運転好きといえども、朋美が車で走り回っていたのは、駅や近所のスーパー、せいぜいが郊外のショッピングモールまでだ。

遠出すると言っても、新宿や渋谷のデパート程度の距離なのだ。高速道路を長く運転するのは初めてだし、スピードに慣れていないから、うまく流れに乗れない。

『ボレロ』のＣＤをかけながら運転した。次第に高まる音とともに、昂揚《こうよう》とも戦《おのの》きとも言えない感情が渦巻いて、息詰まるような気さえした。

緊張のせいで、全身にびっしょり汗をかいている。ハンドルを握る手に力が入って、肩が凝る。アクセルを踏む足が攣《つ》りそうだ。何とか力を抜きたくてもできない。

高速に乗った経験がないのは、遠くへ行く用事がないせいだ。週末は浩光が必ず車を使用すると決まっているので、車を使う遠出を禁じられているせいでもあった。

それで、群馬の実家にも、電車で帰っていた。

何ごとも浩光が中心となっていたことに改めて気付かされ、朋美は大きな声で罵倒した。

「ほんとに自分勝手な男だね。馬鹿野郎め！」

途端に、港北パーキングエリアから出て来た大きなトラックに強引に前に入られ、冷や汗をかいた。

無理をせずにこまめに休もうと、朋美は海老名サービスエリアに寄ることにした。

東京インターから、まだたった三十キロの距離だが、やむを得ない。

朋美は海老名サービスエリアの端っこに車を停《と》めて、トイレに駆け込んだ。鏡に背中を映すと、Tシャツが汗で背中に張り付いているではないか。

月曜に、ユニクロで衣服を少し調達したものの、これでは到底足りないと気付く。サービスエリアで服は手に入らないので、仕方なくチュニックに着替えることにした。知佐子との会食にも着て行ったから、皺《しわ》だらけだし、少々汚れている。しかも、今日は曇り空で肌寒い。

朋美はトイレで着替えた後、カフェに入った。熱いコーヒーを飲みながら、インフォメーションで貰ったフリーペーパーのガイドマップをぱらぱらと眺める。

どこかのインターチェンジで下りて服を買わねばならない。ずっと高速に乗ったままPAやSAで寝て、数日間かけて長崎に向かうつもりだったのに、現実はなかなかうまくいかない。

高速は疲れる。早くも運転に飽いた朋美は嘆息した。あと、千三百キロ近くも、一人で運転しなくてはならないのだ。たったの三十キロでこんなに疲れているのだとしたら、九州まで体力が保《も》つだろうか。

距離に圧倒されつつ、絶望的な気分でガイドマップを眺めていると、御殿場にアウトレットがあるのに気付いた。

そうだ、アウトレットで服を調達してはどうだろう。その思い付きが、朋美を元気にした。

テント張りの中古ＣＤショップで、ローリング・ストーンズの古いアルバムを二枚買った。それから、急ぎ車に戻り、ガソリンスタンドで給油する。長崎までに、何度給油が必要だろうか。急に、お金が心配になってきた。

浩光が、ＥＴＣカードに気付いてカードを止めてしまったら、高い高速料金を払わなくてはならなくなる。

一日も早く、長崎に着くべきだろう。アウトレットに寄った後は、また東名高速に戻り、後はなるべく下に降りないようにしよう。

朋美は焦る気持ちで本線に戻った。大音量でストーンズを聴きながら、必死で運転していると、自分がまるで何かから逃走しているような気がしてきた。

私はいったい何から逃げているの？

浩光？　家族？　主婦？

すると、不意に答えが降ってきた。

森村朋美。

自分から逃げてどうするのよ。朋美は泣き笑いを浮かべた。

朋美は、御殿場インターチェンジで東名高速を降りた。山の中の高速道を恐る恐る走ったので、体が強《こわ》ばっている。

高速から降りることができて、心底ほっとしているのだから、長崎までの遠い道のりをこなせるかどうか不安である。

アウトレットに向かう車列にくっ付いて、広い駐車場に車を入れる。平日だというのに、カップルや家族連れで結構混んでいるのには驚いた。

駐車した後、朋美は、人の波に運ばれるようにして、入り口に向かう歩道橋を渡った。その時、背中に不思議な威圧感を覚えて振り向いた。曇り空がいつの間にか晴れ上がって、冠雪した富士山が驚くほど間近にあった。その迫力に、「すごい」と思わず声が出る。誰かに伝えたかったが、知佐子しか思い付かない。早速、写メを送った。

昨日はありがとう。とても楽しかった。

久しぶりにあなたに会えて本当に嬉しかったし、近藤さんにもお目にかかれてよかったわ。

もう一度言うけど、ご再婚おめでとう。

お祝いに、富士山の写真を送りますね。

私は今、御殿場にいます。

まだそんなところでうろうろしているのか、と呆《あき》れるあなたの顔が目に浮かぶけど、
こんな迫力ある富士山が見られて大満足です。

でも、本当はアウトレットが目的なの。

買い物しないと着る服がないのよ（笑）。

あなたが着ていたような素敵なワンピースが欲しいけど、運転には適さないのでパンツでも買います。

なかなか楽しいわよ。また連絡します。

　朋美

「なかなか楽しいわよ」と打つ時は、さすがに躊躇した。本当は、楽しいどころか、全身汗だくだったのだから。知佐子からは、すぐに返信が来た。


メールありがとう。富士山、とてもキレイね。うらやましいわ。

ちょうど休憩時間だったから、ドンピシャのタイミングでした。

昨日は突然、彼氏に会わせちゃったりしてごめんね。

十二年ぶりだっていうのに、いきなりだからびっくりしたでしょう。

でも、あなたにぜひ会ってもらいたかったのよ。近藤さんもあなたに会えて、とても喜んでました。

それから、あたし、何か失礼なことを言ってたらごめんね。

あなたの真剣さが、まだ理解できてなかったみたい。

昔から知ってるから、お互いに何もかも理解している、なんて勝手な思い込みなんだなと思った。ごめんね。

道中、気を付けてね。

近藤さんと一緒に応援してます。

何か困ったことがあったら、遠慮なく言ってちょうだい。

知佐子

朋美の胸が熱くなった。失礼なことを言ったとしたら、自分の方かもしれない。知佐子に甘えて、止めどなく愚痴をこぼしてしまった。

それにしても、何もかもがうまくいかなくて嫌になる。家族同士だとて、毎日毎日、行き違いばかりだし、旧友に再会しても、メールの遣《や》り取りだけではわからなかった齟《そ》齬《ご》があると気付かされる。

浩光が何を考えているか、なんて近頃ではわかろうともしなくなった。息子たちだって同様だ。幼い頃は、彼らが何を考え、感じているか、手に取るようにわかったのに、いつの間にか見失った感がある。可愛かった子供たちがいつしか朋美を必要としなくなり、遠い森の奥に消えてしまったような虚しさだけが残った。

知佐子には、息子たちが何を食べようが、夫が何をしようが、「自主性を尊重しているから何も言わない」などと偉そうに言ったが、本当は、キレられると面倒だから、触れたくないだけなのだった。いや、傷付くのが怖かった。浩光の執拗《しつよう》なからかいや、息子たちの罵倒が辛《つら》いのだ。だから、「勝手にすれば」と責任放棄したのかもしれない。

かけがえのない存在だったはずの家族が、いつしか変貌してしまった。かけがえがなかったからこそ、傷は深い。子供たちが生まれた頃は、こんな風になるなんて、想像もしなかった。

「愛情のない家だな」とは、浩光がしばしば冗談交じりに言う口癖のひとつだが、まったくその通りだと思う。

互いを思いやったり、気持ちを忖度《そんたく》する余裕を誰も持っていない。それさえも、母親である自分の愛情が足りないせいなのか。だとしたら、責任が重過ぎる。そんな万能な女はどこを探してもいないだろう。

浩光に対しても、こんな男、目の前から早く消えてほしい、と願う瞬間が多々あった。打算的で調子のいい健太や、意志薄弱なゲーマー、優太にだって、何度も腹立たしい思いをさせられたし、心底怒ったこともある。早いところ、二人とも家を出て、目の前から去ってくれまいか、と始終願っていた。

自分がいなくなって、皆もせいせいしているのかもしれない。それこそ、優太の「早《は》よ、死ねや」だ。朋美は苦笑いをした。メールが来ないのも仕方ない。

気分を滅入《めい》らせた朋美は、買い物をして明るくなろうと思い直した。

トイレで財布の中身を確認する。万札がたくさん入っているのに驚く。浩光のゴルフセットを売って得た金を忘れていた。この金を全部遣ってしまったら、さぞかしすっきりするだろう。

アウトレット内を歩き回り、買い物に熱中した。ワンピースにトップス、パンツ、冬支度のため厚手のカーディガンなどを買った。八万円分を遣い切って、紙袋をいっぱいぶら提げたまま歩くうちに、さすがに疲れと空腹を感じ始めた。

客が誰もいないホットドッグショップを見付けて、鉄製の椅子に腰掛けた。正面の巨大な富士山を眺めながら、ホットドッグを頬張る。遅い昼ご飯だ。

薄汚れた白い猫が一匹、テーブルの下に蹲《うずくま》っている。猫は朋美を見上げて、催促するかのように鋭い声で鳴いた。

「お腹空《なかす》いてるの？」

小柄だから、雌だろうか。堂々たる体軀《たいく》の飼い猫、ロマンを思い出す。朋美に決して懐こうとしなかった猫は、朋美の不在を、これ幸いとソファを占領しているに違いない。

ロマンの毛がソファやクッションに付くのを嫌って、常に追い払うから、ロマンはわざと朋美の癇《かん》に障るようなことばかりする。猫さえも、朋美の不在を喜んでいるのかと思うと癪《しゃく》に障る。

　白い猫が物欲しそうに、朋美の足元に擦り寄って来た。朋美は、ソーセージの芥子《からし》の付いていない部分を与えた。

　猫は飲み込むようにして、あっという間に食べてしまった。パンの方は、散らかしただけで食べようともしない。

「うちにも猫がいるのよ。そいつ、デブで嫌なヤツなの」

　猫は手元のソーセージだけを一心に見つめて、朋美の言など聞いていない。

　ソーセージの半分を猫にやって、頬杖を突いて富士山を眺めた。午後三時半。秋の陽は早くも傾いてきている。

　これからどう過ごしていいかわからず、ぼんやりしている。こういう状態を途方に暮れる、というのだろうか。

　どこかに行かなければならないのに、どこに行ったらいいのかわからない。

　何をしたらいいのかもわからない。

　つまり、自分には帰る場所も目指すべき場所もないのだ。アウトレットで買い物、という目的が終わったら、やることがなくなって、たちまちうろたえるだろう。

　その時がやってくるのが怖くて、ぐずぐずと先延ばししている。

「あんたはここに住んでるの？」

　もう食べ物がない、と見て取った猫は、つまらなそうに横を向いたままだ。

「いいね、毎日富士山が見られて」

朋美が立ち上がる前に、猫は素早く逃げて行ってしまった。

荷物が増えたので、旅行鞄《かばん》を売る店を見付けて、キャスター付きのキャリーケースを買った。休憩所で、買った物を袋から出し、片っ端からキャリーケースに詰める。紙袋はゴミ箱に捨てた。

キャリーケースを引いて歩きだした途端、呆然《ぼうぜん》と立ち竦んだ。荷物はこれだけ。まるで、ホームレスのようではないか。いや、これだけではない。車もある。

しかし、車に戻っても、暮れていく高速道路を運転する自信がなかった。いや、知らない夜の道を、一人きりで走る勇気がないのだった。

運転が好きだと、主婦仲間には自慢していたのに、こんなに弱虫だったとは。

朋美は、御殿場で泊まれないか、と周囲を見回した。すると、アウトレットのすぐ近くに、ビジネスホテルの看板が見えた。東京からたった八十数キロしか離れていない場所で、早くも身体を休めようとしている自分。

その惰弱《だじやく》さが、飛び出した家への未練のような気がして、情けなかった。

朋美は、ビジネスホテルの一泊四千円の安い部屋を選んだ。

車から衣類や洗面道具を運び出し、キャリーケースを引いて部屋に入る。ベッドと、壁際の小さなテーブルしかない狭い部屋である。勿論、ユニットバスだ。が、長所もあった。窓から、富士山が真正面に見えるのだ。

朋美は、夕焼けでオレンジ色に染まっていく富士山を見ながら、ベッドに腰掛けてテレビを点けた。

日暮れて、富士山が見えなくなる、その瞬間が怖かった。でも、テレビが点いていたら、寂しさも少しは紛れる。

何もすることがなくて、手持ち無沙汰だ。文庫も雑誌も持っていないことが寂しくてならない。次は本屋に行かねばなるまい。でないと、一人の夜を過ごせない。朋美は部屋の中を見回した。

小さな湯沸かしケトルを見付けて、ティーバッグの煎茶を淹《い》れた。

宿泊施設にでも寄らなければ、自分で茶を淹れることもできない。普段、何気なくしていたことどもが、自宅を離れると何もできなくなることに気付いて、意気阻喪していく。

日常の行いはそのままで、環境だけを変えたいと思うことが、これほどまでに贅沢な望みだとは思わなかった。

「本当にあなたは家に帰らないの？」

鏡の中の自分に尋ねる。

「帰りたくない」と、答える自分は、ゆっくりと首を横に振った。運転の疲れか、目の下の隈が目立つ。

「だったら、永遠に外で彷徨《さまよ》って暮らすしかないんだよ。それでいいの」

また自分が自分に問う。

「仕方ないよ。もう家を出ちゃったんだもの」

かなり気弱になった自分が、これまたおずおずと答えた。最後の意地を絞り出している、という感じである。

朋美はスマホを取り上げて、メールをチェックした。誰からも、届いていなかった。

浩光はともかく、優太からまったく何も言ってこない、とはどういうことだ。

子供たちを見捨てたのは自分なのに、逆のような気がしてくるから不思議だった。

朋美は、健太から来たメールを再読した。


了解です。

何か必要な物があったら送ります。

遠慮なく言ってください。

　健太

思い切って家を出た母親に怒るでもなく、応援するでもなく、何とも大人びた不思議な文面だった。帰って来なくてもいい、という意思表明だろうか。

伝わってくるのは、この先、朋美のことには介入したくない、という拒絶の空気である。ずいぶん冷たいじゃないの、と朋美は独りごちるが、健太ならそうだろう、とも思う。健太は大学三年。就職の内定を取ることに命を懸けている。大学受験の時も同様で、それなりに結果を出してきた。だから、いずれ、そこそこの会社の内定も得られるに違いない。

子供の頃から要領がよかった。苦労せずして、うまく切り抜ける方法を見付けてくるところは天才的だった。

読書感想文を書け、という宿題が出れば、先生も知らない評論を見つけ出して、適当に切り貼りし、感想文を作成する。それで高評価を得ても何の痛痒《つうよう》も感じないのだから、その割り切りようには、我が子ながら呆れるのだった。

健太のガールフレンドの香奈という娘のことも、実はあまり気に入っていない。家に遊びに来ても、ろくに挨拶もせずに、健太の部屋に籠もってしまう。ウーロン茶を運んで行って、二人に露骨に迷惑そうな顔をされたこともあった。

健太は下宿人ではないのだから、自室で何をしようと勝手だなどとは思わない。まだ学生の身分で、親と一緒に住んでいるのだ。家族に挨拶くらいはすべきではないのか。でも、健太はそんな朋美の感覚を、古臭くてうざい、他の家はみんなガールフレンドを泊めている、と非難する。

人生には、要領のよさや、割り切りだけでは運ばないこともある、とはっきり言ってやればよかった。今になってそう思う。

しかし、口論になるのが面倒で健太の「自主性」に任せてしまったのだ。

他方、優太の方は兄と違って要領が悪く、何をしてもうまくいかない。それこそ割り切りが下手で、ぐずぐずしているうちにタイミングを逃してしまう。勉強をしろ、と言われれば、なぜしなくちゃいけないと思い悩み、やっと心を決めた頃には時間切れ。浩光には愚図と言われ、健太にはできないヤツと馬鹿にされている。

優太はどうしているだろう、と気になって仕方がなかった。自分一人だけが、気にかけているというのに、優太はなぜ母親の不在に平気でいられるのだろう。

今すぐ電話をかけて、真意を確かめたい衝動に駆られた。

「ねえ、優太。お母さんと本当に二度と会えなくなるかもしれないんだよ。それでもいいの？」と。

子供時代だったら、「待って、待って」と血相を変えて母の後を追い縋《すが》って来たろうに、今は、得意の「マジうぜー。早《は》よ、死ねや」としか言わないに決まっていた。

そんな言い方しかできない幼い息子を、心の底では愛《いと》おしいと思っているのだから、母親というのは救いがたい生き物だ。

共に生活していても会話は成り立たないし、不快な思いばかりさせられるのだから、互いに離れるしかないのだった。

朋美は、優太に電話して確かめたい衝動を必死に抑えた。

だったら、代わりに誰かと話したい。スマホの電話帳の中に入っている友人たちの名前を順に目で追ってゆく。

しかし、高校時代の友人の多くは、知佐子ほどには親しくない。

近所のママ友たちとは、子供たちが同じ学校に行っていた時は、親しく行き来していたのに、子供の進路がばらけた途端、あまり会わなくなったし、連絡も途絶えている。子供の状況がそれぞれ違うので、話が通じなくなったのだ。

ハングル講座で知り合った友人たちとも、これまた講座をやめたら、疎遠になった。

つまり、仲の良い友達は、知佐子以外、いないのだ。こうなるまで、自分が寂しい人生を送っていることに気付かなかった。

もし、専業主婦にならずに仕事を続けていたら、もっと人生の同志や親友が増えていたのではないか。なら、その方がよかった。

テーブルの上のカレンダーを見る。水曜日。明日の木曜は、不燃ゴミの日だと思い出す。キッチンの隅に置いておいた欠けた茶碗《ちゃわん》と、使用済みの電池をマンション裏のゴミ置き場に出さねばならない。浩光も息子たちもゴミなど出したことがないから、気付きもしないだろう。

外出する健太に無理やりゴミ袋を持たせたことがあったが、後で見に行ったら、ペールにも入れずに外に放り出してあった。

美智子が来ているだろうから、何とかなる。と、ここまで考えてから、帰るつもりもないのだから、ゴミなんかどうでもいいではないか、自分はまだあの家に縛られているのか、と侘《わ》びしくなった。

ベッドに寝転がったまま、あれこれ考えているうちに、いつしか寝入ってしまった。激しい空腹を感じて目覚めると、十時過ぎだった。夜はまだ長い。

ホテル内には、食事処《しょくじどころ》も、カップ麵やパンの自販機もなさそうだ。最後に食べたのが、白猫にやったホットドッグだと思い出すと、ひもじくて仕方がなかった。

窓の外を眺めたが、近くにはコンビニや食堂も見当たらない。また煎茶をがぶ飲みする。無料のティーバッグがなくなったので、カルキ臭い水道水を飲んだ。

こんなに惨めな思いをするのなら、いっそ死んでしまおうか。

突然、そんな気持ちになった。人はこんな時に死ぬのかもしれない。ティーバッグがなくなった時。電球が切れた時。金がなくなった時。誰も頼る者がなくて、寄る辺ない気持ちになった時。

東京を出発した時点では張り切っていたし、冒険旅行に出るような楽しい気分もあった。こんなに早く落ち込んでしまうとは思いもしなかった。

朋美はベッドに横になって、もう一度スマホの電話帳を眺めた。片っ端から電話してみようかと思い立つ。

だが、美容院やらクリーニング店、蕎麦屋《そば》ばかりで、元の生活を思い出させるような、そんな番号しか目に留まらなかった。これらすべてを振り捨ててきたのだと思うと、取り返しの付かないことをしてしまったような後悔が募った。

今すぐ、浩光に詫《わ》びを入れれば、元の暮らしに戻れるだろうか。ゴルフバッグの件はどう言い訳すればいい？

そんな気の弱いことまで思ったし、実際、メールの文案も考えた。だが、急に馬鹿らしくなり、弱い気持ちを振り捨てようと決心する。

狭いバスタブに、どぼどぼと湯を溜めてみる。熱い湯の嵩《かさ》が増えるに従って、気持ちが落ち着いていく。

脚を折って小さな風呂に浸《つ》かる。貧相なドライヤーで髪を乾かす。

まだ十二時前だが、何とか寝ようとベッドに横たわって目を閉じる。

不意に、長崎に着いたところで何の用事もないのだ、と気付いて飛び起きた。前の彼氏に会うなんて口実で、実際にはできっこなかった。とりたてて会いたくもないのだ。

知佐子が、子供を持つべきだったのではないか、と人生でし残した経験を悔やむように、ただ過去を悔やんでいるに過ぎないのだ。浩光ではない男と過ごしたかもしれない、別の人生を夢見ているだけ。でも、時間は取り戻せない。だったら、今を受け入れるしかない。

なぜ、こんな自分が、知佐子の生き方を責めることができるだろう。

部屋に籠もっていると、希望を失って死にたくなる。こうして金を遣っているうちに、何もかもが尽きて、本物の孤独がやってくる。いつしか行き場もなく彷徨うようになるのだろうか。キャリーバッグを引いて、とぼとぼと冬の道を歩く老女の姿が目に浮かび、恐怖で叫びだしたくなった。

朋美は起き上がった。こんなところで、あれこれ考えていたら、首を吊《つ》ってしまいそうだ。ともかく、出発しよう。

アウトレットで買った新しい服を着た。髪を梳《と》かし、口紅だけを引く。行けるところまで行って、疲れたら、SAやPAに入って休めばいいのだ。何とかなる。

真夜中、朋美は、御殿場から再び東名に乗った。夜の高速走行なのに、不思議なことに今度はまったく怖くなかった。

延々と連なる長距離トラックの後ろ姿を見つめながら、ローリング・ストーンズの「タトゥ・ユー」を大音量で聴いて、一心に夜中の高速をひた走った。

午前二時前。富士川サービスエリアが近付いて来た。空腹でふらふらだ。

駐車場に車を停めた。レストランはすでに終わっているので、スナックコーナーで富士宮焼きそばを貪《むさぼ》り食べた。

満腹すると、ようやく眠気が襲ってきた。パウダールームでジャージに着替え、清潔な洗面所で歯を磨いた。

車に戻って後部座席に横になった。衣服を丸めて枕にし、毛布を掛けて丸くなる。この車が自分の家だと思うと、安らかな気持ちになった。

奇妙な夢を見た。

朋美は、尿意を感じながら、宴席に連なっていた。だが、自分が飲み食いしているのではなく、どうやら仲居の立場らしく、酒が切れたら、いち早く注ぐ仕事をさせられているのだった。

見たことのない男女が十数人、細長い卓を囲んで談笑している。年末の胃腸薬のＣＭで見るような光景である。

すき焼き鍋のような物が卓の何カ所かに置かれて、ぐつぐつ煮えていた。客はすぐにビールを飲み干すので、その度に駆けて行って注がねばならない。早くトイレに行きたくて仕方がないが、なかなか席を外せないでいるのだった。

卓の中央には、浩光や健太、優太がいる。三人は夢中で、シラタキのような物を啜《すす》っている。優太に声をかけたいが、朋美がいることに気が付いているのかどうか、ちっともこちらを見ようとしない。

「遅くなりました」と声がして、襖《ふすま》が開く。朋美の母親がやって来たのだった。まだ六十代の若々しい姿で、挨拶して回っている。

だが、浩光は会釈したきり、やや冷たい態度を取っている。自分が家出したから、母親に意地悪をしているのだろうか。何と子供っぽい男か。

憤りを覚えながら、尿意を堪えていると、母親が朋美の手から瓶ビールを奪って言う。

「早くトイレに行っておいで」

さすがお母さん。ほっとして目を上げると、サービスエリアのトイレが見えた。

夢だ、と悟った瞬間、朋美は覚醒《かくせい》した。

車内がしんと冷えて、窓ガラスに水滴が付いていた。寒い。朋美は、ばらけた髪を手で押さえながら、後部座席に座り直した。

凝り固まった肩を揉んでいると、トントンと音がした。

朋美は、思わず悲鳴を上げた。窓の外に、薄緑色の作業服を着た中年男が立って、中を覗き込んでいる。

その男が車のガラス窓を叩いているのだった。短髪でいかつい体つき。髯《ひげ》の剃《そ》り跡が青々と目立つ。だが、ドングリ眼で、目尻の下がった愛嬌《あいきょう》のある顔付きをしていた。

慌てて、ドアを開けて外に出た。

朝の冷気でぶるっと震え、途端、尿意を我慢して寝ていたことを思い出す。

「何ですか」

「寒いだろ。これ差し入れ」

男は、朋美にスターバックスのコーヒーを差し出した。

容器は、手で持てないほど熱かった。男のトレイには、もうひとつのコーヒーやサンドイッチなどが載っている。

「頂いていいんですか？」

このまま貰ってしまっていいのか、と思わず男の顔を見た。

「いいのいいの」

男は笑って手を振った。

「でも、どうして」

突然なので釈然としない。

「仲間だから」

サービスエリアで寝る人間同士ということか。朋美は照れ笑いを浮かべて頭を下げた。

「ありがとうございます」

男は、それ以上何も言わず、片手をズボンのポケットに突っ込んで、やや猫背気味で後方のトラックなどが停まっているエリアに向かって歩いて行った。腕まくりして素足にサンダル履き。長距離トラックの運転手なのだろうか。

それにしても、仲間とは。朋美は苦笑いしながら、熱いコーヒーを啜った。体の芯から暖まって、美味《うま》かった。天気は薄曇りで肌寒いが、朝の活力が蘇る気がする。

洗面道具を持って、パウダールームに入る。サービスエリア内のトイレやパウダールームが、早朝から混んでいるのは意外だった。

観光バスや自家用車が次々と到着して、疲れた顔の若い女や、赤ん坊を抱いた母親、団体旅行の初老の女たち、これからゴルフにでも行くような格好をした、元気のいい中年女たちを大勢吐き出してゆく。誰一人として、明らかな寝起き顔でジャージ姿の朋美に注意を払おうとしないのが、嬉しかった。

洗顔を済ませて、スターバックスでサンドイッチを買う。午前八時半。

運転席でサンドイッチを食べながら、コーヒーの残りを飲んだ。少し冷めていて、舌にはちょうどいい温度になっていた。

先ほどの夢を思い出して笑った。ひもじさと尿意と寂しさ、そのすべてが詰まった夢に、自分の迷いが出ているのだろうと思う。浩光や二人の息子が現れたのも、別れを惜しんでいるからなのかとしんみりした。

食事を終えて、パウダールームで簡単に化粧をした。それから、アウトレットで買ったばかりのAラインのTシャツとジーンズに着替える。カーディガンを羽織り、コンビニコーナーに寄った。

お菓子や飲み物を買って、車に戻った。スマホをチェックするも、相変わらず何もない。夜なら落ち込むだろうけど、今は朝。ほんとに私って孤独、と笑うことができる。

本線に出ようと、サービスエリア内を走っていると、大きな白いトラックがスピードを上げてやって来て、後ろにぴたりと付いた。

特徴あるクラクションを鳴らすので、バックミラーを見ると、さっきの運転手が手を振っていた。

トラックのナンバーは、「宮崎」とある。これから一緒に九州に向かうのかと思うと、心強くもあった。バックミラーに向けて手を振ると、トラックが軽いクラクションで返事を返して寄越した。

さて、今日はどんな日になるのだろう。朋美は東名高速を再び走りだした。

疲れる前に早めに休む、という方法でのんびり行こうと思う。

宮崎ナンバーのトラックは、まるで朋美を守ってくれるように、同じスピードで後ろを走っている。

朋美がパーキングエリアやサービスエリアに入ると、後ろからついてくる。だが、知り合いの運転手と談笑したり、煙草を吸ったりして、もう近付いては来なかった。

「宮送運輸」と車体に大きく書いてあるところを見ると、運送会社なのだろう。ロゴはたいそう洒落ているが、運転手当人は、垢抜《あかぬ》けない、実直そうな男である。

浜名湖サービスエリアは眺めがよさそうなので、ここで早めの昼ご飯を食べることにする。浜名湖が見える端っこのテーブルに座って天麩羅《てんぷら》蕎麦に箸をつけようとしていると、件《くだん》の運転手が、かつみそラーメンの載った盆を持って、うろうろしている。

「宮崎さん」

思わず呼びかけると、俺のことか、という風にきょろきょろと見回した。朋美を認めて、少し離れたテーブルに盆を置き、脚を広げてどっかと座った。

「俺、宮崎じゃねえよ。滝田《たきた》っていうの」

割り箸をくわえて割りながら言う。

「すみません、ナンバーが宮崎だったから、ついそう呼んでしまいました。あたしは森村といいます」

滝田は頷いた。

「多摩ナンバーだね。東京の人?」

「そうです」

「どこまで行くの」

一瞬、躊躇ったが、正直に明かした。

「長崎です」

「何でまた。陸送のバイト?」

滝田がラーメンに大量の胡椒《こしょう》を振りかけながら訊《たず》ねてきた。

「いいえ、まさか」朋美は笑った。「ちょっと用事があるんです」

「何で車で行くの? 飛行機の方がずっと速いでしょう。時間かかんないから、結果的に安いよ」

「運転するのが好きなんです」

海老《えび》天の衣がずるりと剝《む》けて、つゆの中でふやけている。割り箸の先で摘んで口に入れた。滝田は黙っている。

「滝田さん、今朝はコーヒーご馳走様でした」

「いやいや、いんだけど。あれ、美味かったろう?」

少し年下だろうか。目許などは若く見える。

「ええ、美味しかったです」

「そう?」と、嬉しそうな顔をした。

「俺ね、余計なことしてるなあと思ったんだよね。でも、ああやって寝てると、寒いからね。女の人だから気の毒だなあ、なんて思っちゃって」

寝姿を見られたのか、と恥ずかしくなった。車が自分の家なら、他人から見られないようにカーテンを吊らねばなるまい。

「俺たちは運転台の奥に寝るとこあるけど、乗用車は丸見えだからね。あれだよ、ほら、ワンボックスとかにすればいいんだよ」

「なるほど」と、相槌《あいづち》を打ったが、そんなことは考えてもみなかった。

しかし、このまま車で暮らすのなら、乗用車よりも便利かもしれない、と思う。家族と暮らしていた時には、思いも寄らなかった発想が湧くものだ。

「あの、あたしが今度はコーヒーご馳走しますから」

「いいの、いいの。気にしないで」滝田は行儀悪く箸を振った。先に葱《ねぎ》がくっついている。「俺ね、スタバのコーヒーしか飲まないのよ、なんちゃって」

「そうですか、じゃスタバのあるところでおごります」

「いいよ。こっちこそね、女の人に余計なことしちゃって」

滝田のイントネーションには、どこかの地方の訛《なま》りがある。それが彼を好人物に見せている。滝田はラーメンを勢いよく啜り始めた。

「いや、本当に嬉しかったんで、どこかのスタバで必ずご馳走します」

朋美は軽く頭を下げた。

「森村さん。あんた長崎まで、高速降りないでずっと行くつもり？」

もう一度訊《き》かれたので、仕方なく答えた。

「はい」

「大変だね。またどっかのサービスエリアで寝るつもり？」

「ええ、なるべく大きなところを探して寝ようかと」

「疲れるからさ。女の人は泊まった方がいいよ。よく眠れないと運転中に居眠りしちゃったりして、危ないから。名神の多賀って知ってる？　あそこはホテルがあるよ」

「サービスエリアの中にあるんですか？」

「そう。外からも入れるし、上りからも橋で通じてるから、便利だよ」

朋美は、ガイドマップを開いた。確かに、風呂や宿泊施設のマークがある。大阪でいったん高速を降りてホテルに泊まろうかと思っていたが、今日はそこに寝ようと決める。

「ありがとうございます。そうします」

「それがいいよ」

滝田はラーメンの汁を飲み干すと、煙草に火を点けた。

多賀には、四時半に着いた。あと百キロも走れば大阪だ。大阪から長崎までは七百五十キロ。

大阪まで行けば、半分近く走ったという実感が湧くだろう。高速運転にも次第に慣れ、ＳＡやＰＡに入って少しずつ休めば、疲れないこともわかった。朋美は、自分がここまでやれるということが嬉しかった。

ホテルのフロントで聞いてみると、ちょうどシングルルームが空いているという。御殿場のビジネスホテル並の値段だというので、朋美はほっとして部屋を取った。

荷物を置いてから、サービスエリア内のコンビニで文庫本を買う。フロント前で新聞を読んでいると、滝田が入って来た。

「あら、お昼はどうも」

「部屋取れた？」

「大丈夫です。ありがとうございました」

滝田が笑いながら言った。

「あのさ。スタバがあるんだけど」

先ほどの約束のことを指しているのだろう。朋美は笑いながら立ち上がった。

「はい、ご馳走しますよ」

広いエリア内を並んで、スターバックスのカフェに向かって歩いた。

「あんた、奥さんでしょう？」

滝田が遠慮がちに問う。

「ええ、まあ、そうですけど」

「何でこんなことしてるの」

朋美は答えに詰まった。

「何でって言われても、仕方ないんです」

「で、幾ら？」

どういう意味なのだろう。朋美は混乱して、滝田のドングリ眼を見直した。

「何のことですか？」

「だから、あんた幾ら？」

急に腕を摑《つか》まれて、振りほどく。ようやく、それは自分の値段だと知った。

朋美の顔が屈辱で紅潮した。

「失礼ね。あたし、そんなことしてません」

「あ、そう。それはどうも」

滝田は慌てた風に、すっと離れて行った。その横顔に笑いが浮かんでいたような気がして、朋美は腹立ちを抑え切れずに男の背中を睨み付ける。

滝田が親切にしてくれたのは、朋美が自分を売っていると誤解していたからなのだ。それに気が付かない自分は大馬鹿者だった。


翌朝は、すっかり怖気《おじけ》づいて、レストランでも、運転手たちから目を逸らしていた。皆が皆、滝田のようだとは思わないけれども、一人で彷徨う女には、親切めかして付け込む男がいるのだ、と震撼《しんかん》するのだった。

四十六歳なのだからあり得ない、と思っていた自分は世間知らずだったと反省する。

朋美はおそるおそる、トラックの停まっているエリアに目を遣った。どうやら、滝田のトラックはどこかへ行ってしまったようだ。

ほっとして朝定食を口に運び、ガイドマップを眺める。次はどこのサービスエリアで休憩するかを考えるためだ。

浩光がETCカードを思い出すのは、どうせゴルフに行く週末だろうから、それまでに何とか長崎まで走り抜きたいと思う。

次は山陽道に入ってから休んで、給油しよう。京都は何度も旅行したが、大阪以西には行ったことがないので、楽しみでもある。

昼過ぎに白鳥《しらとり》というPAまで走って、醬油《しょうゆ》豚骨ラーメンを食べた。例によってスマホをチェックすると、知佐子から短いメールが届いていた。

今、どの辺にいるのかな？

旅は順調ですか？　気を付けてね。

東京は少し寒くなったよ。

　知佐子

嬉しくなって、すぐにメールを返した。

今、山陽道に入ったところ。

運転に慣れてきて、楽になりました。

いろんなことが起きるので面白いよ。

その中身はまた今度。

　朋美

メールを打った後、今日はどのサービスエリアで寝ようかと考えた。

二度と滝田のような男と出会いたくないから、気を付けねばならない。

頑張って下関くらいまで行こうかと、走行距離を計算し始める。疲れ具合で、休み場所を考えようと立ち上がり、出発のためにトイレに寄った。

「あのう、ちょっといいですか」

鏡を覗いてリップクリームを塗っていると、若い女が話しかけてきた。

三十歳前後と思《おぼ》しき痩せた女が、困惑したように眉を寄せて立っている。

白いシフォンのタンクトップと黒のひらひらしたスカートを穿《は》いているが、いかにも寒そうに、細い両腕で肩を抱いていた。

十月初旬で暖かい日もあるが、いくら何でもタンクトップ一枚は無防備に過ぎる。朋美は足元に視線を下ろしてさらに驚いた。

「どうしたんですか？」

思わず聞いたのは、裸足だったからだ。トイレのコンクリートの床に、気持ち悪そうに爪先立っている。

「あたし、置いて行かれちゃったんです」

「誰に、何で」

事態がさっぱり把握できないので、矢継ぎ早に聞いてしまった。

「ダンナに、ダンナにです。車の中で喧嘩《けんか》になって」

女には関西訛りがあった。

「ご主人はどうしたんですか」

「怒って行っちゃったんです。あたしのジャケットとかバッグとか靴とか全部載せたまんま。もうお前なんか知らん、勝手にせいって」

「酷い」

自分のことを棚に上げて絶句すると、女がほとほと困ったようにこくりと頷いた。

「まさか、あんなことするなんて思ってなかったから、びっくりして。靴もないし、寒いし、お金もないし、どうしたらいいかわからなくて」

朋美は気の毒になった。

「じゃ、ここで待ってて。靴なら貸すわ。サイズが合わないかもしれないけど、裸足でいるよりいいでしょう。ちょっと待ってて」

車に走って、パンプスとカーディガンを手にして戻って来る。

女はほっとした様子でパンプスに足を入れた。カーディガンを羽織って礼を言う。

「ありがとうございます。ほんとによかった。しばらくお借りします。ごめんなさい」

そう礼を言って、頭を下げた。

「あなた、これからどうするの」

「さあ、どうしたらいいんでしょう」女が周囲を見回した。「ここは何県ですか」

「兵庫県じゃないの？」

「あたし、下関に行く途中だったんですけど、どうやったら行けるんだろう」

「路線バスのところまで送って行ってあげましょうか」

女があまりに途方に暮れた様子なので、思わず言ったものの、金も何も持っていないのだと気付く。

「そうそう。あなた、バス代もないのよね」

「すみません」

女はたちまち悄気《しょげ》て、大きな溜息《ためいき》を吐《つ》く。目尻の下がった、可愛い顔立ちをしている。

「もしかすると、ご主人も反省して戻って来るかもしれないわよ。お茶でも飲んで待ってましょうか」

誘ってみると、素直に頷いた。細かく震えながら歩いているので思い切って訊ねる。

「あなた、凍えてるんじゃないの？　女性トイレに何時くらいからいたの」

「二時間くらい前です」

ということは、夫は戻る気がないのかもしれない。夫婦喧嘩の末に、妻を寂しいＰＡに置き去りにするなんて、世の中には酷いことをする男もいるものだ。朋美は憤然として、スナックコーナーに連れて行った。

「何か召し上がる？」

「いいえ、結構です」

女は硬い表情で俯《うつむ》いたまま、首を横に振る。

「でも、何か食べた方がいいわよ。体も温まるし、気分も楽になるから。あたし、さっきラーメン食べたけど、結構美味しかった」

女が縋るように朋美を見上げた。視線が強かった。

「すみません。だって、あたし一円も持ってないんです」

「わかってるわよ。気にしないで」

朋美は券売機で、醤油豚骨ラーメンと、ホットコーヒーの券二枚を買った。ラーメンとコーヒーを受け取り、項垂《うなだ》れている女性の前に置く。

「遠慮しないでどうぞ」

「すみません。あの、何か書く物をお持ちではないですか？」

朋美がバッグからボールペンを差し出すと、卓上の紙ナプキンを取って、さらさらと認《したた》めて、朋美に渡した。

「大阪府豊中市曾根東町五丁目二番　ニューナミキ荘２０４号　桜田百音《さくらだももね》」

丁寧な筆跡だった。住所だけでなく、携帯電話の番号まで書いてある。

「あたし、桜田といいます。これがあたしの住所と電話番号です。怪しい者ではありません。最近まで、外車のディーラーで働いていましたが、離婚騒動で辞めたところです。では、すみません。お言葉に甘えて頂きます」

桜田は一礼してから、箸を取った。

「あたしは森村といいます、森村朋美」

「森村さん？」

桜田は怜悧《れいり》そうな目を向けた。朋美はにっこり笑って、率直に聞いた。

「離婚なさるところだったの？」

桜田はラーメンの汁を啜ろうとしていたが、レンゲを止めて頷いた。

「そうなんです。ずっと揉めてるから、あたしもほとほと嫌になっちゃって。早く自由になりたいなと思ってたところです。下関にあたしの実家があるので、父に呼ばれて行くところでした。ダンナはそれも嫌だったんでしょう」

「だからって、置き去りにするなんて」

「はい、酷いです。今頃、あたしの靴とかバッグとか、どこかに投げ棄ててるんだろうと思うと悲しくて」

桜田の大きな目が涙で潤んだ。朋美は見て見ぬふりをして、コーヒーを啜る。

「まさか、棄ててないわよ」

自分は浩光のゴルフセットを何の躊躇いもなく売ったではないか、と思い出す。

「いや、情け容赦なく棄ててます。そういう人なんです」

朋美は話を変えた。

「ところで、あなたは下関にいらっしゃるつもりなのね？」

――よせ、馬鹿。お人好《ひとよ》しはやめろ。

一瞬、浩光の声が耳許《みみもと》で聞こえたような気がした。朋美は逆に意地になって、言葉を放っていた。

「だったら、あたしもそっち方面なので、一緒に乗って行かれますか？」

「え、本当ですか？」

桜田の顔がみるみる輝いて紅潮するのを、朋美は嬉しい思いで眺めていた。

あなたも結婚には苦労したのね。あたしもそうなのよ。道々、桜田とそんな話をしながらのんびり進もうと思う。

「でも、あたしは何も持っていないので、それでは心苦しいです」

「いいわよ。どうせ一人でだって高速代とかガソリン代はかかるんだから、二人だって同じでしょう。それより、話す相手が欲しかったところなの」

正直な思いだった。桜田と知り合った以上、このまま捨て置けないから、金を貸すことになるのは当然のなりゆきだった。それなら、実家まで送り届けた方が気持ちがいい。

「よろしいんですか。どうもすみません。このご恩は、必ずお返しします。ほんとです。

下関の実家に寄ってくださいね。両親がいますので、お金も費用も全部お返しします」

「いいのよ、ご恩なんて。大袈裟《おおげさ》よ」

狭いスナックコーナーに響き渡るような大声で礼を言われ、朋美は羞《は》じらった。

「コーヒーもどうぞ」

ラーメンを食べ終えたのを見て勧めたところ、桜田は俯いて頭を下げた。

「ありがとうございます。親切にして頂いて」

「いいのよ、遠慮しなくて」

「では、喜んで頂きます」

桜田が、ようやく善意を受け入れてくれた気がして、ほっとする。

桜田はコーヒーにたっぷりと砂糖を入れてカップに口を付けた。

「桜田さん、お幾つなの」

「あたし、三十になりました」

「お若いのね」

「もう三十路《みそじ》ですよ」

桜田はそう言ってから、はっとして朋美の顔に改めて視線を当てた。悪いことを言った、と思ったのだろうか。若い女が何を考えているのか、ちっともわからない。

「あたしはもう四十六なのよ」

「そうは見えないけど」

格別関心がないのだろう。語尾は曖昧に消えた。

「今の若い人は割と生足で平気みたいだけど、十月にそれじゃ寒くない？」

はあ、そうですね、と答えて、桜田は居心地悪そうに身じろぎした。

「奥のコンビニで買って来てあげる。肌色のがいい？」

「だったら、黒の四〇デニールがあったら、それをお願いしてもいいですか。すみません、わがまま言って」

「いいわよ、四〇デニールね」

朋美は、奥のコンビニで、二人の飲み物と桜田のために黒のタイツを買った。若い女ははっきりしていると思う。戻って来ると、桜田は寂しそうに、ガイドマップを眺めていた。

「どうぞ。トイレで穿いて来たら」

袋を差し出すと、真面目な表情で受け取った。

「どうもありがとうございます。勝手なこと言ってすみません」

桜田は礼儀正しかった。助手席にきちんと座り、背中はシートに着けようともしない。

「それじゃ苦しいでしょう。シートも下げて、ゆったり座ってください」

朋美が発進しながら言うと、桜田は居心地悪そうに背中を着けた。

「仕事がら、お客様の車に乗る時は、絶対に背を着けちゃいけないんです。その癖が抜けなくて」

「販売をしてらしたの？」

「そうなんです。あの、うちのダンナは、あたしのお客さんだった人なんです。あんなに豹変《ひょうへん》するなんて思ってもいなかった」

客商売をしていれば、そんなこともあるのだろう。

「でも、いいお客さんだったんでしょうに」

「まあ、そうですね。最初は、感じよかったです」

忌々《いまいま》しそうに言うので、朋美もそれ以上、追及しなかった。

しかし、二車線の単調な山陽道を若い女とあれこれ話しながら運転するのは悪くない。

「そうだ、あなた、ご実家にお電話しなくてもいいの？　あたしの携帯貸してあげるから電話したら？」

「でも、下関だから県外ですよ」

「いいわよ、使ってちょうだい」

丁寧に礼をすると、桜田はスマホを手にした。使い慣れた様子で番号を打った後、しばらく耳を澄ませてから切った。

「誰も出ないな」と呟く。

「お母さんは携帯とか持ってないの」

「あるけど、番号覚えてないんです」

「そうよね」と同情する。「あたしも番号なんてひとつも覚えてないわ。家の電話だけは覚えているけど、それも使わないから、あれ、何番だっけ、なんて思い出せなくてね」

「ですよね」

　桜田は深く頷いて嘆息する。

「でも、携帯もないんじゃ困るわね」

「ほんと困ります。お金や服なんてどうにかなるけど、携帯だけはそうもいきませんから、一番の被害です」

「よくわかるわ」

　朋美は独りごちた。買ったばかりのこのスマホをなくしたら、もう知佐子にも、家族の誰にも、連絡を取ることはできなくなるだろう。

　しかし、心のどこかで、携帯をなくしてしまったら自分はいったいどうするだろう、と自分のうろたえぶりを眺めていたいような、むず痒《がゆ》い気持ちもあるのだった。子供の頃、膝小僧のかさぶたをこっそり剝《は》がしては、後悔を楽しんでいたような奇妙な衝動が。

「森村さんは、どうして一人で下関方面に行かれるんですか？　どなたか知り合いを訪ねていらっしゃるんですか？」

　突然、桜田に聞かれて、朋美は我に返った。

「実は、長崎に用事があるの」

「長崎ですか？　東京からいらしたんでしょう。わざわざ車でいらしたのは、そちらにおうちでもあるんですか？」

運転が好きだから、と答えたいところだが、桜田には、すでにカッコ悪いところをさんざん見られている。

前方のトラックを追い抜くのに手間取って追い越し車線でクラクションを鳴らされたり、センターラインに寄り過ぎて、追い越し車線の車に嫌な顔をされたり。

「実は、あたし家出して来たのよ」

「ほんとですか。何か変だと思っていたけど、ほんとですか」

桜田が頓狂な声を上げた。

「何か変って、何が変なの？」

朋美は、滝田に誘われた時のことを思い出して、顔を顰《しか》めた。

「すみません、言い過ぎました。森村さんは、普通の品のいい奥様って感じなのに、後ろに毛布とかあるし、ＳＡとかＰＡとかで寝てらっしゃる感じじゃないですか。そんなことする女の人って、あまりいないと思います」

「やっぱりそうなのね」

朋美は苦い思い出を払拭《ふっしょく》しようと、バックミラーを見た。あの「宮送運輸」のトラックは、多賀で別れたきりだ。

「やっぱりって、何が」

朋美は、滝田のことを手短に話した。

「同業者なんかから、高速には、そういう女の人が出没する場所があるって聞いたことがあります」

桜田が気の毒そうに呟いたので、朋美は思わず噴き出した。

「光栄と言うべきかしら」

二人して笑ったら、気が楽になった。あんな誘い方をした滝田も、きっと恥ずかしかったに違いない。

「あたし、関西より西は初めてなのよ」

朋美は桜田の横顔に向かって言った。時折、うつらうつらしていた桜田は、はっとして朋美の方を見た。

「そうですか。じゃ、下関も初めてですか？」

「ええ、九州に足を踏み入れるのも初めて」

「だったら、是非、下関で降りて、うちに泊まって行ってください」

それもいいか、と思う。旅は道連れと言うが、こんな若い女性と知り合いになり、しかも、彼女を救ったのだから、気持ちがいい。

「森村さん、宮島見たことあります？」

「宮島って、あの大鳥居の？」

「そうです」桜田が標識を指差した。「もうちょっとで宮島のＳＡですけど、あそこから宮島を見ることができるんですよ」

「あら、ほんと」

「かなり遠いですけど、綺麗ですよ」

すっかり心を動かされて、朋美は宮島SAに車を入れた。駐車場から、宮島が見える場所まで敷き詰められた石畳を歩いた。

「下からフェリーで行くこともできます」

桜田が据え付けの双眼鏡を覗くように誘った。遠くに巨大な赤い鳥居が見える。

「ずいぶん遠いわね」

しばらく眺めた後、そろそろ行こうかと振り向いた。桜田が笑いながら手を出した。

「忘れ物したんでキーを貸してください」

キーを渡してから、周囲をゆっくり眺め回した。初秋の瀬戸内海を見下ろしながら、充実感を味わっていた。

石畳を戻ってトイレに寄る。もう少しで陽が暮れそうだ。暗くなる前に下関に着くのは無理かもしれない。しかし、何も持たない桜田は、何を車に忘れたんだろう。

そんなことを考えながら、車に戻ろうとした。だが、駐車場所を間違えたのか、灰色のティアナはどうしても見付からない。

十五分ほどして、朋美はようやく気が付いた。桜田に置いて行かれたのだ、と。幸いなのは、桜田に比べ、自分はバッグを持ち、カーディガンも着ているところ。でも、それだけ。まさか、長崎に着く前に車を失うとは思いもしなかった。慌ててスマホに残った０８２９から始まる番号に電話してみる。

「はい、宮島サービスエリアです」

道理で、ガイドマップを注視していたわけだ。さあ、どうする、朋美。心が急にむず痒くなった。

第四章　世間の耳目

居酒屋の奥座敷は、年配の男女でいっぱいだった。

北町ゴルフ練習場の常連たちによるゴルフコンペの会、「ピンそば会」の定例飲み会が開かれている。

一番奥の床柱を背にしているのは、当然のことながら会長の竹内である。元大蔵官僚だった竹内は、会員の男たちが皆胡坐《あぐら》をかいている中、一人端然と正座している。

銀色の髪が少々薄くなり、ピンク色の地肌が目立つようになったものの、経歴といい、押し出しといい、センスのいい服装といい、「ピンそば会」の代表にはまことに相応《ふさわ》しかった。

竹内の両隣に、右大臣左大臣よろしく睨《にら》みを利かせているのは、大手都市銀行の支店長をしていた笹井《ささい》と、商社に勤めていて海外赴任も長かったという島本《しまもと》だ。

三人とも七十代なのに、体力もあってゴルフもうまい。リタイアしても、地域の親睦会で権力の座を占めるのはこういう連中である。

現役の課長とはいえ、まだ四十代の浩光は、ここでは使い走りの小僧っ子のようなものだ。だから、末席近くに控えている。

会員は二十名近く。男女の比率はほぼ半々で、女性九人はほとんどが中高年の主婦。男性陣は、竹内ら退職老人が六人。あとは、浩光のような現役サラリーマンが三人と、自営業者が一人（高瀬である）だ。

主婦たちの集団の端っこに、小野寺百合花が遠慮がちに座っているのを見付けて、浩光はほっとした。

ああ、よかった。後で連絡先を聞くことができるじゃないか。これで面目が立つ。

「では、新しく入った人もいらっしゃいますから、ここらで順に自己紹介をしましょうか。じゃ、森村さんから」

竹内が浩光を真っ先に指名したので、浩光は得意げに立ち上がった。

広告のプレゼンの時などは、部下に「ノンストップ・モリー」と称されているくらいだ。人前で話すのは嫌いではない。いや、大好きだ。

浩光は最初から受けを狙った。

「えー、ご存じ、逃げられ夫の森村でございます。妻は、日曜のディナーの席で突然出奔。いまだ行方がわかりません」

どっと笑いが起こるかと思ったのに、ちっとも受けなかった。

浩光は慌てて、周囲を見回した。全員が、驚いた表情でこちらを凝視している。

ああ、失敗した。急ぎ、真面目な顔で付け加える。

「いやいや、まだ死んではいないと思います」

ブラック・ジョークだったのに、女性たちが、眉を顰《ひそ》めて互いを見遣《みや》るのを目撃してしまった。滑った。ますます焦る。

「メールひとつ寄越さないんです。私、それくらい嫌われてましてね」

六十代の元教師が、腕組みをして苦い顔をした。

「いや、三日前にメールは来たんですが、それっきりなんです。どこでどうしておじゃるやら。でもまあ、これはこれで独身生活に戻ったみたいで、快適なところもございまして。はは、意外な発見でしたが」

誰かが顔を背けた。どこかで談笑が始まった。偽悪的に振るまえば振るまうほど、座が白けていく。

小野寺百合花の表情を窺《うかが》おうと、そっと視線を向けた。だが、いつの間にか席を外している。聞くに堪えず、出て行ってしまったのだろうか。その前に、住所を聞いておけばよかった。悔やんでも、もう遅い。

はっと顔を上げると、自分の発言を待っている皆の視線が突き刺さるようだった。

次は何を言う。さあ、どうする、ノンストップ・モリー。焦っているのだが、言葉が出てこない。すると、周囲の色合いがふっと褪《あ》せてきた。あれ、どうしたんだ、と思った瞬間、目が覚めた。

夢でよかった。浩光は大きく息を吐きながら、ほっとして羽根布団を掛け直した。外はまだ暗いから、もうひと眠りできそうだ。

「逃げられ夫」。恥ずかしくて他人には絶対言えない、と思っているのに、夢はこんないたずらをして、浩光の見栄を嘲笑《あざわら》う。

この夢の話も、「エルチェ」の千春にしてやろう、と思い付いた。

千春が喜んでくれるなら、道化にでも何でもなれる。浩光の自虐ネタに相好《そうごう》を崩して笑ってくれる千春が大好きだった。美しくて楽しい千春を、そばでじっと見つめていたい。

あれ、俺はもしかすると、千春ちゃんに惚《ほ》れているのかな。

朋美に対して、こんな甘い気持ちを一度も持ったことはなかった。ひたすら、亭主として舐《な》められないように、頑張ってきただけなのだから。

俺は千春に惚れている。嬉《うれ》しい発見をしたような気がして、心が浮き立ってきた。

朋美がいなくなったのは、俺に第二の青春を楽しめ、という神のご託宣なのかもしれない。浩光は、一人ほくそ笑んだ。

その時、突然、溜息《ためいき》のような寝息が聞こえてきて、ぎょっとした。

隣のベッドの羽根布団がこんもりと盛り上がって、規則正しく上下しているではないか。朋美が戻って来たのか。嬉しさより、何と図々《ずうずう》しい女だ、と腹立ちが込み上げてきた。

これでもう、世間に取り繕う必要はなくなったのだ、とほっとする思いもある。

「おい、いつ帰って来たんだ。連絡くらいしろよ」

文句を言おうと思った途端、思い出した。寝ているのは、母親の美智子。これまでは、玄関横の狭い納戸で寝ていたのだが、寒くて寝られない、とぶつくさ言って、昨夜から朋美のベッドを占領しているのだった。

いい歳《とし》して、母親と一緒の部屋で寝るなんて気持ち悪い。嫌がったのに、美智子はまったく意に介さない。

『だって、朋美さんは帰って来ないんでしょう。だったら、私が寝たっていいじゃない』

そう、朋美はもう帰って来ないのだ。

浩光は、隣のベッドの、嵩《かさ》高い布団の山を眺めた。高さは優に朋美の倍はある。あいつをあまり愛してやらなかったな、と思う。そして、あいつも俺を全然愛さなかったな、と思い出す。

二人の仲が冷えてきたのは、いつ頃からだろう。自分が家計を管理しだしてからではなかろうか。そんなに酷《ひど》いことをしたか、俺は。そんなことを考えていると、自分たちは何のために夫婦をやってきたんだろう、と苦いものが込み上げてきた。

子供たちのためだとしたら、そろそろ役目は終わる。一緒にいたって楽しくないのなら、無理することなどなかったのだ。いや、そもそも、夫婦ってそんなものではなかろうか、もともと他人なんだし。

朋美は理想が高過ぎるのだ。少しは社会の風に当たって身のほどを知るがいい。と、こんな風に朋美に腹を立てているうちに、少しうとうとしたらしい。

けたたましい目覚ましベルの音で、心臓が止まるほど驚いて飛び起きた。美智子がごそごそ動いて時計を止める。どうやら、美智子が持参した目覚ましらしい。

「何だよ」

「ごめん、もっと寝てていいよ」

「今時、そんな目覚まし、誰も使わねえよ」

薄暗がりの中、母がのろい動作で起き上がるのが見えた。浩光は携帯で時間を確かめた。午前五時半。

「まだ六時前じゃないか。お母さん、悪いけどさ。やっぱり納戸で寝てくれよ」

「この布団、軽過ぎて足が寒い」

聞こえてないらしく、美智子は独りごちた。

「参ったな」

浩光が横を向こうとすると、美智子が着替えながら振り向いた。

「ヒロちゃん、すごい鼾《いびき》だよ。あたし、何度も息が止まるんじゃないかと心配で眠れなかったわ。あんた、鼻が悪いんじゃないの」

浩光はむっとした。

「どこも悪くなんかないよ」

「お父さんは鼾なんかかかなかったけどね」

「あのさ、こうやって喋《しゃべ》ってると、眠気が覚めるでしょ。いいよ、今日から俺が納戸で寝るから」

半ば冗談で言ったのに、母は真顔で返した。

「そうしてくれる？ あそこ寒いんだよ」

何でこうなるんだと思いながら、浩光は布団を被《かぶ》って必死に目を瞑《つぶ》った。意地でも二度寝してやろうと思う。

朋美が出て行って、五日目の朝を迎えている。二通もメールを出したのに、朋美からの連絡はまったくない。これからは意地でも連絡しないつもりだ。

会社に顔を出してから、適当な外回り先の名をホワイトボードに書いて外出した。本当の行き先は、外車の中古車販売店である。車とゴルフバッグは、二度と戻って来ないものとして、新しく調達しなければならない。そうしないと、もっと派手に楽しく暮らそうという決心が実行できないではないか。この際だから、妻くらいは新しく替えたいものだと思いながら、店に入った。

真っ赤な車が目に入った。Cクラスのステーションワゴン。三年前のタイプだ。欲しかった車だが、色が派手過ぎないか。

いや、七十八歳の竹内だとて、赤いボルボに乗って、主婦たちに人気絶頂ではないか。決しておかしくはない。ただ、これを買ったら竹内の真似《まね》をした、と言われやしないだろうか。

そんなことを考えていると、紺のスーツを着た美女が現れて、にっこり笑った。テーブルに案内されて、コーヒーを口にする。遣り手の営業マンがどこからかやって来て、「二万キロしか走ってないから、お買い得です」と言う。浩光が飾ってある赤い車を買う決断をするまで、三十分もかからなかった。

明日の土曜にはすべて用意が整うから、すぐ乗れます、というので、スペックも仕様もろくに確認せずに即決だった。日曜にはどうしても使う必要があるのだから、納車が早いのが条件だ。願ってもない。

健太にメールで知らせると、すぐに返信が来た。

うわー、とうとう中古ベンツ買ったの!!　マジ？
しかし、やるねえ、オヤジ。見直した。
写メで送れよ

営業マンが書類を整えている間に、こっそり写メして健太に送ってやった。

赤のＣ２５０ですかー。女子っぽくね？
もっとしぶい色はないの？　黒とかガンメタとか。
恥ずかしいんですけど

バカめ。若葉マークのお前なんかに運転させるもんか。どうせ、彼女に見栄張って、どっかに遊びに行こうと企《たくら》んでるんだろう。

俺くらいの年齢になったら、「ちょっと恥ずかしいけど、女房に買ってやった車なんです」って、頭を掻《か》くくらいの余裕が逆にカッコいいんだぞ。

その時、朋美がダイヤモンドは要らないから、新車買ってくれ、と冗談めかして言ったことを思い出した。その朋美が車ごと出て行ったから、ベンツを買う流れになったのは、何とも皮肉だった。

後は、ゴルフセットの買い直しと小野寺百合花の住所だ。ゴルフセットは土曜に買いに行くとして、小野寺の住所は早く確かめた方がいい。奥さんに聞いて貰《もら》うよう、高瀬に頼んでから丸二日経《た》ったが、うんともすんとも言ってこない。

最近は個人情報の管理もうるさいから、難しいのかもしれないが、頼んだのに何も言ってこないとは、いかがなものか。会社では通用しないぞ。

午後、オフィスに戻った浩光は、またも言い訳して、いつもより早めに社を出た。駅前の和菓子店「高瀬」に寄って、首尾を聞いてみなければならない。

七時少し前に最寄り駅に着いた浩光は、シャッターが半ば降りかかっている「高瀬」に、駆け込んだ。

「ごめんください」

体を屈《かが》めて中を覗《のぞ》くと、白衣を着た高瀬がちょうど煙草《たばこ》をくわえたところだった。相変わらず、眉の迫った剣呑《けんのん》な表情をしている。

「ああ、森村さんか」

にこりともしないで言う。この分では、頼みごとも忘れているかもしれない。

浩光は愛想よく笑った。

「こんばんは。まだいいですか？」

不機嫌そうな高瀬に、いきなり百合花の連絡先を聞くのも躊躇《ためら》われる。

浩光は何か買う振りをしようと、和菓子のショーケースの中に目を遣った。紅葉を象《かたど》った色鮮やかな練りきりや、松葉を載せた落雁《らくがん》などがずらっと並んでいるが、何をどのくらい買ったらいいのか、要領がわからない。仕方なく、ケースの上に積んである、どら焼きを指差した。

「どら焼き、十個ください」

「化粧箱？」

ぶっきらぼうな上に早口なので、何のことを言ってるのかわからない。数度聞き直して、ようやく意味がわかった。

「はい、お願いします」

「熨斗紙《のし》、要る？　要らないでしょ？」

面倒そうに言うので、はい、と頷《うなず》かざるを得ない。これでは商売はうまくいかないだろうと店内を見回す。

だが、郊外の駅前にある和菓子屋としては、和風の店構えも、置いてある商品も垢抜《あかぬ》けている。女房の力が大きいのだろうか、と想像する。

高瀬がどら焼きを手際よく箱に詰めて、案外洒落《しゃれ》た包装紙を掛けてくれる。

一度締めたらしいレジを、鍵束を出して開け始めた。

それ、今だ、と浩光は意気込んで聞いた。

「あのう、こないだお願いした小野寺さんのご住所ですが」

「あれね、わからないんだよ。わかったら言いますよ」

すぐに返事が返ってきた。

「そうですか」と、がっかりする。

「はい、千四百五十円ね」

先に結果を聞いてから数を決めればよかった、とケチなことを思いながら、財布を出した。

「あら、いらっしゃいませ。いつも主人がお世話になってます」

澄んだ声が聞こえたので顔を上げた。高瀬の妻らしき女が奥から現れた。

高瀬と同じく白衣を着ているが、下はジーンズにサンダル履きだ。いかにも菓子屋が似合う太めの体型で、鼻が上を向いた可愛らしい顔立ちをしている。だが、残念なことに、パーマをかけた短髪のヘアスタイルが、あまりにも古めかしかった。

「奥様にはいつもお買い上げ頂きまして、ありがとうございます」

高瀬の妻がお辞儀をした。

朋美を知っているのか、とどきりとした。そう言えば、妻は甘党だったと思い直す。

「奥様、お元気ですか？」

「はい、元気ですよ」

不自然ではないか、と不安を感じながらにこやかに答えた。

「よろしくお伝えくださいね」

近所は思いがけないところで繫《つな》がっているから、要注意である。浩光は適当に頷いた。

「はい、伝えます」

「ちょうどいいや。ほら、小野寺さんの件だよ」と、高瀬が言った。

「あ、はいはい」

何か含みがあるように、夫と笑い合うのが気に喰《く》わない。

「いやあ、私、うっかりしましてね。メモをなくしちゃったんですよ」

仕方なく、浩光は言い訳した。

「お困りですよね」と、笑うばかりで、本題に入ってくれない。

「で、ご連絡先わかりますか？」

「それがね。下の娘と同じ学年なんですけど、ちょっとグループ違うんでわからないんですよね。今は個人情報とかうるさいんで名簿もないし、連絡網もないんです」

「そうですか。どのあたりにお住まいとかも、ご存じないですか？　確か北町四丁目あたりだったと思うんですけどね。ま、うろ覚えですが」

「四丁目広いからねー」

妻はそう言って、また高瀬と目交ぜした。高瀬が笑いを堪《こら》えているかのように俯《うつむ》く。

「マンションとかでもないですよね」

「いや、一戸建てだと思いますよ。四丁目あたり、住宅街だから」

ちっとも親身になってくれないので、浩光は次第に苛《いら》立《だ》ってきた。

「あの、同級生の他の親御さんとか、小野寺さんのお宅をご存じの方がいらっしゃるんじゃないでしょうか？」

妻が困惑したように眉を寄せた。

「だから、ほら、グループが違うからね。今の時代は、子供のグループが違うと親も交流ないんですよ」

高瀬が首の辺りをぼりぼりと掻きながら、慰めるような言い方をした。

「まあ、明日あたり、また練習にいらっしゃるんじゃないですかね。何せコンペ前だし、練習熱心そうな人だし」

「そうですね。じゃ、練習場に顔出してみます。ありがとうございました」

腹立ちは収まらなかったが、頭を下げ、礼を述べた。高瀬夫婦に悪い噂《うわさ》を流されそうな、嫌な予感がしなくもない。

今朝の夢の中でも、高瀬は嘲笑していたような気がする。あれは正夢だったのか、と腑《ふ》に落ちる。

店を出て、腕時計を見た。まだ午後七時なのに、家に帰るのも躊躇われた。

今の一件にむしゃくしゃしていたし、美智子との会話にも、少々飽きがきている。息子と顔を合わせるたびに、顔色がよくないんじゃないかとか、風邪を引いてないかとか、どうしてご飯を残すのか、などという言葉ばかりぶつけてくるのがうざったい。

毎朝毎夕、美智子の飯を食べ続けているうちに、あっという間に太りそうだ。

浩光はせっかく帰って来たのに、また駅に戻った。これから、どら焼きを手土産に「エルチェ」に顔を出すつもりである。

金曜だから、そろそろ混み始める頃だった。急がないと、入れなくなる。浩光は上り電車に駆け込んだ。


金曜だから混んでいると思ったが、意外にも、店は空《す》いていた。

「奥様、戻られた?」

千春が、他の客に聞こえないように耳許《みみもと》で囁《ささや》いた。

「いや」と首を振ると、心配そうな顔で浩光の目を睨んでみせる。

千春の目は決して大きくないが、アイラインを上手に引いているので、綺麗《きれい》な上がり目に見える。化粧のうまい女は、それだけでセンスよく魅力的に見えるから不思議だ。

その点、朋美は下手くそだった。妻が家出した夜の、やたらと派手なメイクを思い出して、ほんの少しだけ胸が痛んだ。なぜ痛んだのか、その理由はわからない。

「えー。じゃ、どうするの」

千春が煙草の煙を横に吐き出しながら、咎《とが》めるように促した。

「待ってるしかないよ」

「待ってるだけなんてあり得ないわよ。森村さん、ちょっと冷たくない?」

「どうすりゃいいんだよ。警察に言えばいいの?」

声が大きかったのか、周囲が一瞬しんとした。

浩光は横に並ぶ常連たちの顔を確かめた。左側の暗がりに座っているのは、六十代半ばのよく見る男だ。

会えば、会釈はするが、名前は知らない。いつも一人で辛気臭く焼酎のお湯割りを飲んでいるので、あまり話したことがなかった。

右横は、時折見かける、広告代理店に勤めている二人組だ。こちらはひそひそと景気の悪い話しかしないので、千春も近寄らない。

もう一人は、右端の席に座っている、五十代のサラリーマンらしき男だ。初めて見る顔だった。

「警察はオーバーだと思うけど、メールとかちゃんと出してあげてる?」と、千春。

いや、と浩光は首を横に振った。

「何でしないの？　女は心配されたら嬉しいものよ」

「だって、二度ほど送ったけど、返事を全然寄越さねえからさ。こっちも頭に来ちゃって。次はお前がメール寄越す番だぞ、なんてね」

「子供っぽいわね。そんな意地張っている場合じゃないんじゃない」千春はひんやりした声で言う。「あのさ、こんな縁起の悪いこと言って申し訳ないけどね。万、万、万が一、奥様が自殺でもしちゃったらどうするの？」

「自殺するならまだいいよ。多額の借金とか作られたらどうするって話だよ」

「何言ってるの。あたしね、知り合いの人でいるのよ。そっちの場合はダンナなんだけど、突然出て行ってしまって、連絡が取れなくなって、皆で探し回っていたら、公園でこれ」

千春は、首を吊《つ》る真似をした。

「鬱病だったんだろう」

浩光が苦笑いすると、千春が顔を顰《しか》める。

「冷たいよ、森村さん」

「おいおい、何だか知らないけど、おっかない話してるね」

左隣の男が話に入って来たので、千春が誤魔化《ごまか》した。

「何でもないのよ、遠藤《えんどう》さん。この人のうち、ちょっと夫婦喧嘩《げんか》してるの」

遠藤という男は、浩光の顔を見てにやりと笑った。酒焼けか、赤ら顔をしているが、顔立ちは悪くない。若い頃はもてたという雰囲気がある。

「夫婦喧嘩するなんて、仲のいい証拠ですよ。俺なんか消耗するの避けてるから、絶対に喧嘩しないよ。あっちもそう」

「うちもそうだったんですけどね。何が気に入らないんだか、勝手にいなくなってしまって。だから、喧嘩したっていう実感もないんですよ」

「ああ、そりゃ本物ですよ。失礼だけど、奥さんね、もう二度と戻って来ないよ」

遠藤がしたり顔で頷いた。

「嬉しいような嬉しくないような、寂しいような寂しくないような、複雑な気分でしてね」

「よくわかるね。あのさ、あっちはじーっと不満を溜《た》めているんだよ。それが、一気に爆発して後戻りできないの」

遠藤が言うと、千春が肩を竦《すく》めた。

「本当はうろたえてるんでしょう、森村さんも。正直に言いなさいよ」

俺はうろたえているんだろうか。浩光は店の暗がりに目を遣った。正直なところ、うろたえてもいなければ、慌ててもいなかった。朋美のことだから、どこかでしっかり生きているという信頼感があった。この際、別れて暮らすことに異論はない。ただ、あまりに唐突だったので、面食らっているだけだ。

「正直に言うけどさ。そうでもないんだよ。もちろん、こんな風になるなんて思ってもいなかったよ。だけど、こうなってみればなってみたで、不思議じゃないっていうか、そういう感じなんだ。だから、いい機会を作ってくれたなと逆に女房には感謝しているようなところがある。これをきっかけに、俺も違う生活してみたいと思うもの」

「へえ、そういうものかしら。違う生活ってどんな？」

千春が、冷蔵庫からタッパーウェアを出しながら訊いた。そろそろ常連向けの酒肴《しゅこう》が振る舞われるタイミングのようだった。

「全部だよ。違う環境に、違う車。違う女房に、違う俺。違う場所で違う仕事」

「違う女房？」千春が聞き咎めて笑った。「ちょっと図々しくない？」

「図々しくなんかないよ。だって、あっちは、俺の女房をやめるって宣言したんだよ。だったら、俺だって次のを探さなくちゃやってらんないよ。千春ちゃん、どう？」

ふざけた言い方をしたものの、案外本気である。千春は意にも介さない様子で、鼻で笑った。

他の客は関心のないふりをしているものの、静かに聞き耳を立てているようだ。

「でもさ、お宅は息子さん二人でしょ？　お子さんたちはそうは簡単にいかないでしょうよ。だって、妻は取り替えられても、お母さんは取り替えが利かないもの」

千春がタッパーウェアから、キノコのマリネを小皿に取り分けながら言う。

「そうかなあ。どうだろうか」

浩光は首を傾《かし》げた。健太は要領がいいから、すでにこの状況に慣れているように見える。部屋から出て来ない優太の心境は、全然わからない。朝、擦れ違っても、ろくに口を利かず、すぐに学校に出掛けてしまう。

「週末だから話してみるよ」

だが、優太が自分に心を開いてくれるかどうか、まったく自信がなかった。

「昔は可愛かったんだけどなあ」

浩光が独りごちると、千春がからかった。

「奥様?」

「まさか、下の息子だよ」

「奥様だって可愛かったでしょ?」

千春がおどけたが、浩光は腕組みをして考え込んでしまった。

「どうだったっけ」

カウンターに居並ぶ全員が苦笑したので、千春が慌てた風に話を戻した。

「息子さんて高校生でしょ。まだ可愛い年頃じゃないの?」

「ちっとも可愛くねえよ」浩光は声を張り上げて否定した。「あいつ、ネットゲームにはまっててさ。全然、部屋から出て来ねえんだよ。まだ高校に通ってるからマシかもしれないけどさ、あれじゃ大学に行けっこないよ。世の中、そんな甘くねえもん。それに、こっちが注意すれば、すぐにキレちゃってさ。まともな返事なんか返ってこないしさ。まさか、俺の子供がそんな風になるなんて、想像もしなかったなあ」

つい口調が乱暴になる。愚痴が止まらない。こんなことを赤の他人にぺらぺら喋ったのは初めてだ。恥ずかしいとは思わなかった。どころか、快感すらある。たが緩んだのは、どうやら、ここにいる全員に、妻が出て行ったことを知られて気が楽になったせいらしい。

「どこもみんな、似たりよったりですよ」

広告代理店の、やや若い方が話を合わせてきた。

一般論か。俺みたいに適当なヤツだな、と思いながらも、浩光は頷いてみせる。

「まあ、そうなんだろうけどね」

もう一人の先輩らしき方が、いかにも代理店風の意見を述べる。

「今の子は生まれた時からネットとか携帯があるんだから、違う人種と思って接した方がいいですよ。要するに、コミュニケーションのあり方が違うんです。直《じか》に話すことなんか、必要と思ってないヤツらですから」

「なるほどね。確かにそうかもしれないな」

同じ家に住んでいるのに、優太がどうやって過ごしているのか知る由もない。たまに部屋を覗けば、寝ているか、ネットゲームに夢中になって、浩光が入って来たことにも気付かない有様だ。

優太には、相手によく見られたい、いい大学に入りたい、というような上昇志向はないらしい。また、物欲や我欲など、ゲームの世界はいざ知らず、欲望と名の付くものもなさそうだ。勿論《もちろん》、健太のように、適当に父親に話を合わせるサービス精神もなければ、

ら合わさない。社会性もない。あるのは、早くネットゲームに没入したいという焦りだけ。近頃は目す

今朝も、「ちっとも起きて来ない」と美智子が訴えるので、「起きろ」と思いっ切り部屋のドアを叩《たた》いたが、何も返事はなかった。

よほど中に踏み込んで叱り飛ばしてやろうと思ったが、時間がなかったので、そのまま出勤してしまった。本心を言えば、関わるのが面倒臭いのだ。

その後、優太が登校したかどうかは、美智子に聞いてみなければわからない。

何を考えているのか、いったいどうしたいのか、皆目見当が付かない優太に、初めて手を焼いている実感があった。

「しかし、何でああなっちゃうのかね。俺が高校生の時、確かに親はうざかったよ。だけど、あんな酷いことは言わなかったな」

「どんな風に言うの？」

千春が、キノコのマリネの皿を全員に配りながら訊《たず》ねる。

浩光はさすがに恥ずかしくて躊躇った。

「だからさ、『うぜー』とか『死ねや』とか『マジ、コロす』とかだよ。あれを聞くと、本当に頭に来る」

「昔では考えられないほど、言葉が軽くなったんだろうな。本人はあまり深い意味などなくて使ってるんですよ」

口を挟んだのは、年配者の遠藤である。

酔いが進んだのか、赤ら顔がどす黒く見える。

「言葉の意味も違うんでしょうから、あまり気にしないことですよ」

広告代理店の先輩風も同調する。

「あのう、余計なことかもしれませんがね。いいですか？」

不意に、右端の見知らぬ男が声をかけてきた。年の頃は五十代前半。何を生業《なりわい》にしている人物なのか、一応、灰色のスーツを着ているから勤め人だろうけれども、こちらに向ける眼差《まなざ》しはやけに鋭い。

「はい？」と、浩光は男に向き直った。

「奥さんが突然出て行かれた、もう帰って来ないだろう。あなたは簡単に仰《おつしや》るけどね。それって大変なことですよ。家族の一人がいなくなったんだから、これまで辛うじてバランス取れていたものが、一気に崩れていきます。はっと気付いた時はもう遅い。何もかもが、がらがらと音を立てて壊れた後だ」

「ちょっと大袈裟《おおげさ》じゃないですかね」

浩光はむっとして強い口調になる。

「いや、大袈裟じゃないな。脅すようで申し訳ないが、そういうものですよ。奥さん、いつ出て行かれたんですか？」

目付きの鋭い男は、煙草に火を点《つ》けながら訊《き》いてきた。

「日曜だから」と、浩光は指を折って数える。「今日で五日か」

「五日ね。何ごともなく帰って来りゃいいけどね。戻って来なかったら、家族みんなに変化が起きますよ。いや、これは脅しじゃないし、喩《たと》え話でもない。家族なんてね、実は危うい均衡の上に成り立っているものなんですから。言うなりゃ、パズルみたいなもんです。一個外れりゃ、成り立たない。そして、二度と元に戻らない」

「ずいぶん、自信がおありですね。てことは、私にも変化が起きるんですか？」

浩光は自分を指差して笑った。

「もちろん、あなたに最も顕著なはずです」

「顕著って、あまり決め付けない方がいいんじゃないですか。私はちっとも変わりませんよ。変わってたまるか、と意地張って暮らしているからね」

浩光が気色ばんだと見たのか、男は急ににやりと笑ってみせた。

「ああ、これはすみません。余計なことを言っちゃったかな」

「いや、別に。そういうわけじゃないんですよ」

「面目ない。少し酔ったようです」

「いいんですよ。もっと話しましょうや」

浩光が取りなしたにも拘《かか》わらず、男は立ち上がると同時に、「勘定頼みます」と千春に言った。

千春が急いで値段を書いた紙片を見せると、さっさと金を払って出て行ってしまった。

「あれ、何者?」

何となく収まらない浩光が聞くと、千春は首を傾げた。

「さあ、何回かいらしたけど、何をされている人なのかはよくわからないのよね」

「刑事じゃないか」

嬉しそうに言うのは、遠藤である。

「嫌だな。うちは気楽な飲み屋なんだから、警察の人なんか入れたくないわ」

千春が眉を顰めた。

「教師かも」と、遠藤はしつこい。「そうだ、きっと教師だよ」

「まあ、いいわ。またいらっしゃるでしょうから、それとなく訊いてみる」

客のことを詮索しても仕方がない、とばかりに、千春が話を切り上げた。

それを潮に、右隣の二人組は、ひそひそ話に戻り、左端の遠藤は、猛烈な勢いでマリネを貪《むさぼ》り始めた。

取り残された浩光は、ハイボールのお代わりを頼んだ。

「参ったねえ。家庭崩壊か」

呟《つぶや》いても、もう誰も乗ってこない。それぞれの世界に戻った感がある。

その時、浩光のポケットの中で携帯電話が振動した。すわ朋美か、と確かめると、美智子からである。

美智子は老人用の文字の大きな携帯電話を持っていて、用もないのによく電話してくるのだった。話すのは面倒だったが、座も白けたことだからちょうどよい。

「ちょっと失礼」

止まり木から降り、ドアを開けて表に出た。駅前の通りから一本裏の静かな路地で、電話を受ける。

「もしもし」

「ヒロちゃん、あんたどこにいるの？」

いきなり質問されたので、わざと不機嫌な声を出す。

「外だよ、外。銀座。仕事だよ。決まってるじゃないか」

嘘《うそ》を吐《つ》くと、美智子は「はいはい、わかった、わかった」と、面倒そうな声で言う。

「何、どうしたんだよ」

早く電話を切りたくてうずうずするが、美智子がどうして電話してきたのか気になる。

「早くも問題発生よ」

「だから、何だよ」

ふと、優太のことが過《よ》ぎった。やはり不登校だったのではあるまいか。先ほどの男の言葉「がらがらと音を立てて壊れる」が蘇《よみがえ》る。

浩光は嫌な予感を振り落とすべく、頭を振った。そんなことも知らず、美智子は意外なことを告げた。

「さっきね、朋美さんのお母さんから電話があったのよ。心配そうに、『朋美はどうしてますか?』って訊ねるから、『出掛けてますよ』って言っちゃった。そしたら、『こんな時間にどこに行ったんでしょう』って不安げに聞くのよ。あたしも困っちゃってね。『あたしじゃわかりませんから、浩光に電話させます』ってなこと言って、切っちゃったの。本当のことを言った方がよかったかしら」

　美智子の問いには答えず、浩光は首を傾げた。

「何で家の電話にかけてきたのかな。そんなの直接、朋美にすりゃいいじゃないか。朋美だって携帯持って出てってるんだから」

「あたしに言われたってわからないわよ。ともかく、あたしは余計なことに首を突っ込むのは嫌だから、そう返事したの。あんたが電話してあげてよ」

　朋美は母親とも連絡を取っていないのか。少し不安になった。実家の近くに居るような気がして、どこか安心していたのだった。

「何て言やいいんだよ。朋美が身勝手に振る舞って迷惑してるんですってか」

「その通りでしょ。あまりにも母親の自覚がないわよ」

「そうだけど、あっちの親には言いにくいよ。俺の監督不行届きとか切り返されないかな」

　つい気弱になる。

「そんなの、あっちだって監督不行届きって話じゃない。それとも、あんたが追い出しましたって言う?」

「バカな冗談言うなよ」

もともと朋美を気に入っていない美智子と話していると、いっそう虚《むな》しさが募る。今さら、母親になんか介入されたくないのに、あれこれ指図されてしまっている。

朋美の母親を敵に回したら、一気に悪者にされそうだった。何とか味方にしないとならない。「参ったな」と、また同じ言葉を呟く。

「ところで、今日優太どうした？　あいつ学校行った？」

「知らないよ。全然見てないもの」

美智子は意に介していないようだ。

「だって、今日一日、家にいたんだろう？　何で知らないんだよ」

「いないわよ。いるわけないじゃない、今日はジムの日だもん」

美智子は近所のジムに通っていて、日がな一日、体操したり、温水プールで泳いだり、風呂に入って仲間と喋り散らしたりして過ごすのを無上の喜びとしていた。元気な老人がたくさん来ているのだという。

「いいご身分だな」

厭味《いやみ》のひとつも言いたくなる。妻の朋美はジムに行けるような経済状況ではなかった、という言葉が頭をちらと過ぎる。

「年金生活者ですけどね」

美智子が澄まして言う。

「それはどうも、失礼しました」

切り口上で言って、さっさと電話を切った。

朋美が母親にも連絡していないということは、家を出る決心が本物だという証拠のような気がした。

事態が悪くならないうちに、朋美の母親に本当のことを告げるべきではないか、と思ったが、余計な心配をさせたくもない。ここは、もう少し推移を追ってからにしよう、と思い直した。

浩光は伝えるべき内容を決めてから、義母の携帯に電話をした。番号は知っているが、滅多《めった》に電話などしたことがないから、背筋に緊張が走る。

「もしもし、浩光ですが」

「あら、浩光さん。わざわざすみませんね」

朋美の母親は、美智子と同年齢だが、現役で仕事をしているせいか、歯切れがよかった。

「いやいや、ご無沙汰しております。皆さん、お元気ですか？」

浩光もこのあたりは如才ない。

「ええ、お蔭《かげ》様で。あのね、朋美、どうかしたのかしら？　夕方からかけてるんだけど、ちっとも出ないのよ。何日か前に宏美に電話があったっていうから、何か気になってね」

「心配することありませんよ。今、友達と旅行に行ってます」

「ああ、やっぱり。海外かなんか？」

「ハワイです」

嘘を吐いた。その場を凌《しの》いでいるうちに、後戻りできなくなるのでは、と肝が冷えたがもう口にしてしまったのだから仕方がなかった。

「まあ、ハワイに行ったの。羨《うらや》ましいわ。でも、あなたと一緒じゃなかったの？」

朋美の母親が安心したように言った後、申し訳なさそうに声を低める。

「いやいや、私は仕事がありますから」

「そうですよね。で、あの人はいつ頃帰るのかしら？」

「羽を伸ばすと言ってましたから、結構長いんじゃないかな。十日くらいだったかな」

いくら何でも、十日も経てば連絡はくるだろう、と踏んでのことである。

「それはまた、あなたを放っておいて暢気《のんき》だこと。申し訳ありません」

「いや、それはお互い様で」

「なるほどね」

屈託なく笑い声を上げた。その後、差し障りのない話をして、安心させる。

義母との電話を終えた後、浩光は思い切って朋美の番号にかけてみた。母親から心配する電話があった、と言うべきかと思った。

だが、「電源が入っていないか、電波の届かないところにいます」というアナウンスが繰り返されるだけだった。留守電に吹き込むこともできず、やむなく切ったが、心配をかけさせやがって、と無性に腹立たしかった。

店に戻ると、二人組は姿を消していた。遠藤と千春が顔を突き合わせて、ぼそぼそと仲良さげに話している。千春の横顔が、いつになく寛《くつろ》いで見えた。

浩光が戻って来たのに気付いて、千春が疚《やま》しい顔で口を閉ざした。俺の噂をしていたのではあるまいか。そう思った途端、気が滅入《めい》った。

千春に惚れているのではないか、と嬉しさを感じたばかりだったが、脈はまったくなさそうだ。だったら、俺の気持ちは百合花に向けるしかあるまい。

自棄《やけ》にも似た思いが湧き上がる。我ながら幼稚だと思うが、どうしようもない。

「ご馳走《ちそう》様。もう帰るわ」

「今夜は早いのね。ありがとうございます」

千春が、勘定を紙片に書き殴っている。浩光は、どら焼きの包みを思い出して千春に渡した。

「これ、忘れてた。皆さんでどうぞ」

「あら、すみません。ありがとう」

包みを手に微笑《ほほえ》む千春の顔も、どことなく強張《こわば》って見える。

家に帰り着いたのは、午後十時を回っていた。

「ただいま」

早々とピンクのパジャマに着替えた美智子が現れて、声を潜める。

「お帰り。ねえ、朋美さんのお母さんに何て言ったの？」

「ハワイに旅行している、と言っといた」

「まあ、適当なこと喋っちゃって。あたしは知らないわよ」

美智子が目を剝《む》いた。では、何と言えばよかったのか。

「突然、家出しました」と真実を告げたら、朋美の母親や姉は仰天して飛んで来るに決まっている。

朋美が家を出てまだ五日。この先、何ごともなく帰って来るかもしれないのだから、黙って誤魔化す方がいいに決まっている。

浩光は、優太の様子を見に行った。

「おい、優太」

何も返事がないので、思い切ってドアを開ける。中は真っ暗で、若い男特有の脂臭さが充満している。照明を点けると、もぬけの殻だった。

慌てて廊下に飛び出て、キッチンにいる美智子に訊いた。

「優太、いないけど、どこに行った？」

美智子が目を丸くして、首を横に振った。

「まあ、驚いちゃうわね。いつの間に出て行ったのかしら」

やれやれ、朋美に続いて優太も家出か、と脱力する。携帯に電話しても、メールを送っても、梨《なし》のつぶてだ。健太も知らないと言う。

「きっと、お友達のところにいるのよ」

美智子の言葉に頷いたものの、『これまで辛うじてバランス取れていたものが、一気に崩れていきます』という男の言葉が蘇ってきて、甚だ気分が悪かった。

その晩は、健太もガールフレンドの部屋に泊まる、とのことで、結局、家に残ったのは、浩光と美智子だけだった。

「俺、寝るわ」

枕を持って納戸に引っ込もうとすると、美智子が唇を尖《とが》らせる。

「あたし、疲れたから、一回家に帰るわね」

「好きにしなよ」浩光は冷たい納戸の扉を開けた。


土曜の午前中、待ちに待ったベンツが到着したので、さすがに気持ちが浮き立った。中古とは言え、ベンツと新しいゴルフセット。

貯金を切り崩しての大出費となったが、日常を何とか保とうとする、己の意地の証明のような気がした。

営業マンの説明を聞きながら、浩光はＥＴＣカードを、前の車にセットしたままだったと思い出した。もう一枚作るために、カード会社に連絡せねばならない。

朋美が使っている方は、無効にするつもりだ。少しは世の中の厳しさを思い知るがいい。

いったん部屋に戻って、カード会社に電話しようと思ったが、そのくらい大目に見てやろうではないか、と気持ちを変えた。寛容な自分が好ましく思える。それにETCカードの使用をチェックすれば、後を追えるはずだ。

新しい車で、ゴルフセットを買いに行こう、と気分をよくして部屋を出た。

エレベーターを待っていると、隣の島津夫人が開放廊下を走って来るのが見えた。制服よろしく、灰色のトレーナーにジーンズ、上からデニムのエプロンという、いつものスタイルである。買い物にでも行くのか、黄色い大きな財布を握っている。

「あら、どうも」

よりによって、一番まずい相手に捕まってしまった。島津夫人は、「高瀬」の奥さんから、小野寺百合花に関する情報を得ているに違いなかった。

浩光は顔を背けながら会釈した。島津夫人にあれこれ追及されたくない。

「森村さん、奥様、どうかなさったんですか？」

いきなり核心を衝《つ》かれて、びっくりする。慌てた浩光は、しどろもどろになった。

「いや、どうもしませんが、何のことでしょう」

「最近、お姿をちっとも見ないから、どうかなさったのかなと思って、心配してたんですの。ゴミを捨てにいらっしゃる年配の方は、お手伝いさんですか？」

エレベーターがやって来たので、二人して乗り込んだ。一階のボタンを押しながら、浩光は答える。

「いえ、私の母です」

島津夫人は少しも慌てなかった。

「あら、お母様がわざわざいらっしゃってるのはどうしてですの？」

途中階で止まり、老夫婦が乗り込んで来たのにも拘わらず、島津夫人はずけずけと訊いてくる。

「独り暮らしなんでね、寂しいかと思いまして」

「まだお若いし、お元気そうだから、寂しいっていうような、お歳でもありませんでしょう。あたしは奥様がいらっしゃらないから、代わりに家事をなさりにいらっしゃっているのかな、とお見受けしましたけど」

「ま、それもありますけどね」

いつの間にか、朋美の不在を認めている。しまった、と思ったがもう遅い。

「奥様、入院か何かされてるの？」

島津夫人が心配そうに顔を覗き込んできた。

「いえ、まさか。元気ですよ」

「お宅は、いつも奥様がご主人の通勤のお供をなさるでしょう。近頃ちっともお姿見ないのでどうされたのかしらって思ってたの。お車もないようだしね。ご主人がバスに乗ってらしたって、うちのが見かけて言ってましたから、何か変わったことでも起きたのかなって心配で。ご病気とかじゃないですよね？」

さすがに情報通だ、と感心しそうになるほどの突っ込みぶりだった。

「いや、まさか。違うんです。実は海外旅行に行ってましてね」

「まあ、ご旅行ですか。いいわね。どちらにいらしたの？」

エレベーターの中で大声を出すので、老夫婦もにこにこしながら浩光の方を振り返ったほどだった。浩光は汗をかきながら、答えた。

「アメリカの方です」

「アメリカのどちら」

一階に着いたのに、島津夫人は堂々と質問を続ける。仕方なく義母に言ったのと同じ嘘を吐く。

「ハワイです」

「ハワイなの、いいわねえ」

「では、失礼」

駐車場に向かって歩きだす浩光の背に、さらに声がかかった。

「お車、買い替えられたのね。赤いベンツなんて素敵だこと。このマンションで、五台目のベンツですわね。新しい車でゴルフにいらっしゃるのね。羨ましいわ」

五台目だと？　嘘吐け。絶対に三台目だ。このマンションが出来て八年。俺は最初から、駐車場の車をチェックし続けて来たんだぞ。適当なことを言いやがって。

小野寺百合花の話を「高瀬」から聞いたに違いない。だから、こんな当てつけがましいことを平気で言うのだ。

島津夫人は勿論のこと、お喋りな高瀬夫妻にも、車ごと消えて自分を苦しめる朋美にも、猛烈に腹が立った。

――放っといてくれ！

浩光はこう怒鳴りたい気持ちを、じっと目を閉じて堪えた。ようやく怒りの嵐が過ぎ去ったので、ほっとして振り返る。島津夫人が、まだこちらを見ていたのにはびっくりした。

「何か」

夫人は、右手で持っていた黄色い財布を、左の腋《わき》の下に挟み込みながら、慌てた風に手を振った。

「いえいえ、何でもありません」

そう言い残して、表のコンビニ方向に向かって小走りに駆けて行く。

俺はよほど怖い顔をしていたのだろうか、と浩光は反省した。

奥さんが旅行に行ってる間、あそこのご主人はちゃっかり外車に乗り換えて、綺麗な人妻とゴルフに行ってたのよ、などと言い触らされたら困るではないか。

十日過ぎても朋美が帰って来なかったら、俺は島津夫人に何と糾弾されるのだろう。ご主人が追い出したらしいわよ、ならまだいい。もっと酷いこと、例えばＤＶを繰り返していたらしいわ、などと言われたら、どうすればいいのか。

彼女のような詮索好きな人間だったら、いくらでも怖《おそ》ろしく面白いストーリーを妄想しそうだ。

そもそもの発端は、あいつの失踪なのに、どうして自分が責められなければならないのか。浩光は、その理不尽さが悔しくて思わず身を捩《よじ》る。

朋美という緩衝材がいなくなった今、自分一人で島津夫人のような近所の連中と渡り合っていかねばならない。そう考えると、甚だしく憂鬱になる。

気を取り直して、車に乗り込んだ。記念に走行距離計を写メして、健太に送る。件名は、「俺のベンツ」である。

健太からすぐに返信が来るかと思ったが、来ないのでがっかりする。不意に、次男の優太がまだ帰って来ていないことを思い出した。優太にも、「俺のベンツ」の写メを送って様子を見ることにする。

浩光は、運転席でゆっくりマニュアルを繙《ひもと》いた。営業マンに簡単に聞いてはいるが、それだけでは不安だ。何せ、小野寺百合花を乗せるのだ。もたついてはみっともない。

百合花のことを思い出し、北町ゴルフ練習場に電話を入れておくことにした。

明日のコンペに備えて、小野寺百合花が練習に現れるかもしれない。高瀬もそう言っていたではないか。

「もしもし、北町ゴルフ練習場です」

暗い声で電話を取ったのは、オーナーの姪《めい》、「よっこちゃん」である。学生時代はプロゴルファーを目指していたらしい、という噂もあるが、今は、いつもフロントにいる機嫌の悪い中年女でしかない。

「もしもし、森村ですが」

「どうも、お疲れ様です」

お疲れ様ってのは仲間うちの言葉だぞ、と注意したくなるのを我慢する。

「あの、こないだ話した小野寺さん、今日は来てない？」

「ああ、小野寺さんですね。さあ、見てませんけどね。いないと思います」

どうにも煮え切らないが、打席を覗いて来てほしい、とは頼みにくい。

「悪いけどさ。彼女が来たら、住所書いて貰ってくれる？」

「それ、悪いけどできません」

個人情報がどうこう、というのだろう。融通の利かなさに苛立ったが、彼女を敵に回すと後々まで損なので我慢した。

「わかったよ。じゃ、彼女が現れたら、俺に電話くれないかな？」

「あたし、四六時中、ここにいるわけじゃないんで」

「いる時だけでいいよ」

「はあい、わかりました」

いかにも嫌そうに返事をする。強引に携帯番号のメモを取らせた。

「じゃ、後で行くから、すみませんがよろしくお願いします」

そう言って切った後、あいつは本当に面倒を起こしてくれたよなあ、と嘆息した。

ゴルフの道具を買いに車を走らせていると、健太からやっとメールが届いた。

「いいね！」とたったひとことである。馬鹿にされているような気がして、たちまち不機嫌になった。

優太からは何も返ってこない。朋美からも何の連絡もなかった。念のために、美智子に電話して尋ねる。

「優太、帰って来た？」

「まだ」

疲れたから自分の家に帰ると言っていたのに、電話のバックからは、大音量でテレビの音が聞こえてくる。一人で暮らすのは寂しいから、居続けるに決まっている。

妻は出て行き、長男は彼女の部屋、次男は行方知れず。結局、美智子と自分の親子だけが、マンションの部屋に残っている。これが崩壊の兆しか、と浩光は独りごちて、苦笑する。

行き付けのゴルフショップでは、思うような買い物ができなかった。モデルチェンジをしていたために、まったく同じ物を揃《そろ》えることができなかったのだ。仕方ないので、適当に買い揃えた。そうしないと、間に合わない。

大出費だが、こんなことでもないと買えないだろうと、シューズからウェアまで一新したため、大荷物になった。

「まるで初心者に戻った気分だよ」

「前のはどうされたんですか」

心配そうに顔見知りの店員に訊かれたので、冗談めかして言った。

「車ごと盗まれちゃってさ」

口に出した途端、それが真実のような気がしてきた。店員の驚く顔を見て、島津夫人にもこう言ってやればよかったと思う。

北町ゴルフ練習場に着いたのは、午後三時を回っていた。

「こんちは。さっきはごめん」

フロントのよっこちゃんに謝る。赤いポロシャツに、白っぽいジャケットを羽織っていて、いつになく派手だ。厭味のひとつも言いたくなる。

「オリンピックの日本選手団みたいだね」

よっこちゃんは聞き流すと、突《つ》っ慳貪《けんどん》に言った。

「小野寺さんですけど、あたしが見た限りではいらしてませんよ」

「はいはい、サンキュ」

もう、百合花のことは諦めかけている。

新しいゴルフバッグを担いで二階席に上った。すると、数人に声をかけられた。浩光の悪夢に登場した「ピンそば会」の連中である。

「どうも。あれ、ゴルフバッグ新しくしたの？」

「ええ、気分変えようと思って。中身も替えたんですよ」

「景気いいねえ」

いつも鏡の前を占領している竹内がやって来た。若者の好みそうな、スカル模様の黒いスウェットの上下を練習着にしている。やられた、と思いながら、挨拶《あいさつ》した。

「明日、よろしくお願いします」

「クラブ新しくしたんだって？」

「そうです」

「だって、ドライバー新しかったじゃない。勿体《もったい》ないなあ、俺にくれよ」

浩光のドライバーを試したがっていたことを思い出す。

「すみませんが、まだ差し上げられませんよ」

「何だあ」

竹内が不審げに新調したゴルフバッグに目を走らせた。

「こっちも新しくしたのか？」

「ええ、そうなんです。全部、明日のためですから」

浩光は、自分の打席に向かった。竹内が首を傾げながら見送っているのは百も承知だ。

「森村さん」

声のする方を見ると、浩光の打席の隣に高瀬が立っていた。地味な色のポロシャツに、灰色のパンツ。白衣を脱ぎ捨てて来たような姿である。

「ああ、どうも」

こいつのおかげで、どら焼きを十個も買うはめになったのだ。浩光は仏頂面を隠さなかった。

「これ、頼まれましたから」

高瀬は、いきなり折り畳んだ小さな紙片を差し出した。吐く息が缶コーヒー臭い。

「何ですか」

紙片を広げた浩光はびっくりした。見覚えのある筆跡で、小野寺百合花の名前と住所、携帯電話の番号が書いてある。

いったいどういう魔法を使ったのか、と高瀬の顔を見返した。

「小野寺さんに会われたんですか？」

「ええ、午前中にいらっしゃったんですよ。私も朝来るんでばったり会ってね。森村さんのこと、話しておきました。そしたら、却《かえ》って申し訳なかったって、仰ってましたよ」

「そうですか」ほっとして、浩光は相好を崩した。「いやあ、助かりました。私、小野寺さんに申し訳なくてね。明日もどうしようかと心配してたんです」

高瀬が意外にも白い歯を見せて、あはは、と明るく笑った。

「ほんとによかったですよ。小野寺さんもね、迎えに来てくれるって聞いたきりでなかなか会えないから、ご負担なんじゃないか、と心配されてたそうです」

「じゃ、電話してみましょうか」

百合花の携帯電話の番号が書いてある。

「どうぞ」

高瀬が気を利かせた風に席を外した。浩光はその姿を見送ってから、電話をかけた。

「はい、もしもし」と、やや警戒したような声で出てきた。

「あ、どうも。森村でございます。私、ご住所を書いて頂いたメモをなくしてしまいましてね。本当に申し訳ございません。大変失礼致しました。何度もすみませんです」

ぺらぺらと言葉が出る。新しい車、最新のゴルフ道具、小野寺百合花の住所。これで失点はすべてカバーできたような気がする。

「いいえ、こちらこそ。明日はすみません。うちの辺りは少し入り組んでますので、お近くまでいらしたらお電話頂けますか」

「いやいや、ナビがありますので、大丈夫ですよ。目標物があれば、その前でいかがでしょうか」

人妻の自宅前で待つのもどうかと思われ、遠慮がちに提案する。

「では、すぐ近くにローソンがありますので、そこの駐車場でいかがでしょう」

「はい、このご住所のそばのローソンですね。了解です。では、七時に」

胸を撫《な》で下ろして電話を切った。勿論、百合花の電話番号と住所を携帯電話の電話帳に登録するのを忘れない。

「では、私はこれで」

高瀬はわざわざメモを渡すためだけに来てくれたらしい。島津夫人に言伝《ことづて》されなくてよかった、と浩光は心底安堵《あんど》した。

浩光が思いっ切り練習に打ち込んで、満足して帰宅したのは言うまでもない。

明日の天気は好《よ》さそうだし、新しい車も快適で運転はスムーズ。クラブにも馴染《なじ》んできた。用意万端だ。

これもすべて、高瀬が気を利かせて百合花にメモを貰い、わざわざ届けてくれたからに他ならない。ぶっきらぼうに見えたのに、意外にいいヤツではないか。

——人は見かけによらぬもんだ。

食べログに「地味な店構えながら、『高瀬』のどら焼きは絶品」などと投稿して善行を施してやろうか、とそんなことを考えながら、自宅のドアを開けた。

踵《かかと》の潰れたスニーカーを突っかけている優太とばったり出くわした。どこかに外出するのだろう。

「おい、どこへ行く」

「うっせーわ」

小さく呟いたのが聞こえて、浩光はかっとした。

「おい、待て」

グレーのパーカーを着た、次男の二の腕辺りを摑《つか》んだ。その細さに驚いたところを振り解《ほど》かれそうになる。

「昨日どうしたんだ」

「どーでもいいだろう」

「どうでもよくないよ。お前はまだ高校生だろうが。どこへ行くんだ」

「それより金ないんだけど」

手を出されて、思わず腕を摑んでいた指を離した。

「小遣いがあるだろう」

「お母さん出てったから、もうねえよ」

「お母さん」という語がひどく懐かしく感じられた。

「貰ってないのか」

「貰ってねえよ」

優太が繰り返す。その子供っぽい口調にほだされる。

「いくらだ。あ、いや、待て。その前にどこに行くんだ」

「コンビニ」

「いくら欲しいんだ」優太が右手を開いたので、思わず確かめる。「五千円か?」

「五百円」

カップ麵でも買って食べるのだろうか。背を丸めた姿が、何だか哀れに見える。

「お祖母《ばあ》ちゃんが、美味《おい》しいご飯作ってくれてるだろう?」

優太は無言で、浩光を突き飛ばさんばかりの勢いで出て行った。その横顔には、怒りが籠《こ》められていたような気がする。

「何だ、あいつ」

「お帰り」

美智子が奥からのっそりと現れた。心なしか元気がない。

「ご飯食べる？」

「うん」仏頂面で頷いた。「何があるの」

「あれこれ作ったけど、優ちゃんは気に入らないみたい」

「放っておいていいよ、あんなヤツ。カップ麺で生きてやがんだ」

リビングルームに入ると、健太が夕刊を広げていた。

「車、どう？」

顔を上げずに聞いてくる。

「うん、さすがに調子いいよ。後で見るか？」

「ああ、今度でいいよ。つか、赤い車なんかよく買ったよな、お父さん。何でもっと吟味しなかったんだよ。ショールームにあったの、そのまんま買ったんだろう？」

明日、人妻とゴルフの約束をしてるから、とは言えずに苦しい言い訳をする。

「お母さんが帰って来た時、プレゼントできるじゃないか」

驚いた顔をして、健太が新聞から顔を離した。

「マジ？」

「ああ、そうだよ」

苦し紛れの出任せを口走ったに過ぎないのだが、言葉にした途端、あたかも真実だったような気がしてくるから不思議だった。朋美が出て行って以来、口から出任せが次々と真実になっていくようだ。綱渡りしているような気がする。

「お母さん、出て行って、明日で一週間になるね」と、神妙な口調で健太が言う。

「そんなになるかな」

「戻って来ないんだよね」

「わからないよ」

「じゃ、ベンツ買ったから戻って来てって、メールしようか」

「いや、待て。まだ早い」

もう少し意地を張りたい気持ちがあった。でも、それもいつまで保《も》つかはわからない。

日曜の午前七時少し前、四丁目のローソンに車を寄せる。すでに到着していた百合花が優雅に頭を下げた。浩光は素早く車を降りて挨拶した。

「おはようございます」

百合花のゴルフウェアは、紺色のスカートにピンクのシャツ、白いジャンパーである。おとなしい装いだが、浩光は控えめなところに好感を持った。

「すみません。乗せて頂きます」

「いやいや、時間通りにお迎えに来られてよかったですよ」

トランクにゴルフバッグを積み出発する。

「あの、これよろしければ」

百合花が差し出したローソンの袋の中には、ペットボトルのお茶が二本入っていた。気が利くと感心する。「ありがとうございます」と、遠慮なく手に取った。

「森村さんのお車って、可愛い色ですね」

百合花がシートベルトをしながら褒めた。

「あ、いや。女房が好きかなと思ってね」

「わあ、いいですね」

百合花がにこにこして頷いた。その楽しそうな横顔を横目で見ながら、妻に優しい夫というポイントを稼いだかな、と思う。

道すがら、話が弾んだ。百合花の夫は単身赴任中の会社員。中学生と小学生の娘がいるというので驚く。もしかすると、四十代かもしれない。

「そんな大きなお子さんがいらっしゃるなんて知りませんでした」

「あら、言わなきゃよかった」

剽軽《ひょうきん》にかわされる。

「竹内さんから聞きましたが、お父さんが小姉井の会員でいらっしゃるとか。凄《すご》いですね」

「あ、いや、そんな」

百合花が困惑したように手を振った。謙遜する姿も好ましい。

「一度行ってみたいなあ、と高瀬さんと話していたんですよ」

勝手に高瀬の名を使ったが、食べログの投稿でチャラにしてくれるだろう。

「あら、高瀬さんは、竹内さんと何度もいらっしゃったって聞いてますよ」

小姉井に伝《つて》のある竹内が、高瀬を連れて行ったとは。

――人は見かけによらないもんだ。

あんな無愛想なのに、竹内に気に入られているなんて。高瀬が羨ましくなった。

「森村さんも是非一度いらっしゃってください。父に伝えておきます」

「ありがとうございます。楽しみが増えましたよ」

浩光は笑いながら言った。こんなに気分がいいのなら、スコアもきっといいに違いない。

一週間前は朋美の誕生日だった、と不意に思い出した。朋美は、今頃どこでどうしているのだろう。高速道路の向こうに広がる朝の空は青く澄んでいる。

週明け、優太は相変わらず部屋から出て来なかった。

「おい、学校行けよな」

浩光は廊下から怒鳴っただけで、玄関でさっさと靴を履いた。

「お母さん、優太が学校に行ったかどうか確かめて電話くれない？」

送りに出て来た美智子に念を押したが、面倒臭そうに顔を顰める。

「いるかいないかわからないのよ」

「ドアを開けて中を覗けばいい」

「そんなの、親がやればいいじゃない」

仰る通りだが、浩光は誤魔化して家を出ることにした。

「そうだけど、俺、時間ないんだよ」

優太のことなどに構ってはおれないほどの上機嫌だったのだ。

バスの車窓から、北町ゴルフ練習場が眺められる。

ちょうどその時、メールの着信音が響いた。


日曜日は、ありがとうございました。

改めまして、ご優勝おめでとうございます。

とても楽しい一日でした。

またよろしくお願い致します。

　小野寺

そう、日曜日の秋季コンペで、浩光は初優勝を果たしたのだ。

朋美が突然出て行って、すったもんだしたが、ささやかとはいえども、こんな幸運が舞い込んで来るなんて思ってもいなかった。

小野寺百合花とは、行き帰りの車中ですっかり意気投合した。メアドも交換したし、今月中には、竹内も交えてラウンドしようという約束もした。

即、返信を送る。

こちらこそ、ありがとうございます。
またゴルフのお付き合いのほど、どうぞよろしくお願い致します。
森村

下心があっても、「飲みに行きましょう」とか、「二人で食事しましょう」などと書くのは、御法度である。

あくまでもゴルフに限った交遊にして、簡潔なメールをやり取りするのが、社会人の常識というものだ。ここから深まるものがあるのだとしたら、それはそれというもの。

昼過ぎ、百合花から、またメールが届いた。

「早速ですが」という件名である。

お仕事中、ごめんなさい。
再来週の日曜、ラウンドしませんか？
先ほど、練習場で竹内さんからお誘いを受けました。
場所は、笹井さんの所属する高居カンツリーというところになりそうです。
竹内さんは、もうお一人、森村さんか高瀬さんを、ということでした。
ご都合いかがでしょうか。
　小野寺

浩光は慌てて返信した。もたもたして高瀬に決まったら、腹立たしい限りである。

お誘いありがとうございます。
是非、ご一緒させて頂きたく存じます。
ティータイムがわかりましたら、お迎えの時間を決めましょう。
　森村

浩光は張り切って企画会議をこなした。
美智子の飯を食べながら、愚痴を聞いたり、優太を叱ったりするのは憂鬱なので、部下と夕飯を食べに行く約束をする。その後は、「エルチェ」で一杯飲んで帰れば、みんな自室に引っ込んでいる時間だろう。

そろそろ社を出ようとした時、竹内から携帯に電話がかかってきた。

「あのね、さっき小野寺さんから相談受けたんだけどさ。ちょっと変なことが起きたんだよ。気分を悪くしないでほしいんだが」

ゴルフの件かと思って電話を受けた浩光は内容を聞いて仰天した。

「小野寺さんのうちに、さっき宅配便が届いたらしいんだ。開けたら、革製のポーチと、小野寺さんの住所のメモが入っていたっていうんだよ」

「もしかして」と、絶句する。

「そう。きみのじゃないかと思うんだよね。それがさあ、すごく言いにくいんだけど、その中にね、そのう、避妊具がぎっしり入っていたらしいんだ。小野寺さんはショックを受けていて、この会を辞めたいと言っている」

恥で体が震える、という初めての経験をした。朋美の仕業に違いない。

第五章　素手で立つ

朋美は、山の稜線《りょうせん》に沈む夕陽《ゆうひ》を見つめながら、大きな溜息《ためいき》を吐《つ》いた。

宮島サービスエリアのガソリンスタンド前に立って、一時間。

胸の前に、「長崎」と大書した段ボールの切れ端を掲げているのだが、朋美を乗せてくれようとする奇特な車は、まだ一台も現れない。

「あーあ、日が暮れちゃった」

朋美の呟《つぶや》きが聞こえたらしく、ガソリンスタンドの若い従業員が、気の毒そうに言う。

「大変ですね」

「ごめんね、店先で」

気のいい兄ちゃんは、笑いながら雑巾《ぞうきん》を絞った。

「いやー、慣れてますから」

そうは言っても、中年女のヒッチハイカーは珍しいのだろう。どの車も、奇異な視線を投げかけるだけで行ってしまう。

つい先ほどまで、同じようにして立っていたのは、学生風の若い男の二人組だった。

二人は、「鹿」「児」「島」と、三つに分けて書いた段ボール片を持って立っていたが、ほどなく大型トレーラーに拾われた。

その二人の真似《まね》をして、食堂で貰《もら》った段ボールに、油性マジックで「長崎」と書いてはみたが、朋美のような中年女が立っていると、運転手の方は薄気味悪いのか、誰も寄り付かない。

あの、図々《ずうずう》しくも人懐こい滝田が懐かしいくらいだった。

いっそ、タクシーを呼んで、宮島あたりの旅館かホテルに泊まった方がよかったのかもしれない。

しかし、アウトレットで金を遣ってしまったせいで、現金が心許《こころもと》なかった。タクシー代が足りるかどうか不安である。

現金などATMでいつでもおろせる、と安心していたのだが、ATMは佐波川《さばがわ》SAまで行かないとない、と聞いて青くなった。

こんなことなら無駄遣いをしなければよかった、と後悔するが、もう遅い。

遂に、サービスエリア内で夜を明かすのか、と建物を振り仰ぐ。スナックコーナーのテーブルに突っ伏す自分の哀れな姿。

車がなくなっただけで、こんなに不安な気持ちになるとは思ってもいなかった。あたかも我が家を失ったような心持ちである。

毛布、食料、自炊道具、地図、化粧道具、下着類、アウトレットで買った服、キャリーケース、本、CD。何もかも、桜田に持って行かれてしまった。

完全に太陽が沈み、あたりは一気に暗くなった。うっすら見えていた瀬戸内海も闇の中に溶けて消えた。いつの間にか風が出てきて、薄ら寒い。運の悪いことに、ぽつぽつと雨も降りだした。

「参ったなあ」

朋美は段ボールで頭を覆った。いつも車に置いてあったビニール傘も、浩光のゴルフバッグに入っていた雨合羽も、車と一緒に消えた。惨めなこと、この上ない。

二十四時間営業のスナックコーナーに戻って、別の方策を考えるしかなかろう。

その時、一台の車が眼前で停《と》まった。黄色いナンバーの軽自動車である。

助手席の窓ガラスが下りる。

「あのう、長崎までいらっしゃるんですか?」

運転席から首を伸ばして声をかけてきたのは、黒縁の眼鏡を掛けた若い男だった。後部座席にも人が乗っているようだが、暗くてわからない。

「はい、そうです」

「よろしかったら、どうぞ。少し狭いですが」

朋美はこわごわと奥を覗《のぞ》いた。

現金なもので、乗せてくれるという人がいれば、今度はどんな目に遭うのか、と不安に駆られる。

暗い後部座席から、老人の嗄《しわが》れた声がした。

「どうぞ。困っておられるんでしょう？」

迷っていると、急に雨脚が強くなった。

「さあ、どうぞ」

若い男が運転席から手を伸ばして助手席のドアを開けてくれたので、朋美は駆け込んだ。

「ありがとうございます」

バッグからタオルハンカチを出して、髪や肩などを手早く拭く。

「長崎のどちらに行かれるんですか？」

若い男が発進しながら訊《たず》ねた。朋美は、曖昧に答えた。

「市内の方です」

「それならよかった。僕らも市内に行きますので、ご遠慮なく」

「すみません。私は、森村という者です。ちょっと車が使えなくなってしまって、立ち往生していました。助かります」

盗まれた、と正直に言えないのは、なぜ警察に届け出ない、と不審がられるからだ。警察に通報すれば、浩光に連絡が行き、自分の居場所がわかってしまう。

お前は世間知らずだ、だからダメなんだ、などと罵倒されるに決まっていた。それだけは、嫌だ。

「故障したんですか？」

若い男が心配そうに訊ねる。

「そのようなものです」

朋美は適当に誤魔化《ごまか》した。

「そうですか、大変ですね」男は気の毒そうな顔をした。人が好《い》いのか、追及してはこない。「あのう、僕は亀田《かめだ》といいます。後ろに乗っておられるのは、山岡《やまおか》先生です」

朋美は振り向いて、後部座席の老人にお辞儀をした。「先生」と呼ばれる人なら悪人ではあるまい、とほっとする。

「お邪魔します。森村と申します」

「よろしくお願いします。旅は道連れ、世は情け、と言いますから」

山岡は、痰《たん》の絡んだ声でゆったりと返答した。

亀田は、健太と同じくらいの年齢だろうか。山岡を「先生」と呼んでいるからには、学生なのかもしれない。

「シートベルト、お願いします」

はい、と返事して、シートベルトの位置を探す。

「僕ら、ゆっくり行くつもりですが、お急ぎなら申し訳ありません」

まだ年若なのに、驚くほど丁重なのは、山岡のような年配者と付き合っているせいだろうか。朋美は好ましく思った。

調子のいい健太だとて、このような対応はできまい。まして優太だったら、自分のような中年女に関心さえも示さないだろう。

「とんでもない。私の方は本当に助かってますので」

朋美はそう応えて、ほっと安堵《あんど》の息を洩《も》らした。

フロントガラスに、ぽつぽつと大粒の雨が当たる。亀田がワイパーを操作しながら、山岡に向かって言った。

「先生、天気予報当たりましたね。夕方から雨って、その通りでした」

「ああ、見事に当たりましたねえ」

山岡は八十代だろうか。真後ろに座っているのでわからないが、ちらりと見た横顔や声からすると、相当な高齢だと思われた。

「森村さんは、長崎の方なんですか？」

亀田が訊いた。

「いいえ、私は東京なんです。ちょっと知り合いに会おうと思って、長崎に行くところなんです」

言わなくてもいいことまで喋《しゃべ》っている。

「東京の方ですか。僕らは長崎なんです」

「では、わざわざ車で関西にお出かけになられたんですか」

「いや、もっと遠くまで行って来ました。僕ら、いつも車なんです。呼ばれたら、これで全国、どこにでも行きます」

「珍道中ですからね」

山岡が後ろから口を挟む。

このような不思議な組み合わせの二人が、いったい何をしていて、誰から呼ばれるのか。尋ねてみたい衝動に駆られたが、会ってすぐに詮索するのも失礼か、と我慢する。

話が途切れたので、朋美はバッグからスマホを出して眺めた。どこからも連絡がなかった。ついでに、電池の残量を確かめて、青くなった。ほとんど切れそうなのに、車の中に、充電キットを置いてきたことを思い出したのだ。

何かあった時に使えなくなっては困る。バッテリーがもったいないので、電源を切った。途端、何もかもなくした気がして、急に心細くなる。

「山陽道は、結構、山の中ばっか走るんで退屈なんですよね」そんな気も知らずに、亀田がのんびり話しかける。「森村さん、一人で走っていると眠くならなかったですか?」

「そうですねえ、確かに山の中でしたね。退屈と言えば退屈でした」

これまでの風景を思い出しながら答えるが、桜田を乗せてからは、気を遣って運転していたせいか、あまり覚えていない。挙げ句、車を盗まれたのだから、人には言えない愚かしい話である。

今頃、グレーのティアナは、どのあたりを走っているのだろうか。

桜田は、自分と同じように、ローリング・ストーンズの「タトゥ・ユー」を大音量で聴きながら高速を飛ばしているのではなかろうか。

桜田に言われるがままに、ＳＡ内のコンビニで買ってやった四〇デニールの黒タイツ。そして、よそゆきのパンプスを貸したことを思い出し、朋美は苦く笑った。

自分はこうして傘もなく、寒さに震えているというのに。

――お人好《よ》しにもほどがあるぞ。

浩光や健太に知られたら、何と言われるか。想像するだけで、ぞっとする。

「あなた、さぞかし、お疲れでしょうに」

突然、今の心を読んだように山岡に話しかけられて、朋美は驚いた。

「はい、少し疲れました」

「ずいぶん、あそこに立っておられたようですね。さぞや心細かったことでしょう。どうぞ、私たちには構わずに、お休みなさいまし」

「ありがとうございます」

山岡の喋り方は穏やかで懐かしい。

子供の頃に接した近所の年寄りたちを思い出した。寛容なお爺《じい》さんや、優しいお婆《ばあ》さんの、ゆったりと丁寧な物言い。

朋美は素直に目を閉じた。雨を切って走るエンジンの唸《うな》りと、絶え間ないワイパーの音に眠気を誘われる。

家を出て以来、ずっと気を張って運転してきたのだ。

いや、家でも同じことだった。自分を助手席に乗せて、休ませながら目的地まで運んでくれる優しい人間など、どこにもいやしない。迎えに来るのが遅いだの、早く走らないと遅刻するだの、と文句を言われながら、ずっと運転し続けてきた。

膝の上でバッグを摑《つか》んでいる指が少しずつ緩んできたのを感じた時、朋美は眠りに落ちた。

次に気が付いたのは、亀田と山岡が、朋美を気遣ってぼそぼそと低声で話している時だった。

「先生、お疲れじゃないですか？　少し休みますか？」

「いや、大丈夫ですよ」

「お食事は？」

「まだお腹《なか》は減っていません」

「次のサービスエリアあたりで、ご飯にしましょうか？」

「そうですね。私は構いませんが、あなたは運転で疲れたんじゃないですか」

亀田が笑い声を上げたのが聞こえる。

「いや、先生。僕は若いですから」

「そりゃそうですね。でもね、亀田君。若いから疲れないかといったら、意外とそうではありませんよ。若いからこそ、慣れなくて疲れるのです。人間が本当に丈夫になるのは、六十歳からですよ」

「なるほど。先生はお元気ですものね」

聞くともなしに、二人の会話に聞き入っていた。彼らはいったい何者なのだろう。思わず身じろぎすると、亀田が小さな声で話しかけた。

「起こしてしまいましたか？　すみません」

「いえ、乗せて頂いたのに眠ってしまうなんて図々しいですね。すみません」

座り直して姿勢を正すと、骨張った細い指が、朋美の二の腕あたりにそっと触れた。

「いいんですよ、あなた。そんなこと、お気になさいませんよう」

嗄れた声が優しく告げる。ふと、また眠気を誘われた。

本降りの夜の高速を、軽自動車はゆっくり時速七十キロで走行していた。前を走るトラックが、轟音《ごうおん》を立てて水しぶきを上げている。

亀田は、スピードを上げて追い越し車線に出、トラックを抜き去った。どうやら、山岡の年齢を考えて、ゆっくり走っているらしい。

「ここはどのあたりですか？」

朋美は周囲を眺めて尋ねた。

降りしきる雨の向こうには黒い山が連なるだけで何も見えない。

「今、佐波川ＳＡというところを過ぎました」

ＡＴＭがあったのに、とがっかりした。

「お腹が空《す》きませんか？」

後ろから山岡が問う。

「はい、少し」

遠慮がちに答える。

「次で停まりますから、少しの辛抱ですよ」

「ありがとうございます」

長崎に着いたら、ガソリン代や高速代金を支払わねばならないだろう。そのためには、ATMのあるサービスエリアに寄って貰うしかない。

「森村さんは、お仕事されてるんですか？」

亀田が何の疑念も含まない澄んだ声で訊いてきた。

「私、専業主婦なんです」

小さな声で答える。あなたくらいの息子が二人いるんですよ、と続けたいのを堪《こら》えた。家を出たのだから専業主婦はないんじゃない、と思い直す。

「いや、主婦でした。主婦だったんです」と過去形で言い直す。「ちょっと前までは」

「今はどうなんですか？」

亀田が急に興味を感じたかのように、朋美の方を見た。

「無職のおばさんです」

言い方がよほどおかしかったのか、亀田と山岡が同時に笑った。

「そうですか。私はね、森村さん。いろいろな職業に就いておりました。以前は小学校の教師をしておりましてね。退職した後は、鍼灸師《しんきゅうし》をしておったのですよ」

山岡が言い、亀田が続けた。

「そして、僕は先生の弟子です」

祖父と孫に見える二人が、鍼灸師とその弟子だったとは。

だが、山岡は「おったのです」と過去形で語ったような気がする。

「ご出張か何かですか？」

敢《あ》えて尋ねると、亀田が躊躇《ためら》うように答える。

「いや、違うんですよね。いや、そうとも言えるかな」亀田が、どのように説明しよう
かという風に唇を噛《か》むのが見える。「何て言ったら、わかって頂けるかな」

山岡の嗄れ声が聞こえる。

「森村さん、私はね、あることを勉強しておりましてね。それで時々、いろんなところ
に呼ばれて話をするのです。亀田君は、その手伝いをしてくれている学生さんです」

「鍼《はり》のお弟子さんではないのですね？」

朋美の質問に亀田が頷《うなず》いた。

「僕に鍼灸師など務まるわけがありません」

「そう、きみはあまりそっちのスジはよくないですねえ」

山岡がはっきり言ったので、皆で笑った。

しばらく走ると、サービスエリアの表示が見えてきた。

「先生、お手洗い行かれますよね」

「お願いします」

雨が降っているので、亀田はできる限りトイレの前に寄せて停めた。足が悪いのか、山岡は立ち上がるのに手間取っている。朋美は、後部座席のドアを開け、後ろから山岡の腰を支えた。驚くほど細身で小柄な老人だった。

「森村さん、あなた、びしょ濡《ぬ》れになりますから、結構ですよ」

山岡が固辞するのを構わず腕を取り、亀田と一緒にトイレの入り口まで連れて行った。

山岡は背も低く、体重も四十キロ程度しかないように見える。

「この先は僕がお連れしますので、大丈夫です。レストランでお会いしましょう」

亀田に山岡を任せて、朋美は女子トイレに入った。

用を足した後で鏡を見ると、雨で髪がぼさぼさに乱れた中年女が立っている。

ブラウスにカーディガン、運転用の靴にジーンズ。そして、後生大事に抱えているコーチのバッグ。

よくもまあ、亀田たちはこんなみすぼらしくも怪しい女を拾ってくれたものだ、と二人に改めて感謝したくなった。

レストランに入って行くと、山岡は着席して待っていた。

あるかなきかの白髪を綺麗《きれい》に七三に分けている。白いシャツ、灰色の上着という姿は、端然として清潔だった。

「亀田さんはどうされましたか？」

山岡は、朋美の質問に微笑《ほほえ》んだ。

「食券を求めに行っています。あなたも好きな物を仰《おっしゃ》ってください。亀田君があなたの分も注文しますよ」

「とんでもないです。私が皆さんにご馳走《ちそう》しなくてはならないのに」

朋美は立ち上がり、食券の自動販売機前で迷っているような亀田の後ろに立った。

亀田はいかにも学生じみた、Tシャツに灰色のパーカー、ジーンズという姿である。中肉中背でどこにでもいそうな若者だった。

「亀田さん、私は自分で買いますから」

亀田が振り向いた。

「先生がお出しになると仰っているから、遠慮なさらずに、ご馳走になられたらいかがでしょう」

「そんな」と、慌てて手を振る。「車に乗せて頂いただけでも有難いのに、申し訳ないですよ」

決して豊かそうに見えない山岡にご馳走になるわけにはいかなかった。

だが、亀田はボタンを押そうとしている。

「僕ら、肉うどんにしますが、ご一緒にいかがですか？」

あまり固辞しても感じが悪いかもしれない。うどんくらいならいいか、と思う。後で、まとめて精算すればいい。

「はあ。じゃ、私も頂きます」

亀田が食券を三枚買ってくれた。せめて、自分が運ぼうと受け取り口で待つ。

亀田はその間、皆のお茶を用意したり、てきぱきと動いている。気の利く弟子だ、と感心した。

出来上がった肉うどんを三つ、盆に載せて運んで行くと、山岡がお辞儀をした。

「恐れ入ります」

「こちらこそ、ご馳走になってしまって申し訳ありません」

亀田が割り箸を割って、山岡の丼の上に揃《そろ》えて載せた。

山岡は手を合わせて何か唱えてから、うどんを啜《すす》り始めた。手が細かく震えているところを見ると、八十代どころか、九十歳を過ぎているかもしれない。

「いただきます」

一緒にうどんを啜る。熱くて美味《うま》い。初対面も同然な二人なのに、話をする相手がいるのが嬉《うれ》しかった。

「森村さん、主婦と仰いましたね。ご家族はいらっしゃるのですか？」

不意に山岡に訊かれ、朋美は箸を止めた。

「はい、夫と息子が二人います」

「皆さん、ご息災でいらっしゃる？」

山岡が優しい眼差《まなざ》しで言う。

朋美が家族を喪《うしな》って、自暴自棄になっていると心配しているのではあるまいか。

「はい、おかげさまで。上の息子は亀田さんと同じくらいじゃないかと思いますよ。大学生ですか?」

朋美は殊更、元気を装って言った。

「僕は大学院生です」

亀田が答える。

「あら、では、うちの子の方が年下」

「うちの子」という語が懐かしくて、思わず言葉が途切れてしまった。

健太と優太。二人は、母親が見知らぬ人たちと、こんな場所でうどんを啜っているなど、まったく想像していないだろう。

「先ほど、無職のおばさんと仰ってましたよね。僕が聞くのも変ですが、何かあったんですか?」

亀田がうどんの汁を飲み切って言った。

朋美は苦笑した。二人がどんな仕事をしていて、どういう関係か知りたくて堪《たま》らなかったのだが、亀田も同様だったらしい。

「ありました。正直に言いますけど、私は家を出て来たんです」

高速道路を旅して三日目の夜に、初めて心情をさらけ出せる相手と巡り会えて、ほっとしている自分がいる。

「何の不自由もないのに贅沢《ぜいたく》な、と人には言われてしまうんでしょうけれど、何だか夫からも息子たちからも軽視されているようで堪らなかったんです。それで、私の誕生日の夜に、怒って車で飛び出してしまったんですよ。あまりにも衝動的だったので、自分でもびっくりしたのですが、今でも全然、後悔はしていません」

亀田は驚いたのか、口を開けて朋美を見ている。

「それはいつのことですか?」

山岡が興味深そうに聞いた。

「はい、五日前だから、日曜の夜です。皆で食事に出たのですが、私が車で家族を送って行ったので、そのまま帰らずに彷徨《さまよ》っています。最初は東京に二日くらいいて、ぶらぶら遊んでいました」

「今も帰る気はないんですか?」

亀田の質問に、朋美は首を振る。

「まったくありません」

どころか、このまま死んでもいいような気さえします。

そう付け加えたくなったが、慌てて口を噤《つぐ》む。すると、山岡が食べる手を止めて朋美の目を見た。

「よくわかるような気がします。あなたが『長崎』と書いた札を持って立っているのを見て、何かを感じました」

「何を感じられたのですか？」

山岡が言葉を探すように中空を見た。

釣られて朋美も見上げたが、天井の白いパネルに何の変哲もない照明器具が埋まっているだけだった。

山岡が中空に目を据えたまま、ゆったりした声で言う。

「鳥ですかねえ。大空に飛び立って行こうとする鳥、とでも申し上げたらよろしいのでしょうか。でも、決して小鳥のように可憐《かれん》ではないのです。私は実は、あなたから猛々《たけだけ》しい印象を受けました」

「猛々しい？　猛禽《もうきん》類みたいに？」

意外な返答に、思わず笑ってしまう。

山中にあるサービスエリアで雨に濡れ、途方に暮れていた。いまだかつて経験したことのないような心細さを感じていたはずなのに、猛々しいとは。

「はい、あなたはね、どこか清々《せいせい》しておられました。それが、私にはとても力強く見えましたがね」

山岡は、骨張った手で湯飲みを持ち、亀田の淹《い》れた茶を啜った。眼前に座っていると、小柄で無力な老人に映る。

「でも、山岡さんは『困っておられるでしょう？』とお声をかけてくださいましたよね。

実際にとても困っていたんです。あのサービスエリアにはATMがなかったし、車もないし、もうどうしたらいいかわからなくて」

「現状はそうだったのでしょう。おそらく、困っておられたと思います。でも、あなたの心は違うところを飛んでおられたように思いました」

何と不思議なことを言う人だろう。

朋美は、山岡の小さな皺《しわ》んだ顔を見つめた。両目の幅が狭く、窄《すぼ》んでいる。その奥にある目は柔和だが、時折、鋭い光を放ってくる。

「すみません、山岡さんはその、宗教家か何かでいらっしゃるんですか？」

思い切って尋ねると、山岡は丈夫そうな歯を見せて笑った。

「いいえ、違いますとも。私はそんな立派な人物ではございません」

黙って茶を飲んでいた亀田が顔を上げる。

「いや、先生はとても立派な方ですよ。だから、僕は押しかけて弟子にして頂いたのではないですか」

「大仰なことですな」

二人の会話を聞いていても、何だかさっぱりわからない。どこまで踏み込んで聞いていいのやら。朋美は温《ぬる》くなった茶を口に含んだ。薄くて味がない。美味い茶を飲みたいが、家を出てから一度も飲めていない。

家を出て彷徨うということは、今まで意識しなかった快適さを失うことでもあるのだ、と改めて思う。

スナックコーナーの売店のケースの中にある、売れ残ったフランクフルト・ソーセージを眺める。蛍光灯の白々した光を浴びて、萎《しな》びて見えた。

その貧しさに思わず顔を背けたくなる。だが、こういうものの中に、今の自分はいるのだった。他の者なら通り過ぎて行くだけのものの中に。

そんなことを考えていると、亀田が心配そうに質問してきた。

「あのう、森村さん。お車は宮島ＳＡのガソリンスタンドに預けられたんですよね。後で取りに行かなくてもいいんですか？」

どきりとした。

「ええ、まあ。でも、いいんです。もうポンコツでしたから」

「しかし、そのまま放っておけませんよね。捨てるなら、廃車手続きとかも必要でしょうし、それなりの業者に頼まないといけないでしょう。僕がどこかに聞いてみましょうか」

ポケットからスマホを取り出して、ネットに接続しようとしている。朋美も、バッグから自分のスマホをちらっと見せた。

「あ、いいんです。私も持っていますから、いざとなれば自分でやります」

「そうですか。でも、あまり置きっぱなしにしない方がいいと思いますが」

「そういうわけでもないのです」

口籠《くちご》もった後に、どう説明していいかわからず、自分は何を隠そうとしているんだろう、と首を傾《かし》げた。

家族を捨てて飛び出して来たことまで喋ってしまったのに。桜田に車を持って行かれたことをなぜ隠しているのか。

「亀田君、何か、ご事情があるのでしょうから」

好奇心丸出しの亀田は、山岡にたしなめられて恥ずかしそうに俯《うつむ》いた。その顔が赤くなるのを見て、朋美は打ち明ける決心をした。

「事情というほどのことではありません。実は、若い女性を乗せたら、その人に車を持って行かれてしまったんです」

言う端から、自分のドジさ加減に苦い笑いが込み上げる。

「泥棒？」と、亀田が驚いた顔をする。

「まあ、そういうことですね。その人は、ご主人と喧嘩《けんか》してサービスエリア内に置いて行かれてしまったと話していました。裸足で、シフォンのタンクトップ姿で、すごく寒そうにしてトイレで立っていたんです。何も持っていないというので、気の毒になって靴とカーディガンを貸してあげて、実家があるという下関まで乗せて行ってあげることになったんです。そしたら、ここから宮島が見えますよ、と誘われて。あのサービスエリアでものの見事に」

言葉を切ると、亀田が続けた。

「盗《と》られたんですね」

盗られたという実感がないのは、金や物ではなく、車だからか。

「ええ、私が宮島を見ている間に、乗って行かれちゃったんですよ」と、言い直す。

亀田が呆《あき》れた風に言った。

「暢気《のんき》だなあ、森村さんは。警察に言った方がいいですよ。もう高速を降りちゃったかもしれないけど、料金所では必ず撮影してますし、オービスに引っかかってるかもしれない」

「でも、盗難届を出したら、夫のところに必ず確認がいきますよね。だって、あれは夫名義の車なんですよ」

「なるほど。あなたはご主人の元から消え去って、すべての痕跡を消してしまいたいのに、車が盗まれたことがばれると、あなたがどこにいて何をしていたのかがご主人にわかってしまう。それが、お嫌なのですね」

山岡が愉快そうに嗄れ声を張り上げた。

「その通りです」

朋美は渋々認める。

「でも、あなたと家を繋《つな》ぐものがなくなった、という解放感も、実はおありになるのではありませんか？」

どうして、この山岡という老人は、自分の気持ちがわかるのだろう。朋美は空怖《そらおそ》ろしくなった。

「そうかもしれません」

山岡は一人納得したかのように何度も頷いた。

「それで、私があなたを猛々しい鳥のような人だ、と感じたのですね。ようやく理由がわかりました」

亀田は肘を突いて聞き入っている。

「すみません、山岡さんは何をしていらっしゃる方なんですか？」

耳が遠いらしい山岡は、朋美の質問を、体を傾けて聞き取った。

「私はね、森村さん。本当にたいした者ではないのです。学者ではありませんので、系統だったことも言えませんし、その道ひと筋の在野の研究者でもありません。実にいい加減な立場の、適当な人間なのです」

「そんなことはありません」と、口を挟んだ亀田を手で制して、山岡は穏やかに喋り続けた。

「ただですね、私なりに、人が死ぬということはどういうことなのかを、ずっと考えてまいったのですよ。突然、大勢の人が亡くなるというのはどういうことかを、です。実は、私は昭和十八年から、長崎で国民学校の代用教員をしておったのです。二十歳の時に結核を患いましてね、兵役には就けませんでしたから。八月のある日、琴海町《きんかいちょう》に住む祖父が亡くなりまして、葬儀で実家に帰りました。その翌日、原爆が投下されたのです。

琴海町の私の実家も、長崎方向の窓ガラスが何枚も割れたほどです。慌てて戻ったのですが、地獄でしたよ。焼け野原に白く見えるのが人骨だと知って、号泣いたしました。私の教え子たちは、夏休み中でしたから、ほとんどが家にいましたが、みんな一瞬にして亡くなってしまったのです。溶けて跡形もなく消えた者、無惨に焼かれて塗炭《とたん》の苦しみを味わった者、またある者は、病気を背負って一生辛《つら》い思いをいたしました」

山岡は喋っているうちに激してきたのか、みるみる白い顔が紅潮した。

「よろしいですか、森村さん。長崎は、広島とは違う種類の原爆を落とされたのですよ。広島は濃縮ウラン型、長崎はプルトニウム型。広島は十四万人が、長崎では七万四千人が、亡くなりました。それはいったいどういうことを意味するのか、私はずっと考えてまいりました。本当に怖ろしいことですが、私たちは、人体実験されたのではありませんか。こんな怖ろしいことが起きて、人類の歴史自体が大きく変わったというのに、みんな見過ごしてきました。いや、見過ごそうとしてきたのではありませんか。地方都市での出来事だから、と他人事のように思ってきませんでしたか。東京大空襲だとて死者十万人、大量殺戮《さつりく》には変わりありません。しかも、それだけでは終わりませんでした。日本阪神淡路大震災、そして、今度の東日本大震災と原発事故が我が国を襲いました。日本人は何度、無惨な大量死を経験すればいいのでしょうか。世界に稀《まれ》な国だと思います。もちろん、原爆と自然災害は違いますよ。でも、今回の自然災害だとて、人災の側面はあったはずです。生き残った者は教訓を生かして、さらなる人災を防ぎつつ、亡くなった者たちの言葉をどのように後世に伝えていくのかを考えねばなりません。ええ、そうですとも。私は今年九十三歳になりますが、まだ死ぬわけにまいりませんのです。たとえ幽霊になっても、突然亡くなった人たちの思いの代弁者として、現世に、後世に、彼らの言葉を送り込まねばならないのです」

一気に喋った後、山岡は大きく嘆息し、疲れた様子で黙り込んだ。

老人の、それもかなり高齢の老人の熱弁に、スナックコーナーにいる数人の男たちが驚いたのか、こちらを窺《うかが》っている。

「先生は各地に呼ばれて講演旅行をなさっているのです。今回は東北の被災地を回って来られました」

亀田が憂《うれ》わしげに、山岡の横顔を覗き込んだ。

「あなたは、ずっと山岡さんに随行されているのですか?」

「そうです」

「お疲れでしょうに」

自らが卑小に感じられ、つい小声になってしまう。

自分が家出したことなど、小さい悩みに過ぎないのだ。長崎に向かうのだって、元彼が住んでいるからどうしているか知りたい、という程度の話なのだから。

「先生、着くのが遅くなります。そろそろ出発しましょうか」

亀田が声をかけると、山岡は黙って頷いた。喋っていた時の鋭い眼光が失《う》せて、怖ろしいほどの虚脱に見舞われたかのように、肩を落としている。

亀田と二人で、その小さな肩を両脇から抱えて、外に出た。

雨が降りしきっている中、二人がかりで後部座席に乗せる。

山岡は疲労困憊《こんぱい》といった態で、すぐに目を閉じた。薄い瞼《まぶた》の皮に血管が透けている。

急に弱々しくなった山岡を愛《いと》おしくさえ感じる。

助手席に回ろうとした時、亀田が拝むような仕種《しぐさ》をした。

「森村さん、よかったら一時間くらい運転替わって頂けませんか？　僕、ちょっと眠くなりそうで怖いんです」

「いいですよ」

快諾して運転席に腰掛け、シートベルトをする。亀田は疲れていたらしく、助手席に座った途端、目を閉じた。

朋美はバックミラーで山岡の表情を観察しながら、ゆっくりと発進した。

先ほど、山岡が見せた激しい怒りは、自分を今までで最も遠くへ連れて行ってくれそうだった。想像すらしたことのない場所へ。

九十三歳になろうとする人間が、これほどまでに執着し、怒り続けていることに衝撃を受けていた。

雨の高速道路を走りだすと、すぐさま亀田の鼾《いびき》が聞こえてきた。山岡も亀田も、眠ってしまったので、ぼんやりしていると睡魔に引きずり込まれそうで怖い。

注意深く七十キロを守って運転し続ける。暗い山道で慎重になり過ぎたせいか、何台ものトラックに抜かれた。

九州自動車道に入った時には、午後九時を回っていた。

「ああ、すみません。爆睡しちゃいました」亀田が狭い助手席で体を伸ばしながら謝った。「森村さんがいてくれて、本当に助かりました」

「お二人とも、お疲れだったんですね」

「ええ、一週間、この車で小さな公民館とか図書館とかを回ったんですから、すごい強行軍でしたよ」

亀田が山岡に気遣って声を潜める。

「飛行機や新幹線の方が早くて楽なのではないですか？」

「先生は、階段の上り下りができないし、長く歩けないのです。それに、お金がかかりますから」

「そうですか。さっきは先生の迫力に圧倒されました」

「ええ、先生は一貫して同じことを訴え続けておられるのです。普段は、小学校にある被爆写真コーナーで、ボランティアの説明員をなさっておられるんですよ」

山岡の顔に差した赤みを思い出して、朋美は後部座席を振り返った。

老人は固く目を閉じて、静かな寝息を立てている。

亀田の提案で、設備の整った古賀サービスエリアに寄った。山岡が目を覚まさないので、亀田と朋美はそれぞれトイレに行った。

キャッシュコーナーで現金を下ろせたのでほっとする。次いで、備え付けの充電器でスマホを充電した。知佐子と母親からメールが届いている。

知佐子のメールは暢気だった。


長崎はどうですか？

東京は秋晴れのいいお天気が続いてるよ。

ダンナからは何も言ってこない？

呆れたものね。

何か起きたら報告して。

　知佐子

母親からのメールには、「ハワイ」という件名が付いていたので目を疑った。


ハワイに旅行に行ってるそうね。

浩光さんから聞きました。

海外でもメールは受け取れるんじゃないか、と宏美が言うので一応メールします。

何度電話しても出ないから、何かあったんじゃないかと心配していました。

なのに、十日間もハワイだなんて、いいご身分ね。
森村のお母さんが電話に出てらしたので、肩身が狭かったわ。
でもまあ、気を付けて楽しんできて。
帰ったら電話ください。
あと、宏美のとこに何かお土産買って来てやって。
すごく羨《うらや》ましがっているから。ではね。
　　母

朋美の不在を「ハワイ旅行」として取り繕っているらしい。いかにも、その場しのぎの雄、浩光らしい言い訳に呆れる。
正直に母に返事をすると、浩光にその旨を告げるかもしれない。知佐子にだけ簡単な返信を送った。

もうちょっとで長崎。
楽しく旅を続けてます。
落ち着いたら報告します。
　　朋美

山岡は後部座席で、相変わらず静かに眠っていた。

「もう少しですので、僕が運転します」

朋美は助手席に座って、自分もひとつ舐《な》めながら、サービスエリアで買った飴《あめ》を亀田に渡した。

いったい何が自分を待っているのだろう、と雨の降りしきる路面を眺める。

すると、亀田が話しかけてきた。

「森村さん、長崎でお泊まりになる当てはあるのですか？」

「いいえ、これから考えようと思ってます」

素直に答える。

「到着するのは夜中ですから、先生のお宅に泊めて頂いたらいかがですか？」

現金を下ろせたから、ビジネスホテルでも探そうかと思ったが、雨の夜中、初めての街で宿を探し歩くのは確かに困難ではあった。

「ご迷惑じゃないですか？」

「正直に言いますが、その方がお互いに助かると思います」亀田がはっきり告げた。

「僕は明日の朝早くバイトがあるんです。なので、お送りした後、できれば早めに失礼したいと思っています。先生は僕の事情をご存じなので、早く帰るように仰ってくれているのですが、今日はとてもお疲れのようなので、一人にするのが心配です」

「わかりました。では、泊めて頂く代わりに、お世話しますよ」

「ありがとうございます」

亀田が丁寧に礼を述べた。ほっとした表情をしている。

長崎市内にある山岡の家に到着したのは、午前零時を回った頃だった。

急坂の途中に建つ、平屋の古い家だ。駐車場から、数十段のコンクリート製の階段を上らなければならない。雨は小降りになったが、まだやまないから、山岡は難儀そうだった。

「先生、着きましたよ。お疲れ様です」

亀田に助けられて、玄関先に立った山岡が、ようやく口を開いた。

「ありがとう。きみもお疲れでしょう。本当に助かりましたよ」

亀田が貧弱な鍵を開けて、玄関の照明を点《つ》けてくれた。小さな間口の玄関は、すっきりと片付いている。古い家特有の、出汁《だし》か味噌《みそ》のような匂いが染み付いていた。

「先生、今夜は森村さんが泊まってくれるそうですので、安心なさってください」

山岡は改めて存在を思い出したかのように驚いて、後ろに控えている朋美の方を振り返った。

「すみません、今夜は泊めて頂きます」

「どうぞ、ご遠慮なく」と、山岡。

亀田がどすどすと音をさせて廊下を歩いて行き、あちこちの照明を点けてくれた。

二人で山岡の靴を脱がせ、抱え上げて家の中に入れた。

廊下の横に六畳程度の居間があって、その奥が寝室のようだ。

居間には、ままごとのような古くて小さな応接セットが置いてあった。テレビもアナログのままだ。

寝室には、低いベッドがあって、布団がきちんと畳まれている。

亀田はベッドに山岡を腰掛けさせて、そっと襖《ふすま》を閉めた。

「森村さん、玄関脇に、三畳ほどの納戸があります。そこに布団が入っていますので、お使いになってください。先生はすぐにお休みになられると思います。僕はこれで失礼しますので、よろしくお願いします」

亀田はよほど疲れたのか、それだけ言うと、さっさと帰って行った。軽自動車も亀田の物だったらしく、エンジン音が遠のいていく。

薄暗い居間に残された朋美は、周囲を見回した。

テレビの横に新聞の山が築かれている。テーブルの上に新聞の切れ端と鋏《はさみ》が置いてあるのは、スクラップを作った跡だろう。

「先生、お休みの前にお手洗いとか行かれますか？」

襖越しに尋ねてみるが、何も返答がない。長い講演旅行で疲れた山岡は、すでに就寝したのだろう。

小さな台所で、水を一杯飲んだ。カルキ臭い懐かしい味がした。

冷蔵庫、電子レンジ、オーブントースター、食卓、椅子。何もかもが小振りで、最小限の生活を営んでいることがわかる。

納戸の押入から布団を引き出す。黴臭《かび》かったが気にならない。そのまま狭いスペースに敷いてから、風呂を見に行った。

緑とピンクの細かいタイル貼りで、今は滅多《めった》に見ない古風な作りだ。しばらく留守にしたせいで乾いているが、清潔にしてあった。

風呂を貰いたかったが、ガス湯沸かし器の使い方がわからないので、顔を洗っただけで寝ることにした。

電灯を消し、黴臭い布団に横たわってから、亀田の連絡先を聞かなかったことを思い出したが、今更どうなるものでもない。

――ええい、なるようになれ。

これが猛々しいということか。苦笑しながら、あっという間に眠りに落ちていった。


どのくらい経《た》ったのだろう。

目が覚めたはいいが、部屋の中は真っ暗だ。

自分がどこで何をしているのかがわからなくなって、しばらく混乱していた。

手探りで納戸のドアを開ける。外は明るくなっていた。はめたままの腕時計を見ると、午前七時過ぎである。

居間を覗く。すでに山岡が天眼鏡で新聞を読んでいた。

古びた作務衣《さむえ》を纏《まと》っている。灰色の靴下を穿《は》いて、テーブルの上にはインスタントらしいコーヒーの入ったカップを置いていた。

入って来た朋美を見て、ぎょっとした顔をする。

「おはようございます。泊めて頂いてありがとうございました」

山岡が笑った。

「申し訳ない。あなたのこと、すっかり忘れておりましたよ。お茶でも飲まれますか？　コーヒーもありますよ」

テーブルの上にあるポットを指差した。花柄の絵が描いてある旧式のポットだ。

昨夜は気付かなかった小さな茶簞笥《ちゃだんす》が隅にある。

「では、お茶を頂きます」

湯飲みをふたつ出して、台所で軽く洗う。茶筒を見付けて中を見ると、番茶だ。急須で番茶を淹れる。一口飲むと、懐かしい味にほっとして気が緩む。

「先生、朝ご飯はどうされますか？　私、お料理は得意じゃないんですけど、何か作りましょうか？」

「いや、冷凍庫に食パンがあるから、あれを焼いてジャムを載せます」

何だ、それではうちと同じではないか。ほっとして立ち上がる。

冷凍庫から食パンを二枚出して、トースターに入れた。イチゴジャムの瓶も見付けて、焼き上がったトーストに手早く塗る。

運んで行くと、山岡が言った。

「あなたも一枚召し上がってください」

「では、遠慮なく頂きます」

十時過ぎたら店が開くだろうから、服と下着を買いに行かなければならない。その後はどうしようか。時計を覗いて考えていると、山岡がこちらを見た。

「森村さん、あなた、これから、どうされるおつもりですか？」

「まだ何も考えていないんです」

パン屑《くず》を手で受けながら、正直に答えた。行き当たりばったりでここまできたので、計画を立てようにも立てられない。ひとまず落ち着き先を確保してから、仕事を探しかないだろう。

「なるほど、さようですか」

山岡は、サービスエリアの時とは別人のような穏やかさで相槌《あいづち》を打った。

「亀田君は、ああ見えても家族持ちです。学業もありますし、用事がある時しか、私のところには顔を出しません。ですから、何の遠慮も要りませんよ。行くところがないのでしたら、決まるまでここにおられたらいい。庭に鍼灸院があります。しばらく、使っていないのですが、掃除すれば住めますよ」

朋美は恐縮して、黄ばんだ畳の上に座り直した。

「それは有難いですけど、ちょっと図々しいような気がします。だって、昨夜初めてお目にかかったばかりなのに」

「図々しくなんかありませんよ。ご覧のような陋屋《ろうおく》ですから、気軽にお使いください」

山岡はジャムトーストをインスタントコーヒーの中にどっぷり浸《つ》けて、ふやけたパンの耳あたりから口を付けながら言う。

「ありがとうございます。では、ひとまずそうさせて頂いて、近いうちにビジネスホテルにでも移って、仕事を探します」

遠慮がちに告げると、山岡が憤然としたので驚いた。

「ホテルなんて、お金がかかるじゃないですか。勿体ないですよ」

「それはそうですが」

「お仕事を見付けられるんでしたら、うちに滞在して、じっくりお探しになるといい。困っている時はお互い様ではありませんか」

質素な暮らしをしつつ、大量死の無惨を説き続ける山岡に比して、自分は果たして「お互い様」と言える身分なのかどうか。朋美は、躊躇いながらも、山岡の激しさに圧倒されてしまった。

「では、しばらく居させて頂きます」

「どうぞどうぞ、ご遠慮なく」山岡は嬉しそうに何度も膝を叩いた。「鍼灸院はそこから見えますよ」

障子を開け放すと、隣家との間に、古風な板塀が張り巡らされた、小さな庭が見えた。

母屋は整理整頓されて清潔だが、さすがに庭にまで手が回らないのだろう。雑草が生い茂っていた。

その雑草に埋もれるように、五坪ほどの小さな平屋の建物がある。窓ガラスに、黄ばんでしまった木綿のカーテンが掛かっているのが見えた。

「あれが鍼灸院ですか？」

「さようです。茶簞笥の上に鍵がありますから、後で見てらっしゃい」

「ありがとうございます」

山岡がトーストを食べ終わり、朋美の淹れた番茶をごくりと飲んだ。皺首《しわくび》に、喉仏が生き物のように動く。

「長崎は初めて、と仰いましたね。まずは、見物でもなさったらいかがですか。グラバー邸とか中華街とか。私が若かったら、ご案内するのですが」

「そんな。観光なんて後回しでいいです」

「お仕事はすぐに決まるものではありませんでしょうから、それまで、のんびりとお過ごしになればいいじゃないですか。せっかく、家庭という軛《くびき》から逃れられたんですから」

朋美は内心、苦笑した。浩光が聞いたら何と言うだろう。

――俺がお前の「軛」ってか。DV夫みたいに言うなよ。

怒って新宿のレストランを飛び出たのが、遠い昔の出来事のようだ。夫や息子がいることにも、実感が湧かない。

ふと、山岡の私生活について知りたくなった。不躾《ぶしつけ》かと思ったが、思い切って聞いてみる。

「山岡さんは、ご家族がいらっしゃるんですか？」

山岡はソファの上で微《かす》かにみじろぎした。

「私は独り身です。あの焼け野原を見たら、家族を持つのが怖くなりましてね。以来、一人で生きることにしました」

「どういうことですか？」

長い年月が経ったろうに。訊かずにはおれなかった。

山岡は意外なことを聞かれたという風に首を傾げた。

「私は、祖父が亡くなったおかげで、原爆には遭わずに済みました。だから、今も生きています。あたかも、あの時亡くなった人たちの命を頂いたかのように、長く生きております。もし、祖父が前日に死ななかったら、私は下宿で、皆と同じように焼き殺されていたことでしょう。下宿は跡形もなかったのですから。その偶然が、私を駄目にしました」

朋美は驚いて聞き返した。

「駄目というのは？」

「一瞬だけですがね、自分は何て強運でラッキーな人間なんだろうと思ったのですよ。親友も知り合いも生徒もほとんどが亡くなったというのに、罪深いことだと思いませんか？　私の家族も皆、決して口には出さないけれど、そう思っているのがわかりました。息子が生き残ってよかった、と。私はその時、自分も含めて、人間はエゴから解放されないと悟ったのですよ。そのエゴがさらに強くならないためにも、家族を持ってはいけないと考えたのです」

朋美は反論せずにいられなかった。

「でも、そういう場合、誰もが自分は助かってラッキーだった、と思うのではないでしょうか。自分の子供が助かって本当によかった、と」

山岡は、また目を閉じた。

「そうなのです。でも、そう考えた途端に、たとえようもなく恥ずかしくなるのです。だから、家族を持つ幸せを味わうのを禁じようと思いました」

「先生の責任じゃないのに、どうして幸せになってはいけないのですか？」

「偶然貰った命だからです。本当の私は、あそこで死んでいるのですよ」

わけがわからなかった。では、家族を捨てた自分は、山岡にどう映っているのか。

「先生は潔癖でいらっしゃる。では、あたしのことはどうお思いですか？　先ほど『軛』と仰いましたが、それほどの状況だったとは思いません。あたしは誰よりも自分勝手なんだと思います」

山岡は、番茶の湯飲みを横に置いて、首をゆっくり振った。

「人の苦しみや悲しみがどれほどなのかは、その人でないとわかりません。比較すること自体がナンセンスです。こちらは家族が一人死んだ、あっちは三人死んだ。だから三倍の悲しみがある。そんな風には誰も思わないでしょう。あなたの苦しみが、軽いとか甘いとか、そんなことは全然思っておりませんよ」

と、言葉を切る。

「私は、本当に人が大勢死ぬのを見て、怖ろしかったのです。私はたまたま死ななかった。それを幸運と思う自分を突き詰めること。そして、死者の思いと共に生きること。核の廃絶を訴えること。それが、私の仕事だと思ったのです。私のような考えは別に珍しくはありませんよ。生き残った人間は、皆言葉こそ違え、そう思ったに違いありません。お涙頂戴の物語なんか要らないのです。ただ、生きてずっと考えるだけでよろしいのです」

「先生、家族を喪った方はどうなるのですか？」

「ひと言で言うと、人にとても優しくなります」山岡は答えてにっこり笑った。「あなたは猛々しいです。それは、あなたには家族がいて、幸せな生活を送っておられるからです。そういう人は、猛々しく見えます。でも、耐え難い悲しみを経験した人々はあなたとは違って優しい。そういう意味で、猛々しく見えた、と申し上げたのです」

猛禽類などと、見当違いのことを言った朋美は恥ずかしくなって黙り込んだ。

「では、先生は？」

「私も何も失っていないので、猛々しいです。だから、ずっと怒っていられる」山岡はそう答えて、テーブルの下を指差した。「ここに私の書いた物や記事などのスクラップがありますから、お暇な時にでもご覧になってください」

「はい、読ませて頂きます」

「森村さん、落ち着くまでずっと、ここにいらっしゃいましよ。私の話し相手にでもなってくだされば嬉しいです」

「お安いご用です」

自分が山岡と暮らすことを知ったら、近所の人は何と言うだろう。評判が気になったが、山岡の話は興味深かった。厚意に甘えて、しばらく鍼灸院に住まわせて貰うことにしよう。ふと、思い出して財布を出した。

「先生、高速料金とガソリン代を払わせてください」

山岡が鷹揚《おうよう》に手を振った。

「要りませんよ。私のお金は亀田君が管理してくれていますので、一応聞いてみますが、彼も同じことを言うと思いますよ」

「では、せめて、昨日のお食事代を払わせてください」

山岡は黙って手を振った。

朋美は、昨夜サービスエリアのATMで下ろした万札を三枚差し出した。

「足りないかもしれませんが、下宿代として受け取ってください」

山岡は躊躇《ちゆうちよ》した後、震える手で札を受け取った。

「では、遠慮なく頂きます。このお金でお夕飯のお買い物でもして来ましょう」

これから買い物には自分が行って、料理することにしよう。住まわせて貰うことを思えば、どうという手間ではない。

山岡は、朋美の金を無造作にテーブルの上に置いたまま、また天眼鏡を手に新聞を丹念に読み始めた。

「先生、鍼灸院を見せて頂きますね」

「どうぞ。掃除道具も中にあるはずです。私は昼頃にボランティアに出掛けますので、気ままにお過ごしください」

小学校の被爆写真コーナーに詰めて、見学者に説明をしている、という話を思い出した。

「お宅の前はかなりの坂道のようですが、どうやって行かれるのですか?」

「バスで行きます」

「お一人で大丈夫ですか?」

「慣れておりますから」

軽乗用車でもあれば、送り迎えをしてあげられるのに、と思う。

「亀田さんのお車は借りられないのですか?」

「ああ、あれは私の車なのです」と、山岡。「七、八年前まで、私も運転しておったのですよ。でも、さすがに危ないと言われてやめました。なので、亀田君に差し上げたようなものです」

だったら、亀田に連絡して、使わない時はこちらに持って来て貰おうと思う。何かあった時に役立つだろう。

「亀田さんのご連絡先はわかりますか？」

「それも茶箪笥の上にメモがあるはずです」

立ち上がって茶箪笥を見る。古びたクッキー缶の中に、爪切りやら三文判、スタンプカードなどが雑然と入れてある。鍵束はすぐに見付かったが、メモは見当たらない。

山岡が新聞に没頭し始めたので、朋美は先に鍼灸院を見に行くことにした。

玄関から庭を回って、鍼灸院の鍵を開ける。ドアに、「やまおか鍼灸院」という木製の看板が貼り付けられている。

しばらくドアさえ開けていなかったらしく、部屋はむっとして黴臭かった。

六畳ほどの板の間で、窓際に治療用のベッドが置かれており、山岡の荷物と思われるダンボールがいくつかあった。奥は小さな洗面所と手洗いが付いていた。

軋《きし》む窓をいっぱいに開けて、空気を入れ換える。物入れから箒《ほうき》を見付けて、掃き掃除を始めた。その後、雑巾で床を拭く。

母屋の納戸から布団を持ち出して、治療用ベッドの上に載せた。何とか泊まる準備は整ったが、住めるようになるには、まだ数日必要だろう。ほっとして、買い物に行くことにする。

「先生、これからスーパーに行きますが、何かお買い物はありますか？」

「ありません」

襖越しに、小さな声で返事が返ってきた。

「お昼はどうなさいますか？」

「お昼はほとんど頂きません」

「召し上がった方がいいですよ。おにぎりでも買って来ましょうか」

返事がない。昨夜までの強行軍で疲れているのかもしれない。様子を見に行こうかと思ったが、差し出がましいかと遠慮する。

まさか自分が老人の世話をするようになるとは思ってもいなかった。

実母はまだ七十三歳で現役だし、父は七年前にガンで亡くなった。浩光の母親の美智子も元気だし、浩光の父親も亡くなって久しい。ひとつ道を外せば、人生とは意外な展開が起きるものだ。

家の前の急坂を下って、車が多く通る道まで出た。町名を見ると、「立山」とある。自転車を押して坂を登って来る主婦に、スーパーの場所を尋ねた。スーパーが巡回バスを出していると聞き、停留所を教えて貰った。

スーパーで、ジャージやパジャマ、タオル、下着などの必要な物を調達し、安い化粧品を買った。家出した翌日、新宿を走り回って、いろんな物を買ったことを思い出した。

桜田は、車に積んであった品物を見てどう感じただろうか。不意に、浩光のゴルフバッグから見付けた革製のポーチが、グローブボックスに入れっ放しになっていたことを思い出した。桜田は、あの中身を覗いてどう思っただろう。急に恥ずかしくなる。

食料品売り場に寄って、刺身や野菜、山岡のためのおにぎりなどを買う。バス停から重い荷物を持って坂道を登るのがきつい。やはり亀田に軽自動車を返して貰おうと思う。

「ただ今、戻りました」

奥に向かって声をかけたが、返事はない。どうやら小学校に向かったようだ。鍵を掛けないで出たのは、朋美のことを慮《おもんぱか》ってだろう。「人に優しくなります」と微笑んだ山岡の顔が蘇《よみがえ》る。

古くて小さな台所で、冷蔵庫を開けて中を覗く。醤油《しょうゆ》などの調味料やふりかけくらいしか入っていないが、買ってきた食品を並べたら、容量が小さいためにいっぱいになった。

次いで、食品棚を見て、米や味噌があることを確認する。今日の夕飯は自分が作ろうと思う。

鍼灸院で下着を取り替え、洗濯機を借りて洗濯した。部屋干しを済ませてほっとする。テレビも何もなく殺風景な部屋だが、ようやく得た自分の居場所だと思うと嬉しかった。

庭の雑草でも引き抜こうかと思ったが、スマホの充電器がないことに気付き、再び買い物に出た。

スマホのGPSを使って、思案橋という繁華街に出る。

無事に充電器を手に入れた途端、ほっとして観光をする気分になった。名物だという長崎チャンポンを食べた。

早速、チャンポンの写メをして、バッテリー切れが心配で後回しにしていたメールの返事を打つ。


昨夜、長崎に着きました。

今、思案橋でチャンポン食べてます。

美味《おい》しいです（笑）。

親切なお爺さん（九十二歳だそうです）に出会いました。

お爺さんの離れを借りて、しばらく住まわせて貰うことになりました。

その人は、原爆の被害を研究している人で、ボランティア活動をしているとか。

とても立派な人で、被災地にも講演に行かれたと聞きました。

まだバタバタしていますが、いずれ落ち着いたら仕事を探したいと思っています。

また連絡します。

あなたも元気でね。

　朋美

さすがに、桜田と名乗る女に車を盗まれた、とは書けなかった。もちろん、自分の失敗を隠したいという思いはある。

だが、薄ら寒い女子トイレで裸足で立っていた桜田を思い出すと、告発したり、他人に言い触らす気にはなれなかった。

車を盗まれたのは返す返すも悔しいけれど、あの時の桜田は、全身から追い詰められた人間の必死さを放っていて、責める気にはなれないのだった。

家を出てから、すべてのことに執着心が薄くなった。なるようになれ、と開き直っている。山岡の言うように、不慮の出来事で家族を喪ったことのない者は、怖れを知らないからだろうか。

確かに今、健太と優太に何か起きたら、生涯自分を責め続けて生きるしかなくなるかもしれない。浩光も息子たちも元気で憎たらしいからこそ、自分は猛々しくいられるのだ。

急に、息子たちが懐かしくなった。「お母さん」と呼ぶ、幼い優太の声でも聞けたら、あっという間に家に戻りたくなりそうだ。

互いに自立すべきだ、と意気込んでいたのに、どうしてこんなに気持ちが揺らいでしまうのか。山岡の話があまりにも切なかったからだと思い至り、朋美は沈んだ。

結婚前に付き合っていた酒井典彦も、長崎に生まれ育っている。酒井の口から、原爆の話など、まったく聞いたことはなかったが、朋美の方から問えば、予想だにしない話が出てきたのかもしれなかった。

　煮え切らない酒井に苛立《いらだ》って、さっさと浩光と結婚してしまったが、酒井が逡巡《しゅんじゅん》した理由は、自分の無頓着さにあったような気がしてくる。なのによくも、酒井と再会して、あったかもしれないもうひとつの人生を考えたい、なんて幼稚な発想をしたものだ。

　知佐子も内心は呆れていたのではなかろうか。話してみたいが、うまく伝えられる自信はなかった。

　観光気分どころか孤独感だけが募る。朋美はなぜか焦燥感に駆られながら、見知らぬ街を歩き回った。

　夕方、坂を登って山岡の家に戻った。ままごとセットのような小さな台所で、夕飯の準備を始める。飯を炊いて、豆腐の味噌汁と野菜の煮物を作り、買って来た刺身を皿に盛った。

　以前は、夕食の支度が苦痛で仕方がなかったのに、久しぶりの調理は楽しく感じられる。朋美は、山岡が家に置いてくれたことを感謝した。

「ごめんください」

　男の声がした。亀田が顔を出してくれたのかと思い、ほっとして玄関に向かった。

　だが、眼鏡を掛けたジャージ姿の中年男が、山岡に肩を貸して三和土《たたき》に立っていた。

男にもたれかかった山岡は、額に大きな絆創膏《ばんそうこう》を貼っている。

「どうしたんですか」

思わず裸足のまま三和土に飛び降りて、手を貸した。男と二人で、山岡を居間まで連れて行く。

「面目ないですなあ」

ソファにやっと腰掛けた山岡は小さな声で謝った。

「いいですよ。それより、びっくりしました。気を付けてくださいよ」

男は労《いたわ》るように山岡に言ってから、朋美に挨拶《あいさつ》をした。

「どうも、初めまして。私は川城小学校の教諭をしております、元木《もとき》といいます。山岡先生が、学校の階段を踏み外して怪我《けが》をされましてね。保健室の方で応急手当はしました。幸いなことに打ち身と切り傷だけのようですけど、ご高齢ですし、少し休まれた方がいいかと思います」

いかにも教諭らしい、はきはきした物言いだった。

「そうですか。わざわざありがとうございます」

朋美が礼を述べている間、山岡は肩を落として悄然《しょうぜん》としている。

「どうぞお大事になさってください」

元木は山岡に頭を下げてから、玄関先で、「ちょっといいですか?」と朋美を手招きした。山岡に聞かせたくない話があるらしい。

靴を履いて表に出ると、石段下の道路に停めた元木のものらしい軽自動車が、オレンジ色のハザードランプを点滅させていた。

すでに秋の陽は暮れかかって、しんと空気が冷えている。山の上までぎっしりと建ち並んだ住宅のあちこちから、夕餉《ゆうげ》の匂いがする。それに混ざる潮《しお》の香。海が近い土地なのだ、と初めて実感した。

「すみません、ご親戚の方ですか？」

元木に問われ、朋美は首を振った。

「いえ、手伝いの者です。森村と申します」

元木はヘルパーと勘違いしたらしく、遠慮がちに言った。

「そうですか。じゃ、頼みにくいんですがね」

「何でも仰ってください」

元木は、ちらりと母屋の方を見遣《みや》ってから、思い切った様子で口を開いた。

「先生はご高齢なのに、毎日、写真コーナーに通って来られるので、僕らは常々、立派な方だと尊敬しています。児童にもね、『お爺ちゃん先生』と慕われて、とても人気がありますよ。ただ、まあ、正直に申しますと、そろそろ休んで頂いてもいいんじゃないか、という声もちらほら出ています。転ばれたのも一度や二度ではありませんし、最近は、トイレに行くにも付き添いが必要な時がおありになるようです。何かあったら困りますので、先生が写真コーナーに行きたいと仰ったら、一応、止める方向で考えて頂きたいのですが」

煮え切らない言い方だった。

来るのは迷惑だ、と遠回しに言われているような気がする。

「でも、写真コーナーで説明をするのは、山岡さんの生き甲斐《がい》のようですから、私が止めるのは無理なような気がします」

「ですよねえ」と、元木は頷《うなず》いて嘆息した。「でしたら、どなたか付き添いの方をお願いしたいんですけど。ほんとに何かあったら困りますので。僕らは授業がありますから、付きっきりというわけにもいきませんし」

「はあ」と、同調するしかなかった。意気軒昂《けんこう》であろうとも、山岡の体力は確実に衰えてきているのだろう。

「あと、言いにくいのですが、このボランティアは他にもやりたいと仰っている方がおられましてね。一応、受け持ちの曜日が決まっているのですが、先生はそれを無視して、毎日詰めておられるんですよ」

ボランティアを独占してはならないということか。考え続けることが自分の仕事だと言い切った真面目な山岡が、気の毒になった。

「ちなみに、山岡さんは何曜日担当なんですか？」

「火曜、木曜、土曜です」

「三日だけなんですか」

「そうです、すみません。僕はこれで失礼します」

礼を述べて元木を見送ったら、秋の陽は完全に山裾の向こうに落ちてしまった。斜面を埋めた住宅の明かりが瞬いている。侘《わ》びしさを感じながら、家に入った。

「森村さん」

嗄れ声が聞こえる。「はい」と返事して居間に行くと、山岡が震える手で茶箪笥を指差している。

「亀田君に電話して、車を返して貰いましょう。あなた、運転できるでしょう?」

朋美は、山岡の執念に舌を巻いた。

山岡は、亀田から車を取り返して、それを自分に運転させてでも写真コーナーに通うつもりなのだ。

「今朝探しましたけど、メモはありませんでしたよ」

もう一度立ち上がって確かめる。

「おや、おかしいですね。そこにあるはずなのですが」

山岡は携帯電話を持たないので、用がある時は、メモを見ながら家の電話で亀田に連絡していたのだろう。しきりに首を傾げる。

「月曜にでも、大学の方に電話して訊いてみましょうか。どちらの大学の学生さんですか?」

「長崎大学の文学部、戦史研究で有名な横川《よこかわ》先生の研究室だと聞いています」

すらすらと出てきたのは、山岡が亀田を誇りに思っている証拠だろう。

「じゃ、電話してみますね。ところで先生、お夕飯いかがですか?」

「頂きましょう」

居間の小さなテーブルに食事を並べると、意外にも、山岡は美味しいと言って、よく食べてくれた。本マグロの刺身を食べたのは久しぶりだ、と無邪気に喜んでいる。

「あなたが作ってくれたご飯で元気を貰って、これからも毎日、ボランティアに通いますよ。ありがとうございます」

山岡は幸せそうに番茶を啜りながら、頭を下げた。

朋美は、躊躇いながら、元木教諭の話を切りだした。

「あのう、先ほどの元木先生が仰るには、先生の受け持ちは火曜と木曜と土曜なので、他の曜日は他のボランティアさんにお譲り願えないか、ということでした」

山岡が困った様子で小さな目を窄めた。

「皆さん、一生懸命なのはわかるのですが、教科書通りのことしか言えない人たちばかりですよ。あと、こう言っちゃなんだけど、視野が狭いのです」また激越な調子が戻ってくる。「視野が狭いというのはね、長崎の原爆のことだけでなく、核を語るのでしたら、広島、第五福竜丸、そして今回の原発事故にまで言及しなければなりませんのです。そのためには勉強も必要ですし、他人の意見も聞きませんとね」

喋り始めると止まらない。

「先生、ちょっと待ってください。他の方も、その人なりのやり方で説明されたいんじゃないですか。先生がそれを止める権利はないと思いますが」

「何を仰るんです」山岡が口の端から飯粒を飛ばして怒った。「森村さん、あなたはもののわかった方かと思いましたが、そうでもないですね」

「すみません」

朋美は素直に謝った。怒られてうろたえはするものの、この短気な老人が嫌いではなかった。

「説明を要するのかもしれません、いいですか。私が勉強を怠りなく、と申しているのは、まだ知らない事実がたくさんある、という意味なのです。だから、勉強が必要なのですよ。ご存じのように、私はこの六十六年間ずっと、長崎に落とされたプルトニウム型の原爆について調べてまいりました。しかしですよ、まだ明らかになっていないこともあるのです。例えば入市被爆のこと。私は多分、入市被爆者に該当します。それから、最近はね、新型爆弾、つまり原爆のことです、を積んだ爆撃機がテニアン島から出撃して、長崎に向かっているのを暗号で知りながら、参謀本部は長崎市民に伝えようとしなかったのではないか、ということも言われているのですよ。NHK特集でやっていました。あなた、ご覧になりましたか？　事実だとしたら、実に罪深いではありませんか。これぞ人災以外の何ものでもありませんでしょう」

山岡は箸を乱暴に茶碗《ちゃわん》の上に置いたまま、顔を紅潮させて怒鳴るように喋った。

「そうですね」

「そうですね、じゃないですよ。我々は怒るべきです」

「その通りです。すみません」

朋美が謝ると、山岡は少し表情を緩めた。

「ですからね。そういうことを伝えていかねばならないのですよ。特に、この土地では忘れてはならないのです。他の土地の人間に忘れさせてはならないからです。忘れて生きる人が多くなりますと、人間はまた同じ過ちを繰り返すからです」

山岡は他人に来るな、と言われたら、這《は》ってでも行くに決まっていた。

「わかりました。亀田さんに車を返して貰えなかったら、私がレンタカーでお連れします。ただし、明日はお休みして、お怪我が治ってからですよ」

「ありがとうございます。さすが森村さんだ、猛々しい。私が見込んだだけのことはありますね」

また、猛々しい、か。朋美は苦笑した。


日曜は鍼灸院に置かれていた山岡の本や荷物を片づけて、あとは山岡の怪我の様子を見ながら過ごした。

月曜は、秋晴れだった。山の向こうに、秋の海が光っている。

早起きした朋美は、山上に広がる住宅街から、裾野を見下ろしてみようと思い立った。

家の前からジグザグに山上まで連なっているコンクリート製の階段を登ろうとしたと

ころ、隣家の主婦らしき女性に呼び止められた。六十代前半と思《おぼ》しき小太りの女で、くたびれたエプロンをだらしなく着けている。

「あなた、山岡さんの姪御《めいご》さん？」

挨拶もなく、いきなり聞かれたので面食らった。

「いえ、手伝いの者ですが」

「ヘルパーさん？　山岡さんはヘルパーさんとは喧嘩したって聞いてるけど」

「ヘルパーではありません」

じゃ、何なの、と言いたそうに唇を尖《とが》らせたが、さすがに不躾だと思ったのか、口を噤んだ。

朋美は目礼して階段を登り始めたが、下からじっと観察されているのを背中で感じて不安になった。山岡に姪がいる、というのも初耳だった。気もそぞろになって、散歩を適当に済ませた。

そろそろ山岡が起きる頃だから、トーストでも焼こうかと母屋の台所に行き、オーブントースターのスイッチを捻《ひね》ったが、うんともすんとも言わない。

年代物だから、とうとう壊れたのか。台所の照明を点けて調べようとしたが、照明も点かない。停電だ、とやっと気付いた。

表に出て、近所の様子をうかがう。先ほど話しかけられた隣の主婦の家からは、大音量でテレビの音が聞こえてくる。その裏手からは、洗濯機を回す音。

どうやら停電はこの家だけらしい。ブレーカーが落ちたのだろうか。

廊下の端にある貧相な配電盤を開けて見たが、まったく異常はなかった。

ガスに点火できないため、湯も沸かせない。

鍼灸院に戻って、スマホで電気会社の番号を検索した。

停電情報を聞いてみるつもりで電話したところ、何と電気料金が未納のために今日から送電を停止したという。

この二カ月間支払いが絶えていたために、半月前に振込用紙付きの請求書を送ったが、それでも支払われなかった。最後の督促がなされたのは数日前だという。講演旅行から帰る頃で、支払いが遅れたのかと納得した。

母屋に戻ると、ちょうど山岡が寝室から居間に出て来たところだった。

額の絆創膏も痛々しく、作務衣に灰色のソックスといういつもの格好で、ぼんやり立ち尽くしている。

「先生、停電です」

「道理で、今日はラジオが聞けないなと思いました」

暢気なことを言いながら、覚束《おぼつか》ない足取りでソファに腰を下ろした。

「電話して聞いてみたのですが、電気料金が未払いのようですよ」

えっ、とさすがに驚いた様子で、朋美の顔を見た。

「本当ですか」

「はい。私、お金を払ってきますが、請求書が来てませんでしたか?」

「存じません。あなた、郵便受けの中を見てくれてないのですか?」

泊めて貰って、わずか三日目なのだから、郵便物になど触れるわけがない。内心呆れたが、山岡にとって、朋美はヘルパーかお手伝いさんのような存在なのだろう。

朋美は急ぎ、門柱に据え付けられた、頑丈な鉄製の郵便受けを覗きに行った。果たして、底に封書や葉書が溜《た》まっているのが見える。

新聞だけ取って、郵便物を見ていなかったらしい。山岡の場合、真剣に対処するものと、おざなりにしてしまうものと、極端に分けてしまうのだろう。

請求書が他にも来ていた。電気料金だけでなく、ガス料金や水道料金などの公共料金も未払いになっているようだ。

「先生、ガスや水道もいずれ止められますよ」

請求書を見せると、山岡は老眼鏡を掛けて眺めたあと、不思議そうに首を傾げた。

「驚きました。こんなことは初めてですよ」

「今までは、引き落としにされていたんですか?」

「そうです」

ということは、口座が空になっているのだろうか。

「とりあえず、私がコンビニに行って払ってきます。でないと、電気が使えなくて困りますよね」

「そうですね。よろしくお願いします」

山岡は、安堵の色を浮かべて頷いた。

朋美は坂を下り、通りにあるコンビニまで走って、公共料金をすべて払ってきた。全部で三万程度だった。

帰り道、電気会社に電話して、「入金したから電気を点けてくれ」と頼む。おかげで、朋美が帰る頃には復旧していた。

「ご苦労様でした」

山岡は、障子を閉め切った薄暗い居間で、嬉しそうに電灯を見上げた。

朋美が立て替えていることに思いが至っていないようだ。下宿代として、すでに三万円払っていることも、忘れているのかもしれない。

言いにくいが、金銭のことだけははっきりさせておいた方がいいだろう。

「先生、公共料金は全部、私が立て替えておきました。ここに置かせて頂いているので、折半にしましょうか」

「とんでもない。あなたにお払い頂くわけにはまいりません」

「申し訳ありません。でも、半分払わせて頂きますので、後で返して頂くことにしましょう」

山岡は真剣な表情で頷いた。

「もちろんですとも」

いったい、生活費はどうなっているのだろう。

朋美はふと気になって、天眼鏡を取り上げて、新聞の熟読に入った山岡に尋ねてみた。

「先生、また公共料金が落ちないとお困りになりますよ。もしかすると、口座が空になっているのではないですか？」

「いやいや、何かの間違いだと思いますよ」天眼鏡を横に置いた山岡は、うるさそうに答えた。「年金はそちらに振り込まれていますので、空になることなどありません」

「では、念のために、記帳だけでもされてはいかがでしょうか」

「そうですね。そうしましょう」

山岡が上の空で答える。

代わりに行ってやってもいいが、さすがに差し出がましいような気がして言いだせなかった。

今朝の隣家の主婦の眼差しを思い出して、不安が過《よ》ぎったが、悪いことなど何もしていないのだから堂々としていればいい、と自らに言い聞かせる。

二人でジャムトーストの朝食を食べた後、茶簞笥のあちこちを調べたが、亀田の電話番号のメモはどこにもなかった。

不思議なことに、朋美が渡した現金も見当たらない。こちらは山岡が財布に仕舞ったのか、とも考えられるが、わざわざ訊くのも躊躇われた。昼間は鍵を掛けずに外出しているのだから、不用心ではある。

朝食後、鍼灸院に戻って、山岡に借りたスクラップブックを広げた。

「ボランティアひと筋　山岡孝吉《こうきち》さん」という地方紙の記事があった。二十年ほど前の記事で、髪も豊かで、眼光鋭い山岡が、被爆写真コーナーで説明している姿が写ってい
た。地元では有名人らしい。

コツコツとか細いノック音が聞こえた。

「森村さん」

ドアを開けると、山岡が立っていた。白い開襟シャツに灰色のジャケットを着て、外
出する支度を終えている。

「どうされました?」

驚いて聞くと、山岡は怪訝《けげん》な顔をした。なぜ、わからないのか、という表情だった。

「お昼前に写真コーナーに行こうと思います。すみませんが、送って頂けますか」

「でも、先生の行かれる日は火曜ですよ」

「何を仰る。私の使命です」

「少しおやすみになられたらどうですか?　怪我されたばかりですし。元木先生にも止
められたのに」

「あんな若造には何もわからんのです。これは私の仕事ですので、何卒《なにとぞ》お願いいたしま
す。誰が何と言おうと、私はあそこで死んでも構わないのです。あそこが私の職場なの

ですから」

　強引に訴えられて、不承不承、朋美は立ち上がった。

「わかりました。じゃ、亀田さんの学校に連絡してみますね」

　長崎大学に電話して、件《くだん》の研究室につないで貰ったが、応答はなかった。また、亀田という大学院生に連絡が取れないか尋ねてみたが、個人情報だとして、教えては貰えなかった。

「先生、亀田さんに連絡取れませんね。どうしましょう」

　山岡は涼しい顔で言う。

「あの男は、週に一、二回顔を出しますので、そろそろ現れる頃です。心配は要りません」

　朋美は思わず笑った。

「亀田さんの心配などしていませんが、お車を返して頂いた方がいいかと」

　埒《らち》が明かないので、山岡の手を引いて急坂を下った。

　通りに出ると、早くも足を縺《もつ》れさせているので、到底バス停までは歩けまいと、道路で偶然通りかかったタクシーを拾った。

　よくもこんな状態で、毎日歩いて行ったものだと感心する。被災地への講演旅行が祟《たた》って、疲れが足に出ているのかもしれない。

被災したという小学校は、戦後、何度か建て直されて立派なコンクリート造りになっていた。被爆写真コーナーは、中庭の一角にある建物だという。

「もう一人で大丈夫です」

山岡が朋美の手を振り払った。

「先生、どうしましょう。中でお待ちしましょうか？」

「それには及びません。あなたが来ると、私にはやはり付き添いが必要だ、と思われてしまいますから」

頑固で見栄張りな老人だ。

元木には厭味《いやみ》のひとつでも言われそうだが、とりあえず、タクシーを拾い直して近くのレンタカー屋まで行って貰う。

レンタカーの料金表を見て、これならタクシーで送り迎えした方が安いだろうと考える。不意に、自分はいったい何をしているのだろうと可笑《おか》しくなった。

ボランティアはこっちだ、と思う。

――馬鹿。ろくなことにならんぞ。

浩光の声が聞こえたような気がした。となると、こちらも意地になるから不思議である。結果がどうなろうが、なるようになれ、と思う。

夕方、約束の時間に、タクシーを拾って迎えに行った。校門で待っていた山岡が、朋美の顔を見て、嬉しそうに笑う。

「森村さん、ありがとうございます。あなたのおかげで、私は幸せです」

「どういたしまして」

長く生きてきた人間に、幸せだ、と言われると嬉しかった。

家に戻ってから、朋美は気にかかることを尋ねた。

「先生、生活費はどうしてらっしゃるんですか?」

「私の収入は年金のみです」

「現金はいつもどこに入れてらっしゃいますか?　引き出しとか?」

「この中に入っています」

ジャケットの胸ポケットを押さえる。

「差し出がましくて恐縮ですが、あたしがお渡しした三万円はちゃんとありますか?　お財布に収められるところは見ていませんでしたが、茶簞笥の上にもなかったので気になっています」

「はて、三万円ですか?」と、山岡が財布を取り出して眺める。黒革製の二つ折りでごく普通の財布だ。「入っていませんね」と、中を覗いてのんびり答える。

「先生、この家には泥棒が入っているんじゃないですか?　預金通帳もちゃんとありますか?　あたし、何だか心配です」

「というか、そもそも私は森村さんに三万円も頂いておるのですか?」

朋美は青ざめた。嫌な予感がする。

山岡に悪気がないのはわかっているが、多少、金銭感覚が緩んでいるのではあるまいか。

「はい、泊めて頂いた翌日に、しばらくいてもいいと仰ってくださったので、では、下宿代にしてください、とお渡ししました」

「ああ、思い出しました」と、山岡が手を打ったのでほっとする。「固辞したのに、あなたはくださった。私はそれをここに置いたのでしたね」

テーブルを指差す。

「その後、どうされました？　あたしは鍼灸院で寝たのでわかりませんが」

「さあ、どうだったかな。そのまま、置きっぱなしにしたかな」山岡が首を傾げた。

「いや、茶簞笥の上に置いたようにも思いますなあ。私は大事な物はすべて上に置くのです」

「このうちに誰か、侵入しているのではありませんか？　大丈夫ですか」

自分で言いながら、ぞっとする。

「まさか」と、山岡が苦笑する。

「夜も鍵を掛けていらっしゃらないのでしょう。不用心ですよ」

「こちらでは、あまり掛けませんな」

「先生、念のためですが、気を付けてください。それから、申し訳ないのですが、あたしの立て替え分は、一応メモにして、領収証と一緒に残しておきますね」

山岡は、はて、それは意外な、という表情をした。

「あなたのことは信用しておりますよ、森村さん。何を仰います」

「どういうことですか」

「あなたが不正に遣っているなんて思ってもおりません」

「先生、これまではすべてあたしのお金で賄っています。公共料金はあたしが立て替えました」

話がずれている。首を傾げる山岡を見て不安になったが、どう証明すればいいのかわからない。

突然、ポケットの中のスマホが鳴った。

発信元を見て、朋美は目を疑った。「優太」とある。家を出てから、初めての電話だった。メールにも返事をくれなかったから、何か起きたのかと心配になる。

「もしもし」

「お母さん？」

「そうよ。元気だった？」

「ああ」と暗い声で答える。「お母さん、今どこにいんの？」

「長崎よ、九州」

「長崎か。遠いな」しばらくしてから、優太が訊く。「俺も行っていい？」

「何かあったの？」と、思わず問い返した。

「別に。ただ、俺もそっちに行きたいんだ。お母さんに会いたい」

ゲーム中毒になった高一の息子。口を開けば、コロスだの、死ねや、としか言わなかった優太が、そんなことを言いだすとは。朋美の両眼に涙が溢《あふ》れた。

第六章　破れかぶれ

「実は、車が盗難に遭いましてね。ゴルフバッグごと盗《と》られてしまったんです。場所ですか？　何と、マンションの駐車場なんですよ。朝になったら、うちの車だけがなかった。だから、これではコンペに間に合わない、お迎えに行くと約束した小野寺さんにご迷惑をおかけする、と焦りましてね。どうせだったら、ていうんで、車とゴルフクラブを新調したんです。しかしね。ポーチは確かに私の物ですし、小野寺さんの住所のメモも本物だと思います。しかしね、竹内さん、ポーチの中身につきましては、私も与《あず》り知らないところなんです。悪意ある下劣な人間が、私の車を盗んだ上に、女性の名前と住所を見て、そういう物をわざわざ入れて、小野寺さんに送り付けたとしか考えられません。世の中には、想像もできないヘンタイがいるもんだ、とぞっとしました。小野寺さんにはご迷惑をかけてしまって、本当に申し訳なかったと思います」

この言い訳が全面的に信用されるかどうかはわからない。しかし、百合花の家に、おぞましいポーチが送り付けられてしまった以上、車が盗難に遭ったと弁明するしか、自身の名誉を守る道はなかった。

「しかしね、そのう、言いにくいけど、何であれをわざわざ買って、入れて寄越すかね。

悪意にしては手が込んでいるし、金をかけてるよね」

「さあ、私にも全然わかりません。何しろ、泥棒するような人間が考えることですから」

浩光の声は自《おの》ずと小さくなったが、自分も被害者であることは、しっかり強調した。

「それにしても、きみは金持ちだね。盗難に遭って、すぐ代わりの車やゴルフクラブを買える人間なんて、そうはいないよ」

竹内にからかわれて、浩光は必死に言い訳した。

「そらまあ、保険とか何かでカバーできますから」

「おいおい、ほんとかよ。ずいぶんいい保険だな。聞いたことねえよ」

元大蔵官僚という経歴に似合わない、べらんめえ口調で囃《はや》し立てられた。

浩光が困り果てているのを、面白がっている節もある。

「禍《わざわい》を転じて福となす、ではありませんが、盗まれた物なんか忘れて、心機一転出直そうという一心だったんです」

「なるほどな。それで、優勝かい。カッコいいね」竹内は朗《ほが》らかに笑った。「しかしねえ、小野寺さんは不安がってるよ。どこの誰だかわからない気持ちの悪い人に、自分の住所と名前が知られたんじゃないかって。あそこの家はお嬢さんが二人いて、ご主人も海外に単身赴任中だそうだから、さぞかし嫌だろうね」

「そうですよね。本当に申し訳なかったです。私の不徳の致すところです」

浩光はしょんぼりした。どんなにか軽蔑されていることだろう。

「まあ、でも盗難だったら、きみの責任でもないしね。小野寺さんには、これであなたが退会してしまったら、みんな後味が悪くてたまらんから、それだけは勘弁してくださいよ、と頼んでおくよ」

「お願いします」

浩光は携帯電話を耳に当てたまま、何度も頭を下げた。

「ま、何とかなるでしょう。きみの方の事情は伝えておくよ。ひじょうに恐縮しておって、責任取って、しばらく休会させて貰《もら》うとまで言ってる、とね。ほとぼりが冷めるまで、休会でいいかな？」

「はあ、それはもう」

そう答えながらも、休会を申し渡されたことに驚いている。こんな時こそ、平然と「ピンそば会」に顔を出すようにしなければ、会員たちは皆、浩光が何かしでかして懲罰を受けた、と考えるに決まっていた。

竹内の措置はあまりにも重くないか。

これまで、ワガママな爺《じい》さんや婆《ばあ》さんを相手に、面倒な幹事役をこなし続けてきたというのに、この仕打ちはないだろう。

仲間外れにされた子供のように、拳固をむちゃくちゃに振り回して暴れたくなった。

いや、待てよ。もしかすると、竹内は俺が本当に送り付けた、と考えているのではあるまいか。そうだ、きっとそうだ。だとしたら、どうやって疑いを晴らせばいいのだ。

浩光は焦った。ネガティブな発想しか湧かなくなる。「ピンそば会」の誰にも会いたくないし、金輪際、北町ゴルフ練習場になんか足を踏み入れるもんか、とさえ思う。

「ちなみに、再来週の小野寺さんとのゴルフは、高瀬君を誘うことにしたけど、いいかな」

「はい、もちろん構いません。いろいろすみません」

浩光は騒ぐ心を抑えて謝った。これでまた、高瀬にアドバンテージを与えたことになる。癪《しゃく》に障ったが仕方あるまい。

「はい、じゃ、そういうことでよろしく頼みますよ」と竹内。

「ご迷惑かけてすみませんでした。ほんと、申し訳ありません」

最後は平身低頭である。こんな不名誉なことが原因で「ピンそば会」から追放されるのか、と思うと無念だった。

「あ、ちょっと待って」竹内が遮った。「きみさ、奥さん、どうしてるの？」

「女房ですか？」意外なことを聞かれて驚いた。同じ嘘《うそ》を吐《つ》く。「ハワイ旅行に行ってますけど」

「海外旅行中ね。了解。失礼しました」

竹内は明快な口調で言って、電話を切った。

考え込んだのは、浩光の方である。

もしや、竹内は、俺でなく、朋美が嫉妬のあまり、百合花の住所メモを隠し、コンドーム入りのポーチを送り付けたと考えているのではあるまいか。

ゴルフなどしたことのない妻が、妄想を膨らませた結果、あのポーチを送った、という風に。あるいは、浩光が浮気の常習犯で、今度の今度は許せなくなった、とか。

急に謎が解けた気がした。懲罰の重さも、竹内の百合花への気の遣いようも、百合花の怒りも。みんながみんな、車が盗難に遭ったなんて戯《ざ》れ言を信じていないのだ。

朋美が嫉妬して、浩光の車とゴルフバッグを自由にさせず、挙げ句、あんな行為に及んだと思っている。

不思議なことに、それが真実に近いのではないか、と考える自分がいるのだった。朋美にもそんな気持ちがあるのか。なかなかいい話じゃないか、という気持ちさえ起きてくる。

先ほどまでは、今すぐ朋美に電話をして、怒鳴りつけてやろうと思っていたのに、この変わりようである。

——俺も可愛いところがあるじゃないか。

思わず苦笑した。しかし、最悪の事態であることは間違いない。

食事どころか、「エルチェ」に寄る元気さえなくしてしまい、とぼとぼと帰宅した。

いつもなら、玄関に脱ぎ散らかされている大きなスニーカーがふたつともないのを見ると、息子たちは出かけているらしい。

ゲーム狂いで、ほとんど部屋に籠《こ》もりっきりの優太が、外出するのはいい傾向だと思うが、ちゃんと高校に行っているかどうかは、家族にはわからない。学校から連絡がないことを思えば、曲がりなりにも通ってはいるのだろう。

「ただいま」

廊下にぽつんと照明が灯《とも》っているだけで中は暗く、しんと静まり返っていた。猫のロマンが廊下の奥から姿を現したが、ちらりと浩光の姿を見ただけで、すぐに寝室に引っ込んでしまった。

「エルチェ」のママから貰った猫だ、妻には懐くはずがない、と密《ひそ》かに思っていたのに、ロマンは朋美がいないと、からきし元気がない。

美智子の姿もなかった。従って、いつも漂っている夕餉《ゆうげ》の匂いもしない。食欲がないからいいようなものの、この分では、夕飯は食いっぱぐれてしまいそうだ。

美智子に無断で、部下たちと食事をする予定だったことを棚に上げ、浩光はぶつくさ独りごとを言った。

「何だよ。いないならいないって、朝言ってくれよな」

コンビニは遠いし、スーパーは駅前にしかない。わざわざ車で食事に行くのも面倒だ。第一、ファミリーレストランに、赤いベンツで一人乗り付けるのも恥ずかしいではないか。地味な灰色のティアナが懐かしかった。

浩光は冷蔵庫を覗《のぞ》いて、缶ビールを取り出した。つまみを物色するも、優太の好物の魚肉ソーセージと、美智子が買った高菜の漬け物くらいしか見付けられなかった。

塩分の過剰摂取だな、と呟《つぶや》きながら、ソーセージと、高菜がたっぷり入った丼を、リビングのテーブルの上に並べた。

グラスを取りに行った時、冷蔵庫の扉に、メモがマグネットで留めてあるのに気付いた。

「血圧が高いみたいなので病院に行ってきます。血圧計が自宅にあるので、しばらく自宅に戻ります。よろしく。　美智子」

また血圧が上がったのか。

今、美智子が倒れたりしたら、俺はいったいどうしたらいいんだ。看病のために会社を休めば、朋美の家出が周囲にばれてしまうではないか。

姑《しゅうとめ》が急病なのに、嫁がハワイ旅行中では、洒落《しゃれ》にならないだろう。

「入院中」と言い訳しようか。病名は何にする。変に勘繰られても困るから、慎重に考えなければ。

ピチャピチャと音がした。驚いて振り向くと、いつの間にかやって来たロマンが、専用の皿から水を飲んでいる音だった。

「ロマンおいで」

手を差し伸べたが、振り向きもしないで去って行く。それが朋美の姿と重なって、何とも侘《わ》びしく感じられた。

美智子に電話をかけてみる。

「もしもし、お母さん？　メモ見たけど」

「あら、もう家なの？　今日は早いわね」

地底から響くような暗い声が、ゆっくり答える。

「おいおい、大丈夫かよ？」

「大丈夫じゃないわよ。何だか頭痛がして眩暈《めまい》がやまないと思ったら、上が一九〇で、下が一四〇だって。こんな値、初めてだから、驚いちゃったわ。安静にしててくれって言われたので、ずっと寝てるの。ジムの仲間にも、あなた働き過ぎよって言われて、がっくりきちゃったわ。そっちで無理してたのがいけないんでしょうね。お医者さんにもストレスが一番いけないって言われたから、しばらく行かないわよ」

美智子は、すわ自分の出番とばかりに、張り切って乗り込んで来たのに、孫たちがまったく打ち解けてくれないし、言うことを一切聞かない、と気に病んでいた。

「そうしてよ。ゆっくり休んで」

母に騒々しく世話を焼かれるのが鬱陶《うっとう》しかったが、しばらく来ないことがわかると、一人では寂しいとうろたえる自分がいる。

少し前まで、この家には美智子と自分だけ、と思ったが、今夜は自分と猫だけだ。

『はっと気付いた時はもう遅い。何もかもが、がらがらと音を立てて壊れた後だ』

「エルチェ」で会った男の台詞《せりふ》を思い出して、柄にもなく不安が募った。何もかもが壊れている真っ最中なのではあるまいか。果たして、食い止めることはできるのか。

まいったなあ、と独りごちる。

この俺に崩壊を食い止めることなどできるわけがない。朋美が帰って来たとしても、家出した事実は消えないし、自分も簡単には許せはしないだろう。健太も優太も美智子も、誰もが少しずつ変わったのだ。以前と同じ生活を営むことなど、できないに違いない。

――崩壊するなら、いっそのこと、バラバラになってしまえ。

もう一本ビールを出して、プルタブを指で押し上げる。冷蔵庫の奥の壁に押し付けられていたために、冷えすぎて味がわからなかったが、酔うためだけに飲んでいる。今日の屈辱を早く忘れたかった。

玄関ドアが開く音がした。上がり框《がまち》で足をぶつけたのか、「痛《い》てっ」と大声がする。健太が帰って来たらしい。

話し相手が出来たので、嬉《うれ》しかった。思わず、椅子から中腰になって出迎える。

「お帰り」

「あれ、いたのかよ」

健太が、居間で飲んでいる父親を見て、露骨に嫌な顔をした。

「俺がいるのが、そんなに迷惑か？」

思わず、因縁を付けてしまう。健太が帰って来て、ほっとした自分が気恥ずかしい。

「んなこと、言ってねえよ」

たちまち息子の血相が変わって、険悪な雰囲気になった。

こいつも虫の居所が悪いんだな、と思いながら、その反応が腹立たしい。

「俺の家なんだから、いるのが当たり前だろう。そんな嫌な顔することないだろうが」

長男はそれには答えず、キッチンをひと渡り見回した。

「お祖母《ばあ》ちゃんは？」

黙って冷蔵庫の扉を指差した。健太がメモを読んでいる。

「血圧が高いのか」

「ああ、家で寝てるって」

健太は何も答えずに、冷蔵庫の中を覗き、落胆したように扉を強く閉めた。冷蔵庫全体がぐらりと揺れて、上に置いてあるキッチン秤《ばかり》が落ちそうになった。

「おい、気を付けろ。乱暴にするな」

「ちょっと出てくる」

健太が、傲然《ごうぜん》と踵《きびす》を返した。こういう瞬間の、唇をへの字に曲げた顔は、弟とよく似ている。

「また香奈ちゃんのところか。お前は行くところがあっていいよな」

浩光は息子に厭味《いやみ》を言った。

「何だよ、その言い方は。頭に来るなあ。もう行かねえんだよ」

健太が不快そうに顔を歪《ゆが》めて怒鳴った。その目に傷付いたような色があるのに気付いて、浩光は興味を感じた。

「喧嘩《けんか》でもしたのか？」

「関係ねーだろ、バカ」

健太は本気で怒っている。

「バカとは何だ、バカとは」思わず立ち上がって怒鳴り返す。「お前、親に向かってバカだと？　もう一度言ってみろ」

浩光の怒り方が滑稽《こっけい》に見えたのか、健太がせせら笑った。

「あのさ、あんただって、相当に態度悪いぜ」

いつもは調子よく、愛想笑いですべてを誤魔化《ごまか》す長男が、憎たらしい態度で言い返したので、浩光は内心驚いた。

「あんたとは何だ、あんたとは。お前、それが父親に言う台詞か。まったくお前も優太とそう変わらんな」

健太の目付きが険しくなった。自分よりも背も高く、体格もいい長男に、威圧されている。浩光は必死に虚勢を張って立ちはだかった。

「どうなんだ、健太。それが父親に言う台詞かと聞いているんだよ」

もう一度問う。

「ああ、そうさ。無神経でしつこくて、自分勝手なオヤジに言う台詞だよ」

健太は意にも介さない様子で、浩光の胸板を両手でどんと押した。浩光は椅子に尻を落とした。

「おい、やめろ」と、その手を払い除《の》ける。「生意気なことすんじゃないぞ」

「してねえよ。余計なこと言うなよって注意しただけだ」

「注意か。お前が父親の俺に注意するのか。何だ、その偉そうな言い方は」

「うぜえな、ほっとけよ」

どうしてこんなに苛立《いらだ》っているんだろう。さては、香奈ちゃんにふられたのか。

ここで思わず口にしてしまうのが、浩光の悪い癖だった。

「お前、彼女にふられたな」

言わなくてもいいことを言ってしまう。

「るっせーよ。あんた、ほんっとに自分のことしか考えられないオヤジだな。お母さんも可哀相だよ」

健太に思い切り突き飛ばされて、浩光は椅子ごと横に倒れた。フローリングの床に肘をぶつけ、口が利けないほど痛かった。

肘をさすっているうちに、健太は足音も高く、玄関から出て行ってしまった。

「何だ、あいつ。頭に来るなあ」

座り直して、今度はウイスキーを取りに行く。もう誰も帰って来ない。

翌朝、二日酔いの痛む頭で、インスタント味噌《みそ》汁に湯を注いで飲んだ。大量のドライフードをロマンの皿にぶちまけ、出社の準備をする。

息子たちの部屋を覗いたが、二人ともいないところを見ると、昨夜は帰って来なかったらしい。

不在をいいことに、健太の部屋をざっと検分した。昨日、突き飛ばされた怒りは薄れていない。息子の不機嫌の原因を追及し、攻撃の材料にしてやらねば気が済まなかった。たいした父親だよ、と自嘲する。

ゴミ箱の底に、いかにも若い女が好みそうな小さな貴石が入った細い指輪や、ネックレスなどが捨てられているのを見付けた。

「要らない」と突っ返されたのだとしか思えなかった。健太が香奈にふられたことは間違いない。

返されたアクセサリーは、捨てないで取っておいて、また別の女の子に使えばいいのに。俺なら、きっとそうする。

そう思ったが、まさか父親が拾うわけにもいかず、放っておいた。

先週の日曜、朋美が予約したレストランで、女の子に喜ばれるプレゼントについて、得意げにレクチャーしていた健太の横顔を思い浮かべ、さすがに可哀相になる。

今夜会ったら、もう少し優しくしてやろう。

――待てよ。この俺もそうではないか。

突然、自分も女に棄てられた男だ、と気付いた。長男の気持ちが痛いほどわかる。しかし、自分の場合は、その恥ずかしい事実だけは、何としても隠蔽《いんぺい》しなければならない。いずれ、放浪に音を上げた朋美から連絡があれば、何ごともなかったかのように、うまく着地できる態勢が作れるはずだからだ。

会社近くのマクドナルドででも朝食を食べよう、と早めに家を出る。

マンションのエレベーターホールで、下から来るエレベーターを待っていると、隣の島津夫人がゴミ袋を提げて、こちらに向かって来るのが見えた。今朝は肌寒いせいか、灰色のトレーナーの上に紺色のカーディガン、という暑苦しい格好である。

浩光は、目が合う前に慌てて横を向いた。エレベーターが間に合えば、そのまま知らん顔で乗って行ってしまうつもりだ。

しかし、エレベーターは下の階で引っ掛かって、遅々として来ない。

苛々《いらいら》した浩光は、腕時計を覗くふりをして、間に合わないというポーズを取った。階段に走りかけたところを、駆け寄って来た島津夫人に呼び止められた。

「おはようございます」

「どうも」頭だけ下げて階段から行こうとした瞬間、エレベーターが到着して扉が開いた。やむを得ず、並んで乗り込む。

「森村さん。お車盗まれたって本当ですか？」

開口一番、島津夫人が心配そうに聞いた。

「えっ」思ってもいないことを切り出されたので、不意を衝《つ》かれた。答える準備ができずに、思わず頷《うなず》いてしまう。「まあ、そうなんですけどね」

「すみません、あたし、買い替えられたんですか、なんて失礼なことを言ってしまって」

「いや、いいんです」

愛想笑いをして手を振ると、島津夫人は許されたと思ったのか、意気込んで喋《しゃべ》りだした。

「ほんとにびっくりしましたよ。今まで、このマンションでは車上狙いはありましたけど、車の盗難は初めてですよね。警察に届けられましたか？」

「まだなんです」

「どうしてです？」

この畳みかけるタイミングが超人的技なのだ、と感心しつつ、答えに窮した。

「実は保険のこととかがありましてね」

「保険でベンツを買われたということ？」

うっかり頷けば、それが真実になってしまいそうな恐怖がある。

「いや、それはまた違うんですけど」

エレベーターが下に着いても、島津夫人は解放してくれない。手にした生ゴミの腐臭を気にすることなく、質問を発し続けた。

「じゃ、管理室に私が届けておきましょうか。車の盗難だったら、掲示板に載せないといけないから」

「掲示板？　どこにあるんですか？」

きょろきょろ見回すと、島津夫人がくすりと笑った。

「ネットですよ」

ネット上にマンションの掲示板があるなんて知らなかった。何を書かれるかわからないから、注意しなければならない。

「管理室には私の方から届けます。状況を説明したいので、自分で行きますから」

足は外に向いているのに、島津夫人はエントランスから動こうとしない。

「奥様がお留守の時に、盗難に遭ったなんてお気の毒ですわね。奥様が知ったら、ショックでしょうね」

「いや、ポンコツがなくなって清々《せいせい》したって言うんじゃないですか」浩光は苛立って軽く頭を下げた。「じゃ、行って来ます」

何の返答もなかった。島津夫人は数日前と同じく、浩光の背中を凝視している。

竹内が高瀬に喋って、高瀬が夫人に話し、夫人が島津夫人に伝えたのだ。噂《うわさ》の流れは想像が付いたが、どうにも不快だった。

小野寺百合花にコンドーム入りのポーチが送り付けられたことも、笑い話として伝わっているに違いない。

「まいったな」と、浩光は昨夜から口癖になった言葉を繰り返す。

バス停まで歩いていると、目をしょぼしょぼさせた健太とばったり会った。

「おい、どこに行ってたんだ」

「マンキッ」

マンガ喫茶のことらしい。

「家があるのに、どうして金がかかるようなことをするんだ。飯は食ったのか?」

健太は顎《あご》を掻《か》きながら、ぼんやりしている。浩光は、家に向かって歩きだした健太の背に呼びかけた。

「優太はどうしてるか知らないか?」

健太が眩《まぶ》しそうな顔で振り向いた。

「友達の家だろ。ゲーム仲間の家で寝ないで遊んでるんだ」

生きているならいい。浩光はそう思って腕時計を眺めた。朋美だとて同じだ。生きているのなら、それでいい。七時十五分のバスがもうじき来るだろう。

退社後、浩光は夕飯は弁当にしようと、駅前のコンビニに入った。いつもなら、適当に残業して独身の部員たちと夕飯を食べ、その後は「エルチェ」で一杯、というコースなのだが、どうにも気が乗らない。

朋美に文句のひとつでも言ってやろうと電話をかけてみたのだが、相変わらず無視されてしまったせいか。

「ピンそば会」の連中が考えるような嫉妬渦巻く熱い夫婦仲どころか、崩壊の真っただ中にいるというのが正解なのだろう。

朋美は家に帰るつもりなど毛頭なく、これからも自分を貶《おとし》め続けるつもりなのかもしれない。

いつどこで、何をしたせいで、妻にこれほどの恨みを買ったのか、いくら考えてもわからなくて、気が滅入《めい》ってくる。

浩光は缶ビールをコンビニのカゴに放り込んで、弁当の棚に向かった。

すると、かかとの潰れたスニーカーを突っかけた、男子高校生が握り飯を選んでいた。紺のスーツ型の制服を着て、尻の抜けたパンツを腰まで落として穿《は》いている。だらしない生徒だな、と目を上げたら、息子の優太だ。

優太も気付いた様子だが、伸びた前髪のせいで、表情がよくわからない。

「お前、どこ行ってたんだ。心配したぞ」

しばらく顔を見ていなかったので、浩光は少しほっとして、息子の頭を拳固で軽く小突こうとした。

「オヤジ、金くれよ」

優太はすっとよけて片手を出す。

「お前は金のことしか言わないな。握り飯なら、一緒に金払ってやるから」

カゴを差し出すと、ウーロン茶と握り飯を何個も放り込んでおきながら、こんなことを言う。

「ちげえよ、修学旅行の金だよ。学校に払わなきゃなんねんだ」

「修学旅行だって？　どこに行くんだ」

初耳だった。もっとも、朋美がいなくなるまで、息子たちの生活について、ほとんど知ろうとしなかったのだから仕方がない。

「北海道かどっか」

優太は、父親の目もろくに見ずに答えた。痩せた肩を丸めて首を突き出し、拗《す》ねた野良犬のようだ。

「幾らかかる？」

「十万くらいかな」と、首を傾《かし》げる。「端数忘れた。そんくらいでいいや」

優太は適当なことを言う。

「いいや、はないだろう。その金額は本当なんだろうな。申し込み書とかはないのか？」

「こないだ見せたじゃねえか」

さも、面倒そうに眉を顰《ひそ》められると、自信がない。朋美の出奔以来、ありとあらゆる種類のことが出来《しゅつたい》しているから、忘れてしまったのかもしれない。

浩光は、奥のATMを睨《にら》んだ。持ち合わせがないので、現金を下ろす必要があった。

「しかし、ずいぶん、高いもんだな」と、不満を漏らす。

「普通だよ。それに期日過ぎてんの、俺だけなんだ」

優太が唇を尖《とが》らせた。

「わかった、わかった」

十万きっかり下ろして、手を出す優太に渡してやった。優太は、紙幣を無造作に制服のポケットに突っ込んでいる。

「おい、大金なんだから気を付けろよ」

レジで弁当やビールの代金を払うと、優太は自分の握り飯などを摑《つか》み取って、学生鞄《かばん》に放り込んだ。そして、さっさと店を出て行こうとするではないか。

「おい、どこに行くんだ」

呼び止められた優太は、悪びれずに答えた。

「友達んち」

「大金持ったままか。一緒に帰ろう」

家で渡してやればよかったと後悔したが、すでに優太は住宅街の闇に消えて行ってしまった。それでも、久しぶりに息子の顔を見て安堵《あんど》した。

家に戻って、真っ暗な部屋のドアを開ける。むっと饐《す》えた臭いがした。男臭さと生ゴミと埃《ほこり》が一緒になったような臭いだ。

美智子が帰って、僅かな時間しか経《た》っていないのに、家の中が微妙に荒れ始めている気がした。

浩光は、バルコニーの戸を開け放して空気を入れ換えた。ロマンが鳴きながらやって来て、バルコニーから外に出た。こいつも息苦しかったのか、と思わず笑った。

「おい、入れよ。閉めるぞ」

夜気を充分に吸った後、猫は優雅に身をくねらせて家の中に入って来た。

空っぽの家は、何をしていいのかわからないほど、時間も空間も余っている。

猫の皿に、餌をざらざらと流し入れ、風呂に湯を張りに行く。

ひと風呂浴びて、テレビを点《つ》けた。弁当を食べようと、割り箸を割った途端に携帯が鳴った。

美智子からだ。朋美が出て行って以来、母親と始終話している気がする。

「どうした。血圧、まだ高いの？」

「いや、血圧はだいぶ落ち着いてるの。今日は少し運動した方がいいかしらと思って、ジムになんか行っちゃった。バレエの日だからね。あのね、バレエの先生、それはそれは綺麗《きれい》なんだよ、優雅でねえ」

何だよ、心配してたのにジムかよ、という文句を呑《の》み込む。

「そりゃよかった。で、何の用」

「あのね、優ちゃんに修学旅行のお金貸したんだけど、そのこと聞いてるかしら」

「えっ、幾ら？」

　思わず声が大きくなった。

「少し足りないって言うんで、三万出してあげた。あと小遣いもないって言うから、お年玉の前渡しってことで、二万円あげたのよ」

「だって、それはもう俺が渡してんだよ」

「足りなかったらしいわよ」

だったら、俺に頼めばいいのに、なぜ美智子のところに向かったのだろう。浩光は首を傾げた。

　美智子は構わず、喋り続けている。

「国内でも十何万くらいかかるっていうから、とんでもない時代ね。驚いちゃったわ。あなたの頃なんて、三、四万だったのに、今はすごくお金がかかるのね。だったら、ハワイにだって行けるじゃない」

　ハワイと聞いてどきりとする。

「それ、いつの話？」

「ついさっきよ。七時前くらいかしら。ご飯食べて行く？　って訊いたら、お握りがあるからいいって言うのよ。何だか可哀相になって、豆腐のお味噌汁とハムサラダを作ってあげた。唐揚げ粉を買って来てくれたら、鶏の唐揚げも作ってあげるよって言ったら、たまには祖母ちゃんの唐揚げが食いたいなあって、しみじみ言うのよ。健ちゃんに比べたら、優ちゃんはまだ可愛げがあるね」

「可愛くなんかねえよ」

　ということは、コンビニで別れてから、美智子の家に無心に行ったことになる。もう俺からは引き出せないと思ったから、美智子のところに行ったのか。

　それにしても、都合十五万もの金を、何に遣うつもりなのだろう。

「だから、あなたに報告しておこうと思ったの。あの子、きっと言うの忘れちゃうと思って。今度行った時に返してね」

　美智子は、わざわざ優太が訪ねて来て、いつもは食べようとしない夕食を平らげたというので、上機嫌だった。

「わかった。すみません」

「ところで、朋美さん、どうした？」

　打って変わって、心配そうな口調になる。

「連絡ないよ。今日、電話入れたけど出ないんだ」

「そろそろ十日になるでしょう。ハワイって言っちゃったから、あっちのお母様だって、いくら何でも心配になる頃じゃない？」

「んなの、わかってるよ」

　言わずもがなである。

「あたし、何だか不安になっちゃってね。あの人、しっかりしてるように見えても抜けてるところがあるじゃない。困ったことになっているんじゃないかと心配してるの」

あれだけ朋美の身勝手を責めていた癖に、今度は心配か。浩光は呆《あき》れた。

「あいつは元気だよ」俺に嫌がらせをできるほどにね、と付け加えたかったが、これも呑み込んだ。

まだ話したそうな美智子との電話をさっさと切って優太に電話した。

だが、コール音が響くのみだ。仕方がないので留守電に吹き込んだ。

「俺だよ。お前、修学旅行の金、足りないのか。だったら、お父さんに言いなさい。お祖母ちゃんに頼むんじゃないよ。あの人は年金で暮らしてるんだから、小遣い貰ったりしたら気の毒だろう。あと、お前を疑うわけじゃないが、この金は本当に修学旅行の金だろうな。お父さん、明日、学校に確かめるからな」

もしや、優太は友人とやらに金を巻き上げられているのではなかろうか。ゲームのことなど何も知らないだけに、ふと不安になる。今度は、健太の携帯に連絡する。

「はい、もしもし」

街の中を歩いているらしく、雑音で会話が聞き取りにくかった。若い女の子とでも一緒なのか、時折、嬌声《きょうせい》が近くで聞こえる。

「優太のことだが、あいつ大金が要るような状況に陥ってるのか？」

「知らねえよ。何で」

キャハっと女の子が耳許《みみもと》で笑う。

「いや、修学旅行の費用とか言って、俺たちから金を集めているからさ」

「修学旅行？」健太が頓狂な声を上げた。「あいつ、一年だろう。そんなの二年で行くんじゃねえの。それに、こんな時期に行くかな。どうだっけ」

「でも、そう言われたぞ」

「お父さん、結構甘いからな。騙《だま》されたんだよ」健太に笑われて、むっとする。「あのさ、夕方帰ったら、あいつがいたんだよ。小遣いがないから金貸してって言われて、哀れになって貸した。お母さんがいないから小遣いが足りないんだろう」

「幾ら出した」

「五千円」

健太は、家庭教師のアルバイトをしているから、小遣いは潤沢な方だ。

それにしても、家族全員から集めた金が十五万五千円もある。優太はその金で何をするつもりなのだろう。

浩光が考え込んでいると、健太は「もういい？　俺、今日帰るの遅いからさ」と、気もそぞろな声で電話を切ってしまった。

優太の部屋を覗きに行く。

机の上は相変わらず散らかっていたが、いつも乱れたベッドが妙にすっきりと片付いているような気がした。

クローゼットを開けて中を見るも、男子高校生の持ち物の変化などまったくわからない。

そのうち、家に一人残って、息子たちの部屋を検分して回っているのが馬鹿《ばか》馬鹿しくなった。音高くドアを閉めて、居間に戻る。

缶ビールを開けて、ぐいとひと口飲んだ。ぶるっと寒気がつのる。孤独だな、俺は。冷えて固くなった飯に割り箸を突き立てながら思う。このまま朋美が帰って来なかったら、いずれ息子たちは家を出て行くだろうから、自分はこういう生活を余儀なくされることになる。

「エルチェ」のママの千春や、小野寺百合花の美しい顔が、浮かんでは消えた。夢を見ている場合じゃない、これが現実だ、と白飯をまた口に運ぶ。またしても寒気を感じたが、初秋に冷えた飯を食べているせいだけでもあるまい。


朝早く、物音で目が覚めた。枕元に置いた携帯電話で確かめると午前五時半である。午後十一時を過ぎても、息子たちが帰って来なかったので、戸締まりもしないで寝てしまったことを思い出す。

泥棒に入られたのではないか、急に不安になって起き上がった。

台所でちょろちょろと水音がするので見に行くと、優太が水を飲んでいるところだった。ジーパンに黒いパーカーという姿だ。

制服を着ていないことに違和感があった。これからどこに出掛けるつもりなのだろう。

説教するには少々時間が早いと思ったが、逃がすのが嫌なので声をかけた。

「ずいぶん早いな」

優太が驚いた顔で振り向いた。その眉毛の上げ方が朋美にそっくりで、胸を衝かれた。

「んだよー、びっくりさせんなよ」

優太の靴下が真新しく白いのを見て、奇異な感じに囚《とら》われた。

「学校行くのか?」

「いや」と、優太はさばさばした表情で否定し、それ以上、何も答えないで冷蔵庫を開けた。

買い置きの魚肉ソーセージでも探しているのだろう。だが、それはとうに浩光が食べてしまった。

「じゃ、どこに行くんだ」

「修学旅行だよ」

優太は、冷蔵庫のドアをばたんと閉めた。閉め方は兄にそっくりで乱暴だ。

「もう行くってか。昨日の今日だぞ。制服を着なくていいのか?」

「今は自由な服装で行くんだ」

腹が減っているのか、残念そうに冷凍庫を見遣《みや》っている。

冷凍庫の中はほとんど空っぽである。朋美が揃《そろ》えていた食品は、あらかた食べ尽くしてしまったのだろう。

「これから、北海道か？」

優太は大きなスポーツバッグを摑んだ。何も言わずに、すたすたと居間を出て行くので、浩光はその背に怒鳴った。

「おい、本当に修学旅行なのか。昨日、お祖母ちゃんにも金出して貰ったんだろう。おかしいじゃないか」

優太は無言で玄関に向かい、かかとの潰れたスニーカーを突っかけている。

浩光は薄暗い廊下の照明を点けて、優太の背に再び問いかける。

「待てよ。ほんとに修学旅行なのか。健太に聞いたら、今の時期じゃないと言ってたぞ」

優太が振り向いて嘲笑《あざわら》った。

「俺の学校と兄ちゃんの学校はいろんなところが違うんだ。あっちばっか信用すんなよ」

ゲーム狂いで勉強などまったくしなかった優太が、何とか滑り込むことができた高校は、健太の通った進学校とはあらゆる面で違っていた。

学費も環境も学友たちも。

そのことを冗談やからかいの材料にしたこともあったと思い出して、浩光は慌てた。なぜか、ここで引き留めないと、優太とは一生会えなくなるような気がした。

「優太、待て」

後ろから薄い肩を摑《つか》むと、身を捩《よじ》って振り解《ほど》かれた。

「放せよ」

その声が低く、大人びているのに気付いて、浩光は裸足のまま三和土《たたき》に立ち竦《すく》んだ。

「どうしたんだ、お前。この家を出て行くのか。健太には話したのか？」

ふと、美智子の家で「唐揚げを食べたい」と言ったという話を思い出した。

美智子にも別れを告げに行ったのではあるまいか。

「しねえよ。あいつはリア充だから、どうでもいいんだ」

優太が、マンションの鋼鉄のドアを開けながら言う。

「何だ、リア充って」

「そんなことも知らねえのか」

優太は気の毒そうに父親を一瞥《いちべつ》すると、そのまま身を翻《ひるがえ》して出て行ってしまった。

外はまだ明けきらずに薄暗い。

浩光は、パジャマ姿でサンダルを突っかけると、優太の後を追った。

「待てよ、ちょっと待て」

優太は振り向きもせずに、すたすたとエレベーターホールに向かって行く。ようやく追い付いて、また肩を摑んで振り向かせようとした。

「どこに行くんだ。お父さんには言ってくれよ。父親じゃないか。なあ、何が気に入らないんだ。言ってくれ。でないと、どうしたらいいかわからないだろう」

上から降りて来たエレベーターには、ジョギングの格好をした夫婦らしい中年男女が乗っていた。

　パジャマ姿の浩光に驚いた顔をしたが、「おはようございます」と礼儀正しく挨拶《あいさつ》する。

「おはようございます」

　浩光はその後、黙って目を伏せた。

　優太は涼しい顔で、イヤフォンを耳に捻《ね》じ込んでいる。

　一階で、ジョギングの男女が走り去った後、浩光は優太のイヤフォンを手で払った。

「何すんだよ」

　怒る優太に、真剣に怒鳴った。

「お前こそ、何してるんだ。お前は未成年で、俺の庇護《ひご》下にいるのは間違いないだろう。そこから出て行くのだったら、それでもいい。ちゃんと挨拶くらいしてから出て行けよ。そして、二度と戻って来なくてもいいから、どこに行くのか教えろ。親子じゃないか」

「だから、修学旅行って言ってんだろうが」

　ふて腐れた顔で言う。

「本当か？　本当だな。じゃ、今日学校に連絡して、旅館の電話番号を教えて貰うからな。そこに電話するぞ、いいな」

「いいよ、やれよ」と、優太がせせら笑った気がした。

　浩光が脱力して立ち止まると、優太はそのまますたすたと、バス停の方向に向かって去ってしまった。

なす術《すべ》もなく、後ろ姿を見送っていたが、曲がり角で優太が消えるのを見た途端、永遠に息子を見失った気がした。

悲しくなって立ち尽くす。こんなことは初めての経験だった。

途方に暮れて駐車場に目を転じると、端から三番目のスペースにある、赤いベンツが朝露にまみれているのが見えた。「ピンそば会」でのトラブルなど、どうでもいい。これが本当の「ガラガラと音を立てて壊れる」家族の姿なのだ。

我に返ると、寝巻き姿のまま、オートロック玄関の外に出て来てしまっていることに気付いた。

恥ずかしく思いながら、早くに出て行く住人が来て開けてくれるのを待った。薄いパジャマでは寒くて、がたがたと震えがくる。

辛抱して待っていると、管理人が自転車で通勤して来るのが見えてほっとした。

ここが最後の職場だという老管理人は、植え込みの横に立つ浩光を見て、遠慮がちに声をかけてきた。

「おはようございます。あのう、七階の森村さんではありませんか？」

「そうです。郵便受けまで来て、天気を見ようと思ったら、うっかり出ちゃいました」

と、言い訳する。

管理人と一緒にエントランスに入ることができ、ほっとする。

「ありがとうございます。助かりましたよ」

「あのう、森村さん。島津さんから伺ったんですが、車が盗難に遭われたとか。失礼ですが、この敷地内でですか？　警察には盗難届はお出しになっていないそうですが、それは何か理由がおありになるんでしょうか」

口止めしたにも拘《かか》わらず、島津夫人が話したらしい。あのお喋りめ。浩光はうんざりして、ついつい切り口上になった。

「その件ですけどね、島津さんの言うことなんか信用しないでください。後で私の方からご報告に伺いますから」

管理人が、唖然《あぜん》としている。ああ、俺が言ったことがまた島津夫人の耳に入ってしまう、と激しく後悔したがもう遅い。

部屋に戻ると、優太が家を出て行った悲しみがぶり返して、上がり框に腰を下ろしたまま、動けなくなった。

朋美の時は、どうせすぐに戻って来るだろうと舐《な》めていたのに、息子の出奔は取り返しの付かないことのような気がして、切なくて遣り切れない。

その日の昼休み、浩光は社員食堂でうどんをかっ込んだ後、デスクでぼんやりしていた。

すると、健太からメールの着信があった。「事件発生」という件名にどきりとする。最初の一行だけで、気絶しそうになった。

さっき、大阪府警浪速署の、三石《みついし》さんというおまわりさんから、家に電話がありました。

お父さんに伝えてくれってことです。

多摩ナンバーの灰色のティアナに乗っていた男を、無免許、駐車違反の道路交通法違反の現行犯で捕まえたところ、車検証がお父さんの名前だったので、電話したってことです。

その男はホームレスで、女の人に車を貰ったって言ってるんだそうです。

この番号に電話してください。

健太

メールには、06から始まる電話番号が書き添えてあった。

朋美は、大阪で見知らぬ男に車を与えたのだろうか。どうしてそんな面倒を起こしたのか。

いったい何が起きた。動悸《どうき》がした。

目立たぬように席を外し、誰もいない会議室で、書かれている番号に電話した。

「もしもし、お電話を頂いた東京の森村と申しますが」

「あ、どうも。三石です」と、滑らかな関西訛《なま》りの男が出てきた。「わざわざ恐れ入ります。東京は小金井市にお住まいの森村さんですね？」

「はい、そうです。息子から連絡を貰ったので、電話しました」

三石は、車のナンバーをすらすらと告げた。

「これ、あなたの車ですか？」

「そうです。そうだと思います」

「えらい汚れてますよ。貰ったって言い張ってる男が、中で寝泊まりしとったんでな」

「はあ、そうですか」

あまりのことに、声も出ない。朋美は、あの車をどうしたのだろう。

「それで、何でお宅の車が大阪にあるんかってことやけど、最近、盗難とかに遭わはったんですかね？」

「いいえ、女房が乗って旅に出たのです」

「え、奥さんが？　お幾つくらいですか？」

「女房は」と言葉に詰まった。「確か四十六歳かな」

「ほな、違うわ」と、三石が独りごちた。「あのね、そのおっちゃんはね、若い女に、この車あげる、言われたと主張してるんです。まだ三十前の若い女やったって。ＥＴＣカードも付いてて、コンロとかいろんな便利な物も載ってるよって言われたって」

「もしかすると、女房は」その先は言えなかった。

「はい、もしかすると、事件性があるかもしれませんので、すぐこちらに来て頂けませんかね」

肝が冷えた。とんでもないことが起きてしまった。朋美は、その若い女の一味に何かされたのではあるまいか。殺されて死体はどこかの山に埋められ、車は奪われて、ゴルフバッグの中にあった革製のポーチは、ふざけてメモの住所に送られた。

そうだ、そうに違いない。

大変なことになった。見栄や意地など張らずに、いちはやく朋美の母親に知らせ、警察に届ければよかったのだ。

そうすれば、ETCカードで行き先を調べられただろうし、朋美も実母からの呼びかけには、素直に応えたかもしれない。

呆然《ぼうぜん》として、会議室からよろけ出たため、スタバのコーヒーを持ったアルバイトの女の子とぶつかりそうになり、慌ててよけた拍子に、壁でしたたか腰を打った。

「痛てて」

「どうしたんですか?」

よほどぼんやりして見えたのか、健太ほどの歳《とし》の女の子に心配される始末だ。

「いや、何でもない。何でもないんだってば」

自分に言い聞かせるように繰り返しながら、自席に戻った。

まずは、パソコンを立ち上げて、課内で共有しているスケジュール表を睨む。午後二時から、新製品の太陽光発電ハウスについて、広告代理店との打ち合わせが入っている。

これを担当者に任せて早退できないだろうかと考える。担当は、あのバツイチの山本である。その旨、メールを認《したた》め、さっさと送信した。

次いで、「大阪　浪速署」を検索する。アクセスマップをプリントアウトして、しみじみと眺め入った。こんなところに出頭する羽目になるなんて、思ってもみなかった。

不意に、優太の修学旅行先を、高校に確かめるのを忘れていたと思い出す。

出社した途端に、新卒採用のことで上司に呼ばれ、その後、走り回っていたので、すっかり失念していたのだった。

あれほどまでに、優太がどこかに行ってしまったことが悲しくて切なくて遣り切れなかったのに、あっという間に二の次になってしまった。良心の呵責《かしやく》を覚える。

だが、やらねばならないこと、考えねばならないことだらけで、気が狂いそうだ。

こんなことは誰にも言えないが、キャパの小さい男だ、とつくづく思う。いや、すでに気付かれているのかもしれない。そっと辺りを眺め回す。

胸からストラップで提げた携帯が鳴った。また問題が発生したか。

疲れ果てて物憂く発信元を眺めると、何と朋美からではないか。

「もしもし、もしもし」

意気込んで出た。声を聞くまでは不安でならない。朋美の携帯を奪った誰かが電話していないとも限らないではないか。

「もしもし、もしもし、朋美か？」

「ええ、あたしです。ご無沙汰《ぶさた》してます」

間違いなく朋美の声だった。

それも、「今、伊勢丹なんだけど」とでも付け加えそうな、いつもの軽い調子だった。へなへなと腰が抜けそうになる。が、腹を立てるどころか、無事を確認して泣かんばかりに安堵している自分がいる。

「もしもし、そっちはどうですか？　変わりない？」

何が変わりない、だ。大いに変わっているぞ。

返事をしようにも、昼休みが終わり、課員たちが三々五々、着席し始めたところだった。

彼らを警戒して、目立たぬように部屋を出た。だが、部屋の前の廊下は、給湯室に近い。そこにたむろする女子社員の耳が危険なのを知っている浩光は、会議室に戻った。

「おい、お前、無事なのか？」

息せき切って尋ねる。

「あたし？　無事ですよ」

朋美が笑う気配がした。バカ。笑ってる場合じゃないだろう、心配させやがって。

ようやく怒りが湧いてきた。

「お前な、そう言うけどな、こっちは大変な騒ぎになってるんだぞ」

「えっ、何のこと？」

怪訝《けげん》な声で朋美が返した。きょとんとした顔が目に浮かぶようだった。

「車だよ、車。大阪の警察から電話があってな。うちの車にホームレスのオヤジが乗っててさ。道交法違反で現行犯逮捕されたんだってさ。それで、肝腎のお前が行方不明になってるから、殺されたんじゃないかって刑事が言うんだ」

大袈裟に告げたのは、騒ぎを起こした朋美への腹いせからである。

「あら、いやだ」朋美が笑いだした。「どっこい生きてるわよ」

上機嫌らしいのが腹立たしい。

「いやだ、じゃねえだろ。そのオヤジは、ホームレスで、まだ三十前の若い女に使ってもいいって言われたんだそうだ。ETCカードもコンロも付いてるって言われたんだと。そのおっさんが中で暮らしていたから、車はえらく汚れてるそうだ。それで、俺のところに連絡があったから、そんな若い女なんか知らん、女房はどこに行った、何をされた、という騒ぎになってるんだぞ」

しばらく躊躇するような間があった。

「あのね、あたし、その女の人に車をあげたのよ。山陽道で置いてけぼりにされて困ってるみたいだったからあげたの。広島の宮島サービスエリアってところで。だから、事件じゃないのよ。安心して」

「あげただと？　俺の車だぞ。勝手なことするな」

さすがに声を張り上げる。

「俺の車ですって？　あなたなんか、週末にゴルフに行く時しか使ってないじゃない」

浩光は、革製のポーチのことを思い出して沈黙した。その件も聞いてみたいが、まだ、その勇気は出ない。

「そうかもしれないけど、お前、極端だよ。うちの車をどうして人にあげられるんだ」

「何言ってるの。雨の日も風の日も、あなたの運転手させられてたの、あたしでしょう。そのくらいしたっていいじゃない。あなたは自分の休みの時だけ勝手に使ってさ。あたしが土日に乗ったことなんてほとんどないわよ。ベンツの中古買ったんでしょう。だったら、もういいじゃない」

どうして、そのことを知っているのだろう。健太か優太が知らせたのか。

反射的に、誰もいない会議室をきょろきょろと見回す。

「おい、お前、どこにいるんだ」

不思議に思って尋ねる。

「長崎よ」朋美が渋々といった風に答えた。

「長崎？　何でまたそんなところに」

素っ頓狂な声を上げる。

「どうだっていいじゃない」たちまち機嫌が悪くなった。「それより、電話したのはね、言っておきたいことがあったからなの。あのね、今日、優太がこっちに来たの。だから、心配しないでって言いたかったの。あの子はあたしと一緒にいるからね、そのことを伝えたかっただけ」

「優太が？」

脱力しそうになる。旅費を稼ぐために、大金を集めていたのか。ということは、ちゃっかり飛行機で長崎に向かったのだろう。

「飛行機使ったのか。贅沢《ぜいたく》なヤツだな。高校生なんだから、ヒッチハイクでもしろって言ってやれ」

今朝はあれほど別れが辛《つら》かったのに、今度はむかついて仕方がない。

「また、そんな暴論を吐く。ヒッチハイクなんて危ないじゃないの」朋美は軽くいなしてから、上機嫌で付け加えた。「そうそう、あなたにお金貰ったって言ってたわ。ありがとう。しばらく二人で暮らしてみますから。また連絡しますね」

電話を切りそうになったので、慌てて止めた。

「おい、待て、切るな。俺はこれから車を見に大阪に行かなきゃならないんだ。お前も来いよ。来て、警察で説明してくれよ」

「いやよ。交通費、高いもの」

「何言ってるんだ。お前のせいじゃないか」

ほとんど泣き声になっていたかもしれない。朋美の身勝手さに振り回されて、どうしたらいいかわからないほど、腹が立っている。

突然ドアが開き、他課の男性社員たちが数人、中に入って来ようとした。

浩光の怒鳴り声が耳に入ったらしく、怯《ひる》んだ様子で立ち竦んでいる。

「きみたち、この部屋使うんだろう?」

浩光は慌てて笑顔を作り、社員たちに声をかけた。

「はあ。でも、お取り込み中ですよね」と、顔見知りの社員が少し後退《あとずさ》った。

「いや、いいんだ、いいんだ」

わかっている、という風に笑って手を振った。必死に取り繕う。

数人の社員たちは、ひと目で浩光の状態を見て取ったらしく、遠慮がちに壁際に並んだ。

「ともかく、来られないのなら、先方に電話を入れてくれませんか。そうしないと、あっちも納得しないと思うんですよね」

あたかも商談のように装い、携帯電話を握ったまま、大股で会議室を出た。

「わかりました」朋美が他人行儀になった。「じゃ、お手数でしょうけど、電話番号をメールで送ってください。じゃあね」

再び切られそうになったので、追いすがった。誰もいない廊下では、また口調が夫に戻っている。

「待て、待て、待てよ。お前たちは、いつ帰って来るんだ。優太の学校はどうする」

「しばらく、こっちで暮らしてみようと思ってるの。優太のことは少し考えて、また連絡しますね」

話すのも面倒臭そうで、電話はすぐに切られた。

浩光は廊下の蛍光灯の下で立ち尽くしている。ということは、家族が二手に分かれるということか。東京と長崎に。

それにしても、優太が自分には何も告げずに朋美を選び、朋美の下にまっしぐらに向かったことがショックだった。

朋美も優太も、自分のどこが気に入らないのか、まったく見当が付かない。


『無神経でしつこくて、自分勝手なオヤジに言う台詞だよ』


健太の怒鳴り声が蘇《よみがえ》る。俺って、そんなに無神経か、しつこいか、自分勝手か？　サラリーマンとして、至極真っ当に生きてきたはずなのに、なぜ一生懸命養ってきた家族にそこまで言われなくてはならないのだ。

身勝手なのは、こんな面倒を引き起こした朋美の方ではないか。これほどまでに他人に翻弄《ほんろう》、いや愚弄された日々を過ごしたことなどなかったぞ。

自分が可哀相で涙が出そうになる。それでも、やらねばならないことがいっぱいある。

浩光は、廊下の端の非常口の前で、浪速署の三石に電話しながら、十月の空を眺め上げた。朋美のように、どこか遠いところに行ってしまいたい気分だった。

「もしもし、先ほどお電話した東京の森村です」

「どうも、三石です」

昼飯でも食べていたらしく、咀嚼《そしやく》している物を急いで呑み込んでいる気配がした。

「妻と連絡が取れました。今、長崎にいて、ティアナは若い女にくれてやったと言ってます。だから、事件性はないようです」

「それ、ほんまですか」三石が呆れた声をあげた。「ETCカードもあげた、いうことですか？　前代未聞や」

「はあ、そう言ってます」

「記録見たら、東京インターから乗って宮島で折り返して、尼崎で降りてはるよ。ほんまにそうなんですか？」

「はあ、確かに、宮島サービスエリアで困っていた女の人にあげたと言ってました」

「困ってた女の人ですか？」と、絶句する。「その女の人は、何で困ってたんやろね」

「さあ、私にはわかりません」

「奥さん、宗教関係か何かの活動してはる？」

さすがに笑った。

「いえ、そういうことではないと思います。ともかく、本人が電話すると言ってましたので、説明を聞いてください。では、私は行かなくてもいいですね？」

「いや、それは困りますわ。あなたの車なんやから、警察で勝手に処分なんかでけまへん。あなたが来て、廃車なり、中古車屋に売るなり、手続きしてくれんと困ります。早くしてくれんと邪魔やしね」

浩光は嘆息した。

「じゃ、今日は無理なので、明日でいいですか」

「かましまへん。ほな、よろしく」

老眼鏡を席に忘れたので、眉を顰めながら、朋美にメールを打った。勢い、事務的な厳しい調子になった。


これが浪速署の三石さんの番号だ。

必ず、そして速やかに、連絡すること。

でないと、浪速署にあなたが出頭することになる。

それから、ゴルフバッグに入っていたポーチを小野寺さんに送ったのは誰だ？

あなたが家を出るのは勝手だが、今回のことでは非常に迷惑した。

同好会からも追放されたし、私の立場も名誉も地に堕《お》ちている。

そのことを喜ぶのは勝手だが、少々やり過ぎではないか。

この件、謝罪して貰いたい。

　浩光

何度も打ち直したので、時間がかかった。

席に戻る前にトイレに寄る。手を洗っていると、すぐさま返信があったので驚いた。

おあいにくさま。
あのいやらしいポーチを送ったのは私ではありません。
きっと、あの女の人が私の代わりに送ってくれたのでしょう。
成敗成敗（笑）
三石さんには連絡して、事情を話しておきます。
　朋美

「何だよ、これは。生意気だな。何が成敗だ」

腹は立ったものの、朋美が返信してきたので、少し安心した。

だったら、明日は休みを取って、東名をベンツでぶっ飛ばして大阪に行こうか、という気になってくる。新東名とやらも乗ったことがないし。俄《にわか》に心が浮き立った。

三十分以上費やして席に戻ると、午後の会議を欠席すると伝えてあった山本が、じりじり待っていた。

「課長、どこに行ってたんですか？」すでに仏頂面である。「急に言われると困るんですよね。事前に打ち合わせしとかないとまずいでしょう」

小心者め。浩光はむっとしたが、明るい顔で言った。

「ごめんごめん。案件片付いたんで、会議は出られることになったんだ。その代わり、明日休むからよろしく」

「あ、そうすか。わかりました」

顔色も変えずに踵を返す山本の背に毒づく。無礼者め。だからお前は女に捨てられるんだ。今度の結婚だってあぶねえぞ。

その夜、浩光は久しぶりに「エルチェ」に顔を出した。早かったので、まだ誰もいない。

「いらっしゃい。ちょっとだけ久しぶりね」

千春の表情に喜色を認めて、浩光はいい気分になった。

カウンター席に座って、肘を突く。

「ビールね」

千春は、珍しく長袖のTシャツにジーンズというカジュアルな服装をしていた。いつものドレス姿と違って新鮮ではあるが、若い女と同じような魅力がある、というわけにはいかない。全体に肉が付いて見える。

密かに落胆したが、顔には出さなかった。

「珍しい格好してるね。似合うじゃない」

「ごめんなさいね、こんな犬の散歩に行くような格好してきちゃって。ちょっとバタバ夕してたものだから」

千春が冷凍庫から、冷えて曇ったビールグラスを出した。ベルギービールをうまく注いでくれる。

「ねえ、この間さ、俺に『家が崩壊する』って説教した男がいたじゃない。ほら、ここに座っていた人。皆で刑事だの、教師だのって言った、あいつの正体わかったかい？」

ああ、と千春は思い出したのか、少し苦い顔をして首を振った。

「わからないのよね。あれ以来、まったくいらしてないの。ちょっと森村さんには失礼だったわよね。それで気を悪くして、いらっしゃらないのかと思ってた」

憤慨したように肩を竦める。

「いや、それはいいんだ。実はね、女房から今日、連絡あったんだ」

ポップコーンを盛り付けていた千春の横顔が輝いた。

「あら、よかったわね。多分、じきに連絡があると思ってたんだ。それで、どこにいらしたの？」

「長崎なんだよ。どうしてそんなとこに行ったのかわからないけどさ。しかも、下の息子が女房恋しさからそっちに行っちゃってさ。しばらく二重生活になりそうなのよ」

一人で乾杯の真似《まね》をして、ビールに口を付けた。車の件では怒っていても、優太のことで朋美が連絡してくれたことに、気をよくしていた。

わざわざ電話をくれたのは、浩光や健太が心配しないようにという気遣いだろう。やはり夫婦なのだ、家族なのだ、と実感する。

「でも、どうして奥様、長崎なのかしらね。何か心当たりあるの？」

「いや、まったくないんだ」

「それさ、こんなこと言って悪いけど、長崎に男の人とかがいるんじゃないの？」

千春が声を低めて囁《ささや》いたので、どきりとした。

「まさか」と、首を振って笑った。「あり得ないよ」

「何であり得ないの？」と、千春は煙草《たばこ》の煙を上に吹き出す。

「だって、あいつ四十六だよ。おばはんだよ。デブだし、センス悪いし、はきはきしないし、ちょっと違うんじゃねえか」

「そんなのわかんないわよ。どんな女にも男にも、作ろうと思えば相手は出来るよ」

自信たっぷりに言われると、不安になった。二度と帰って来なくてもいい、と思ったこともあるが、付き合っている男がいるというなら話は別である。

自分の存在を否定されるような気がして辛くて堪《たま》らない。

これまで散々遊んできた癖に、妻の場合を想像すると、地団駄《じだんだ》を踏みたくなるほど嫌だった。

しかし、そんな脆《もろ》い心の揺れ動きを絶対に知られたくないから、千春には「あり得ないよ」と、笑いながら繰り返す。

千春はムキになったように言い放った。

「あら、気に障ったら悪いけど、そういうことってよくあるのよ。森村さんは奥さん大切にしてこなかったんでしょう。優しい男の人が現れたら、一発だって」

何度か会ったことのある常連たちが入って来た。浩光は会釈して、ビールを呷《あお》った。

「ごめんね、変なこと言って」

千春が我に返ったように謝る。

「いいよ、気を付けるよ」と、苦笑する。

「すみません、氷が足りなくなっちゃった。ちょっと買って来るから、ここいいですか？」

千春が財布を握って店を飛び出して行った。途端に、隣の二人組がひそひそ話を始める。会話が耳に入ってきた。

「珍しいね、氷がないなんて」

「仕入れ忘れたんじゃない。格好も普段着だしさ」

「ママ、五十過ぎてて、子供もいるってね」

驚いて聞き耳を立てる。五十過ぎということは、朋美より年上ではないか。

千春のように身綺麗にしていれば、俺みたいに心を寄せる男も出てくるってことだ。

「いつも左端に座る年輩の男がいるじゃない。あれが亭主だってさ」

遠藤のことか。こんなに通っていたのに、まったく気付かなかった自分が恥ずかしい。

この間、電話して戻った時、千春と遠藤がやけに親密そうに見えたのは、夫婦だったからだ。騙された。いや、自分がバカなのだ。

「すみません」

息せききって、コンビニの袋を提げた千春が戻って来ると、カウンターの戸を撥《は》ね上げて中に入った。

「どうしたの、氷がないなんて珍しいね」

「すみません、ちょっと母親の介護とかで忙しくて」

「ご亭主の方じゃないの」

一人の男が笑って言うと、千春が顔を強張《こわば》らせた。がっかりして、立ち上がる。

あら、もう帰るの？　という顔で千春が見上げた。

「明日、早いから。大阪まで車で行くんだ」

ハンドルを握る真似をする。急に、浮き浮きしてきた。


まだ薄暗い早朝、浩光は朝露に濡《ぬ》れた赤いベンツにキーを近付けた。

シュボッと小気味いい音がして、車のドアロックが解除された。

「すげー、カッコいいじゃん」と、健太の驚き顔に満足する。

昨夜、浪速署まで車で行く、と長男に告げたら、珍しく同行したいと言いだしたのだ。

どうやら、ベンツに乗ってみたいというより、大阪の警察に出向いて刑事と話すことに昂奮《こうふん》しているらしい。

「中古って言うけど、程度のいい車なんじゃない？」

喜色満面で助手席に乗り込んで来る。

「まあね。まだゴルフに行くのに、一回乗ったきりだから、わからないけど」

「じゃ、俺が助手席一号か」

いや、本当は美しい人妻なんだけどな、と内心思いながらも、「そうそう」と適当に頷いた。

ＥＴＣカードを差し込んで、ナビに「大阪府　浪速署」と打ち込む。エンジンをかけながら、独りごちた。

「浪速署って入力することになるなんて、思いもしなかったな」

父親の声など聞こえなかったのか、健太が大きなあくびを洩《も》らした。

「それにしても出るの早くね？　俺、眠いわ」

「仕方ないよ。一日で往復するんだからさ。おい、お前、俺が眠くなったら、運転替わってくれよな」

「つまんねえ冗談言うなよ」

まだ仮免も取っていない息子に一蹴されて、ややむっとした。

「おい、大阪に遊びに行くんじゃないんだぞ。あまり、ちゃらちゃらすんなよ」

服装をじろりと見て、文句を付ける。

長袖の黄色いＴシャツには、何と読むのかわからない派手なロゴが躍っている。その上から革色のカーディガン、ジーンズは穴だらけだが、どうやら高価な物らしい。首からは太い銀の鎖が覗いていた。

ガールフレンドの香奈とは別れたのか、喧嘩しているのか、何が起きたのかは、まったく喋ろうとしないからわからないが、長男は近頃、服装まで変わった気がする。

「何がちゃらちゃらだよ。人を外見で判断すんなよ」

健太は肩を竦めて、勝手にダッシュボードを開けた。中からオーディオのマニュアルを探し出して読み始める。

浩光は、静々とベンツを発進させた。

駐車場の端、玄関に一番近い便利な場所に停《と》まっているのは、島津家のエスティマである。睨み付けながら、当て逃げしてやろうか、とその気もないのに呟く。

「お父さんとドライブするのなんて、久しぶりだね」

健太が急に子供っぽい口調になった。

「そういや、そうだな」

息子たちが小さかった頃は、しょっちゅう家族で出かけたものだった。

ディズニーランド、海、キャンプ、デパート。

だが、長男が中学に入った途端に、そんな習慣は消えてしまった。

以来、家族のために運転するのは朋美の役割で、自分が運転するのは、もっぱらゴルフの時だけとなった。

だから、十万キロ以上も乗った車が不便だ、とたまに思うことはあっても、買い替えにはあまり積極的ではなかった。

最近の車がこれほど快適で運転しやすいのなら、早く買い替えればよかったと思う。古い車に固執せず、気前よく人にやってしまった朋美に感謝したいほどだ。

「でもさ、びっくりしたね」

健太が、窓外の景色に目を遣ったまま言った。

「何がだ。お母さんが車を人にあげちゃったことか？」

母親が前の車を若い女に与えてしまったことは、健太もとうに知っている。

「いや、それは驚かなかった。だって、お母さんってそういうことしそうな感じじゃん。意外と大胆なんだよ」

「そうかなあ。俺は驚いたけどね」

浩光は首を傾げた。

「お父さんは気付かないんだよ。あの人、割と思い切りのいいところあったぜ」

「思い切りいいか？」

長男の意外な言葉に驚いた。浩光の中の朋美は、はっきりしない優柔不断な女だった。

「いいよ。だって、ヨドバシでの買い物なんか、即決だったよ。ほら、お父さんの血圧計買ったことあったじゃない。あの時なんか、『どれが一番売れてますか』って聞いて、店員さんが、『これです』って言ったら、『じゃ、それください』って迷わず買っちゃった。パンフ貰って、家でじくじく検討するタイプじゃないんだ」

「それは自分の物じゃないからだろう」

「いや、自分の物もそうだよ。あまり迷わないんだ。てか、あの人は迷ったことなんかないんだよ。俺たちが野菜嫌いで全然食べないとわかると、無駄だから、とぱったり出さなくなる。代わりに野菜ジュース買って来る人だよ。合理的なんだ。今回の家出だって、即決だったじゃないか。お母さんの誕生日なのに、お父さんが無神経だったって理由でさ」

「俺のせいってか？」

憮然《ぶぜん》として、ハンドルを切る。

さすがに早く出たせいで道は空《す》いていた。東名高速まで意外とすんなり行けそうだ。

「一二〇パーセント、お父さんのせいだよ」

「おい、夫婦の問題に介入するなよ」

半分、真剣に言うと、健太が嘲笑った。

「何だよー。俺が夫婦喧嘩には介入しないって言ったら、夫婦喧嘩なんかしてないぞ、とかムキになって言い張った癖に」

「言ってないよ」

「言ったよ、言った。お父さんはすぐに自己正当化するんだ。俺が間違ってた、なんて謝ったこと一回もないだろう。常に自分が正しいと思ってるんだ」

「問題が別だろうが」

「別じゃないよ。根は同じだ」

理屈っぽい長男が苦手だ。旗色が悪くなったので、黙って運転する。

健太がカーステレオを点けた。

「音もいいね」

機嫌がよくなった息子の横顔を見つめて尋ねる。

「じゃ、お前は何にびっくりしたんだ？」

「優太のことだよ。まさかさ、あいつがお母さんのところに行くなんて、思いもしなかった。普段突っ張ってるけど、まだガキなんだなあと思って」

「俺もびっくりしたけど、しょうがないよ。まだ十六歳なんだからな」

浩光は自分に言い聞かせるように言った。

「そうだね。うちで一番年下なのに、誰もあいつに優しくないものね」

「そうかな」と首を傾げる。「俺は優しいオヤジだぞ」

「そういう間違った自己認識をしてるところが、お父さんのすごいとこだよ。つまり、自分の冷酷さとか、自分勝手さに、まったく気付いてないんだ」

父親と正対していないせいか、健太は気楽によく喋る。まったく容赦なかった。

「どこのうちも父親なんて、みんなこんなものじゃないか？」

「いや、違うね。香奈が言ってたよ。あなたのおうちって、普通の日本のうちなんだろうかって。お父さんがすごく冷たいって。そんなに家で何もしない人、初めてだって」

「ほんとか？」

若い娘の発言となると、急に気にかかる。

「うん。香奈の家は、共働きだから、お父さんが何でもするんだって。洗濯物畳んだり、宿題を見てくれたり、料理もするし、保育園の送り迎えもお父さんの仕事だったって。だから、あいつは、俺に厳しいんだよ。俺がお母さんの悪口言うと、すごく怒る」

「悪口ってどんなこと言ったんだ」

次第に、息子が心を開いてくるのが感じられた。

「悪口ってほどでもないけど、弁当の話とか料理が下手とか、面白おかしく喋ると、すぐ怒るんだ。お母さんだって一生懸命なんだから、甘え過ぎてるって」

「ほう、はっきりしてるね」

自分は、どのように糾弾されていたのだろうか。浩光は、何度か見かけたことがある、息子のガールフレンドの、目尻の吊《つ》った気の強そうな顔立ちを思い出した。

「ああ、はっきりしてるよ。嫌なことは嫌だって言うし」健太は気弱そうに呟く。「それで、俺が香奈の部屋にあまり行くもんだから、怒っちゃってさ。あたしにはあたしの生活があるのに、なんで邪魔するんだ、あなたとは付き合ってはいるけど、そこまで甘えられる筋合いはない、と言われた。お母さんが出て行ってから、うちに来る頻度が多くなったって言われたんだ」

何日か前、息子が怒りっぽかった理由がようやく判明した。

なのに、自分は「お前、彼女にふられたな」と、傷口に塩を塗るようなことを言ってしまった。

「若いのに、そこまで相手に言えるのは偉いな。そういう子とは仲良くした方がいいぞ」

見当外れのことを言っている。

「もう無理だよ。香奈が言うのは当たってるよ。俺なんか実家暮らしなのに、あいつの部屋に入り浸って、何もしないでメシ作らせたり、DVD見たりしてたんだから」

「お前、親の言うことは聞かないのに、女の子にはずいぶんと素直なんだな」

つい厭味が出てしまう。

「それそれ、それがお父さんの無神経なところなんだよ」

健太は怒ったのか、顔を顰《しか》めて横を向いたまま話しかけてこなくなった。

「おい、どっかのサービスエリアで朝飯食おう。海老名にするか？」

「待てよ、今、ネットで見るから」

健太がスマホで検索を始めた。早くも機嫌を直したらしい。要領がいいから、優秀な学生だ、と褒められる機会も多いだろう。

だが、浩光は優太が恋しかった。

「誰もあいつに優しくない」という健太の言葉が耳から離れない。

途中で何度も休憩を取りながら運転して来たので、浪速署に到着したのは午後三時近かった。

浪速署は、交通量の多い国道に面して建っていた。背後に通天閣が聳《そび》えている。

「あれが通天閣や、新世界やで」

浮かれて、俄関西弁で叫ぶ健太をどやしつける。

「おい、早く受付に行って、駐車場はどこを使えばいいか聞いて来いよ」

「空いてるところに入れりゃいいじゃんか。駄目って言われたら、移動すりゃいいんだよ。お父さんはそういうところが小心なんだよな」

「バカ、小心じゃない。二度手間が嫌なだけだ。俺はお前みたいなお調子者じゃないんだ。そういうことでは、社会で通用しないぞ」

「臨機応変って言えよ」

誰に対しても上から目線の長男に、時折、苛立つ。こういう憎たらしい学生は、うちでは絶対に採用しない。

仰せの通り、署の前の空きスペースにベンツを乗り入れたが、警察前に、目立つ赤い車を停めるのが少々気になった。

受付で、来意と三石の名を告げると、すぐさま三階の刑事課に案内された。

奥のソファセットで、来客と話している初老の男が三石だという。

白いシャツに紺の地味なネクタイ。痩せていて小柄。かなり前額部が後退している。

薄くなった髪以外に特徴のない外見は、役所にごろごろいそうなタイプでもある。三石の正面には、髪を纏《まと》めた女がこちらに背を向けて座っていた。

来客が終わるまで、と待っていると、三石が気付いて立ち上がった。

「これはわざわざすんまへん。東京の森村さんですか」

「はい、そうです。この度はどうも」

浩光が頭を下げると、女が振り向いた。驚いたことに、朋美だった。

髪型のせいか、少し痩せたのか、肩のあたりがすっきりして別人に見える。いつもは濃いめの化粧も、今日はほとんどしていないので、かえって若く見えた。

「あれ、お母さんじゃない」

健太が嬉しそうに叫んだ。

「健ちゃん」

朋美が健太を振り返ってにこりと笑った。ほんの十日間離れていただけなのに、懐かしさに胸がいっぱいになった。

「奥さんのお話がじきに終わりますんで、もうちょっと待って頂けますか?」

三石は丁寧に言った。

浩光は、朋美の横に座ろうとしたが、三石に断られて立ち竦んだ。

「いや、今は奥さんに聞いてますさかい、ちょっとお待ちください。奥さんの次に旦那さん。必要とあらば、坊ちゃんという風に進めますさかい」

ということは、それぞれの証言が違わないか、探るのだろう。

ソフトな対応をしているように見えて、やはり警察のやり方はえぐい。

浩光は、なぜすぐにベンツを購入したのか、と聞かれるのではないかと危惧した。長男に言われるまでもなく、相当な小心者である。

ようやく朋美の話が終わった。

三石が、何か用事を済ませにデスクに戻ったのを潮《しお》に、朋美が二人のところに歩いて来た。ジーンズに黒い薄手のパーカーという軽快な姿だ。見たことのない服装だが、髪を纏めた朋美によく似合っていた。

「お母さん、若く見えるよ。そういう格好の方がよくね？」と、健太。

「そうかな。これ、ユニクロだよ」

家出して心配をかけたことなど、まったく頓着していない様子に、浩光の方が戸惑った。

「朋美」と険しい顔で声をかける。

「久しぶりね。元気そうじゃない」

朋美が振り返った。にこやかに笑っている。

「お前さ、心配かけておいて何だよ、その言い方」

浩光は小声で文句を言ったが、朋美は受け流して健太の肩を叩《たた》いた。

「健ちゃん、元気にしてる？　ごめんね、わざわざ来てくれて」

「そうだぞ。お前のせいで、俺は会社を休む羽目になった」

文句を言わないと気が済まない。

「すみません」と、朋美はあっけらかんと謝った。「まさか、こんなことになると思ってなかったから驚いたわ。昨日、三石さんに電話したら、一応こっちに来て説明してくれって言われたのよ。大散財だわ」

「新幹線か？」

「当たり前でしょう。飛行機じゃないわよ」

優太が飛行機を使って長崎に行ったことを、贅沢だと責めたのを、根に持っているのだろう。

「そうだ、お前、俺のゴルフセットどうした？」

一瞬、躊躇《ためら》う気配があったが、朋美は噴きだした。

「ごめん、売っちゃった」

「ゴルフ道具は売ったのに、車は人にやったのか？　信じられないな」

「ごめん、ごめん。お金が欲しかったの」

まったく悪びれる様子がない。

「いくらで売れた？」

「言わないよ」と、にやにやしている。

「言えよ、高かったんだから」

「でしょ？　あたし、正直、呆れちゃったわ。あなた、家にはお金を全然入れないで、ああいう贅沢してたんだなと思った」

余計なことを言ってしまった、と浩光は黙る。

「森村さん、そちらは息子さんでっしゃろ？」

三石が戻って来て、声をかけた。

「はあ、そうです」

「じゃ、お父さんだけこちらにどうぞ」

ソファに座ろうとすると、朋美がそばに来て囁いた。

「じゃ、終わるまで健太と待ってるから」

うむ、と威厳をもって頷く。三石が、その様子を窺《うかが》っている。

質問は通り一遍だった。浩光はすらすらと答えられた。

車は妻の朋美が乗って出かけた。妻は車の運転が好きで、よく自由にあちこちドライブする。今は長崎の知人の家に滞在しているが、長崎に向かう途中で、車を勝手に若い女にあげてしまったと聞いている。

「奥さん、家出しはったんでしょう？」

三石に単刀直入に聞かれ、仕方なく首肯した。

「まあ、そうです。誕生日の夜、新宿のレストランで喧嘩したら、そのまま車に乗ってどこかへ行ってしまいました」

「そのお車は、二〇〇三年製の灰色のティアナ、ナンバーが『多摩ひの2116』ですな。これ、間違いおまへんな」

三石が、汚れた車検証とETCカードを見せた。車検証には、雨の日に水たまりに落としたかのような、泥が付着している。

「はい、確かに私の車の車検証と、ETCカードです」

「で、森村さんは、すでに新しい車を買わはりましたね。さっき上から見えましたで。赤い派手な外車ですな。何か、女性問題でもあったんですか？　まさか、その女性が、奥さんが車あげた女性とか。いや、こりゃあ、出来過ぎストーリーや」

自分で言って、笑っている。浩光はさすがにむっとした。

「ないですよ。私は自慢じゃないけど、女性問題なんか、ただの一回も起こしたことありませんから」

言う端から、どこの誰かは知らないけれど、あのポーチを小野寺百合花の下に送ってくれた人間に感謝したくなった。

あのポーチが、車の中で見付かったら、とんでもないことになっていたに違いない。

三石は、小野寺百合花にも事情を聞きに行くかもしれなかった。

もし、警察に介入されたら、自分は本当におしまいである。ピンそば会どころか、あのマンションにも住めなくなるだろう。ピンそば会での出来事は高瀬を通じて、島津夫人に筒抜けなのだから。

「しかし、ずいぶん早くお買いになったもんですな、あの外車を」

三石が呆れたように言う。

「はあ、車はどうしても必要なんです。それで今度は外車にしようと思ってましたんで、中古を買いました」

「はいはい、わかりました、なるほどね。奥さんにあげたってことでんな。で、奥さんはどこの馬の骨か知れん女に」三石は呆れ顔で立ち上がった。「じゃ、裏に置いてありますから、お車ご覧になって、確認してください」

三人は一列縦隊になって、三石の後を付いて歩いた。

署の裏手に、職員用の駐車場がある。その端に、薄汚れたティアナが置いてあった。

「あった」

朋美が真っ先に駆け寄った。

警察の道場で剣道の試合でもやっているのか、気合いや足音が響いてくる中、浩光は、ゆっくり近付いて行った。

長く使った車が、変わり果てた姿になっていることが悲しかった。

「あーあ、こんなになっちゃって」

朋美が声を張り上げた。中で煮炊きしていたらしく、後部座席に焼け焦げがあった。

紙屑《くず》、カップ麺の食べかす、ぼろ布などが散乱し、車の中はゴミ置き場も同然だ。

「奥さん、なくなった物はありませんか？」

鼻を摘《つま》んで中を覗いていた朋美が、息をひとつ吐いてから喋った。

「あたしのキャリーバッグと服がないようですね。あと、CDが少し」

「被害届、出されますか？」

朋美と目が合った。朋美が首を横に振る。

「いいです、このまま廃車処分にしますから」

代わりに、浩光が答えた。

「わかりました。ほな、業者かディーラーを調べさせますよって、少しお待ちください」

三石はどこかに消え、三人は無惨な姿になった車の前に立ち尽くしていた。夕暮れ時の秋風がひときわ冷たく感じられる。

「ここまで汚れると哀れなものね。一緒に生きてきたのに」朋美が悲しそうに言う。

「あたし、この車、好きだったな」

「何を言ってる。お前が人にやったりするからじゃないか」

思わず鋭い口調になってしまう。すると、健太に肩を叩かれた。

「もういいじゃん、お父さん。終わったことなんだしさ。あんま、しつこくすんなよ」

息子の落ち着いた声音に苛立つ。

「いや、しつこいとかそういう問題じゃないんだ。問題をうやむやにするなってことだ。そんなのおかしいじゃないか。だって、そうだろう。欲しい人がいました、はい、あげました。そんな単純なことか。あり得ないよ」

語気荒く言うと、朋美が鼻で笑ったかのように見えた。

「何だよ」

「じゃ、聞くけど、小野寺さんてどなた？」

ポーチの一件か。平気な顔をしようと思ったのに、残念なことに顔が紅潮した。

「そんなのお前に関係ないだろ。ま、お前が送り付けたんじゃないことだけはわかったけど、俺はあれですごく迷惑したんだからさ。社会的に抹殺されるところだったんだぞ」

「大袈裟ね。悪いけど、それこそ、あたしの知ったことじゃないわ。あなたがあんなところにあんな物を入れておくから悪いんでしょう。あなたって、いかにも、ゴルフに行っちゃ、悪いことをしてそうよね。今回、それだけはよくわかった」

朋美が腕を組んで言い放つ。あれ、こんなはっきりものを言う女だったっけか？

浩光は戸惑った。

「だから、俺の道具を売ったのか？」

「それもあるわね」と、朋美が可笑《おか》しそうに言う。

健太が、朋美に尋ねている。

「ちょっと待ってよ。お母さんたち、何の話をしてるの」

浩光は慌てて遮った。

「わかった、わかった。どのみち、みんなで新しく出直すしかないよ。新しい車に、新しいゴルフ道具、そして、これからは何でも皆で話し合って、やっていこうじゃないか」

職員や警官が、大声で話す浩光の方を見ていたが、必死だった。

「あたしは帰らないわよ。長崎で、ある人をお世話しているの。捨ててはおけないわ」

えっ、と聞き返す自分は、どれほど間抜けな顔をしているのだろうと思ったが、朋美の答えはあまりにも予想外で、開いた口がふさがらない。

「もう家には帰らないってか」

「当分ね」

「でも、俺はお前がハワイ旅行中だって言ってしまったぞ」

「誰に」と、間髪を入れずに聞かれる。この言い方は誰かに似ている。島津夫人だとわかって不快になった。

「隣の島津さんとか、お前のお母さんとか」

「ああ、知ってる。母からはメールが来たわ」

「みんな心配してるぞ」

「だったら、フラの練習してるから、当分帰って来ないって言っておいて」

「フラって何だ」

「何だ、フラも知らねえのかよ」

優太にも、同じ口調で詰《なじ》られたことを思い出した。『リア充も知らねえのか』

「それでね、優太も一緒にいたいっていうから、あっちで二人で暮らすわ」

いったい何が不満で、こんな我《わ》が儘《まま》を亭主に言えるのか、皆目見当が付かない。

「誰か、男がいるのか？」

「だから、そういうことじゃないの。ただ、お世話したい立派な人がいるってことよ」

「それで出て行ったのか」

「違うよ。車がなくて困っている時に、その人が助けてくれたの」

よくわからない。混乱してきた。

「だって、車は女にあげたと言っただろう」

「でも、なくなったわけだから、動けないでしょう。そしたら、その人がやって来て拾ってくれたの。すごく立派な方です」

「騙されてるんじゃないのか」

「ほら、きた。そうくると思ったんだ」と、朋美が叫んだ。「あなたって人は猜疑心《さいぎ》が強いのよ。素直じゃなくて最低」

両親からすっと離れて行く、健太の後ろ姿が見えた。秋の夕陽《ゆうひ》を浴びて、通天閣が赤く染まっている。そうだ、大阪まで来ているんだったな。

我に返った浩光は、これから真っ暗な名神・東名を走って自宅まで戻らねばならないことを思い出して、溜息《ためいき》を吐いた。

「じゃ、あたしは伊丹に行かなくちゃならないので、よろしくね。あまり値段は変わらないから、帰りは飛行機にしたのよ」

浩光は驚いて妻の手元を見た。携帯電話が、いつの間にかスマホに替わっている。

「おい、電話替えたのか？」

「そうよ」知らなかったの？　と言わんばかりに、平然と返される。

「使いこなせるのか？」

朋美は何も答えずに浩光の目を見た。憐《あわ》れみが籠もっているような気がして、一気にこれまでの不満が爆発した。

「何だよー、仕事を休まされた上に、こんなとこまで来させられてさ。うちの車を勝手に人にやって、俺に後始末させて、お前は何様なんだよ。お前のせいで、こんな羽目に陥っているんだぞ。挙げ句、俺たちを放ったらかして、自分は長崎に戻るってか。無責任過ぎないか。それでも母親か、一家の主婦か、俺の女房か？　呆れてものが言えないよ」

せっかく朋美を捕まえたのだから、このまま一緒に帰りたかった。往復千キロの道のりを、たった一人で運転する不安だってある。

だが、朋美は冷たい表情で腕組みしている。

「車のことは悪かった。ゴルフ道具の件も謝る。でも、あなただって、あたしに謝るべきだと思うわよ」

「いったい何を謝るんだよ」

周囲も顧みず、大声をあげる。完全な夫婦喧嘩に突入していた。

署員たちの好奇の視線を感じたが、浩光は憤りを止めることができない。

「わからないならいいわよ」

朋美は鼻先で笑った。

「お前だってわかってないよ」

「わかってるわよ、あなたが自分勝手で冷たい人間だってことくらい。優太のことだって放ったらかしだったんでしょう。あなたも父親失格よ。あなたは小野寺さんと意気揚々、ベンツでゴルフに行けばいいじゃない」

「小野寺さんて誰？」

いつの間にか戻って来た健太が、疑問を口にした。思わず、息子を怒鳴りつける。

「んなの関係ねえだろう」

「関係ないように見えて、みんな関係してるのよ。じゃあね、健太。また連絡するから」

朋美は健太にだけ言葉をかけ、踵を返した。

第七章　人間の魂

朋美が、大阪から長崎の山岡家に戻って来たのは、午後七時を優に過ぎていた。

玄関の古風なガラス戸から、青白い蛍光灯の照明が透けて見える。

「ただ今、帰りました」

先に声をかけてから、がらがらと音を立てる引き戸を開けた。

無言で廊下に現れたのは、優太である。

肌寒いのか、パーカーのポケットに両手を突っ込み、背を丸めている。

東京では、玄関に出迎えてくれたことなど一度もなかったので、息子の変貌は嬉《うれ》しい驚きだった。

「ねえ、今日、ちゃんと山岡さんのお世話してくれた？」

顔を見て真っ先に尋ねる。

急ぎ、浪速署に出向かねばならなくなったので、ボランティアの送迎を、優太に任せたのだ。

前日に長崎に着いた優太は、山岡の許可を得て、最初の夜に朋美が泊まった玄関脇の納戸で寝た。

「したさ。小学校までバスで一緒に行って、終わるまで同じ部屋で待ってた。それで、さっき一緒に帰って来た」

　優太は照れ臭そうに答えた。

「山岡さんの説明はどうだった？」

　息子が山岡の役に立ったことに安堵《あんど》して、靴を脱ぐ。

「今日は誰も見学者が来なかったから、わかんねえよ」

「誰も来ない日もあるのね」

「だって、小学校の横にある目立たない建物だよ」

　山岡を意識して、低い声で答える優太に、伊丹空港で買った鯖《さば》の押し寿司《ずし》の袋を渡した。優太は億劫《おっくう》そうに片手を出すと、指の先でレジ袋を引っ掛けた。

「重っ」と、よろける真似《まね》をする。

「三人分だもの」

「美味《うま》そう」

「美味《おい》しいよ、きっと」

　押し寿司が優太の好物だということを思い出して、買って来たのだった。

　母親らしい思い遣《や》りを久しぶりに発揮している。

「ね、そういう時は、山岡さん、どうしてるの？」

「俺に展示してある写真の説明してくれてさ、その後もずっと一人で喋《しゃべ》ってた。原爆のことか、福島に行った時のこととか、いろいろ聞いた」

これまで、ほとんどまともな会話が成り立たなかった次男と、こうして話せているのがたまらなく嬉しい。

「お話、面白かった？」

「いや、きつかった」

訥々《とつとつ》とだが、きちんと受け答えをする息子が頼もしく感じられる。

長崎に行きたい、と言われて、本気なのかと訝《いぶか》しんだが、「今、着いた」と、空港から電話を貰った時には、自分でも驚くほど心が浮き立った。

「ただいま帰りましたよ」

居間の襖《ふすま》を開けて、耳の遠い山岡のために大声で挨拶《あいさつ》する。

「ご苦労様。首尾はいかがでしたか？」

ソファに座っていた山岡が顔を上げた。

くたびれた作務衣《さむえ》の上に、毛玉だらけの紺色のニットベストを羽織っている。灰色の古びた靴下も相変わらずだ。

優太と二人でラジオを聴いていたらしく、地元局の情報番組が大音量で流れていた。

「ええ、問題はありません。ただ、あっちで刑事さんに事情を話していたら、ちょうど主人と長男が東京から着いて、ばったり遭遇してしまいました」

山岡が可笑《おか》しそうに剽《ひょう》げた顔をした。

「それはそれは。ご主人は何て仰《おつしや》ってましたか？」

「最初は冷静だったんですけど、私が当分帰らないと言ったら、怒り始めちゃって」

朋美は思い出し笑いをした。

「お母さん、お父さんに帰らないって言ったの？」聞き耳を立てていた優太が、驚いた様子で言った。「じゃ、いつまでいるの？」

「まだ決めてない。山岡さんのお話を伺いたいし、少しでもお役に立ってから帰ろうと思ってるから」

山岡が嘆息して、申し訳なさそうに言う。

「私のことなどいいですよ。でもね、優太君が来てから、家族ってこういうものかと思いました。実は楽しくて仕方ありません」

朋美は頭を下げた。

「勝手に闖入《ちんにゅう》してしまって、こちらこそありがとうございます。ともかく、車の方は片付きました。盗難届は出さなかったので、警察に行く必要はもうないし、あの車は廃車処分にすることになって、主人が手続きしてます」

山岡が窪《くぼ》んだ目を細めた。

「例の女の人はどうしました？」

「わかりません。ホームレスの人に車をあげて、どこかに消えてしまったみたいです」

「ともあれ、車の行方がわかってすっきりなさったでしょう。よかったですなあ」

山岡が細い腿《もも》を手で叩《たた》いた。

「ええ、あの程度で済んでよかったです。悪用されたり、事故起こしてたりしたら、嫌ですものね」

朋美はさばさば言って、茶箪笥《だんす》の上から茶筒を取った。

「ねえ、お父さん、俺のこと何か言ってた？」

押し寿司の包みを開けることに腐心していた優太が、俯《うつむ》いたまま尋ねる。

「別に。あなたが長崎にいるって聞いて安心半分、寂しさ半分てとこじゃない？」

「あのオヤジが寂しいってか？」

優太が朋美を見て笑った。

前歯が二本だけ大きくて目立つので、笑うと子供っぽい表情になる。

「そりゃ、寂しいでしょう。家族が二手に分かれて暮らすようになってしまったんだからさ」

「そらまあ、そうだけど」

面映《おもは》ゆそうに言う。母親の方を選んで来てしまったことが、照れ臭いのだろう。

「今日は健ちゃんも来てくれたんで、久しぶりに会えたよ」

自分が家出したせいで別れて暮らす状況になったのに、こんな言い草もないだろう、と我ながら思う。

妙なことになったものだ。

「オヤジたち、真っ赤なベンツで来たんでしょう。俺、恥ずかしいんだ、あの車」

「そう？　可愛い色じゃない」

「俺やだな。オヤジが乗ってると、ますますキモい」

「そういや、健ちゃんがすごく派手な格好してるんでびっくりした。あの子、あんな趣味だったかしら」

「あいつ、彼女替えたんだよ」

「香奈ちゃんと別れたの？　呆《あき》れた」

「仕方ねえんじゃね？」

「何で」

「言いなりになってたじゃねえか」

久しぶりに若い息子と、あれこれお喋りしているのが楽しかった。

キッチンで湯を沸かし、三人分の茶を淹《い》れてから、皆で押し寿司を食べた。

貪《むさぼ》るように食べる優太を、山岡が祖父のように微笑《ほほえ》んで眺めている。

「若い人は立派な食欲をしていますね」

醤油《しょうゆ》を足そうと立ち上がったら、携帯メールが届いた音がした。

健太からで、「二度漬け禁止」と件名にある。


もう、長崎に着いた？

こっちは、手続きに手間取って、一泊することになりました。

お父さんは明日仕事があるとかで、チョー不機嫌でした。

でも、今は串カツ食べて機嫌直してます。

運転するのが億劫だったので、内心ホッとしているみたい。

だったら、最初から怒らなきゃいいのに。

ザッツ・ヒロミツ。

何でまあ、ぶつぶつ文句言うんだろうね。

これから二人で飲みに行くことにします。

　健太

メールには、両手に串カツを持ってにやりと笑う浩光の写真が添付されていた。赤い顔をしているから、すでに酔っているのだろう。

「何、見せて」優太が覗《のぞ》き込んで笑った。「オヤジってガキっぽいな」

「私にも見せてください」天眼鏡を片手に、山岡までが覗き込んだ。「お若く見えますね。まだ三十代でいらっしゃいますか？」

「まさか」

幼稚だから若く見えるんじゃないですか、と辛辣《しんらつ》なことを言おうとして言葉を呑《の》んだ。妻に出奔され、ゴルフ道具を勝手に叩き売られ、車を処分され、家族を二手に割られ、その上で、無神経だの自分勝手だの幼稚だのと、詰《なじ》られている夫は夫で、我慢していることも多かろう。

家を出て初めて、夫に対する同情が湧いた。

「家を離れてみると、何かお父さんて面白いヤツだね」

優太が呟《つぶや》いた。

「まあね、一緒にいると頭に来ることばかりだけどね」

朋美は肩を竦《すく》める。

翌日の昼、優太が山岡を送りに小学校に行った後、夫からメールが来た。

件名は「ティアナ」である。

ティアナの廃車手続き終わりました。

長年付き合った車とこんな別れ方をするのかと思ったら、結構寂しかったです。

我々はこれから帰京します。

あなたが長崎にいることは、群馬のお義母《かあ》さんや母に言ってもいいですか。

周りを騙《だま》し続けるのにほとほと疲れたので、聞かれたら正直に言いますから、そちらで適当に処理してください。

それから優太の欠席届出しましたか？

高校はどうするのか、本人に確認して連絡ください。
放っておくわけにもいかないでしょう。
長期の休みともなれば、勉学の遅れも心配です。
早く連絡ください。
浩光

先日の高圧的な調子とは大きく変わって、哀感や諦観のようなものが感じられるメールだった。
朋美は早速、返信を打った。

ティアナの件、すみませんでした。
本当は彼女にあげたのではなく、乗り逃げされたんです。
でも、私の見栄から言えませんでした。
警察に言うのも面倒だったし。
こんな顚末《てんまつ》になったことはお詫《わ》びします。
私は今、山岡さんというお年寄りの家で優太ともどもお世話になっています。
被爆体験を語り伝えておられる方です。
優太も山岡さんを手伝って、ボランティアの場所まで送迎しています。

優太には、今夜どうするつもりか聞いてみます。

あなたにこんなことを言ったら、即やめろ、と言うでしょうけれども、正直に言います。

私は自分の貯金がなくなるまで、ここにいようと思っています。

お金が尽きた時点で、帰るか、独立するか、決めますね。

　朋美

夫からの返信は簡単だった。


了解。

優太は今の学校をやめるべきではないと思います。

いじめなどが原因ならともかく、せっかく入ったんだし、無責任なことはさせてはいけないと思います。

　浩光

朋美も簡潔な返信をした。

あなたの言うことは正しいと思います。

東京まで気を付けてお帰りください。

健太によろしく。

朋美

これまで夫婦間ではメールの遣り取りなど滅多《めった》にしたことがなかった。

夫からは「メシ要らない」とか、「最終で帰る。迎え頼む」などといった事務連絡しか来なかった。

ふと、知佐子とのメールの遣り取りがいつの間にかおろそかになっていることに気付く。知佐子に近況報告の当たり障りのないメールを打った後、いつもとは逆になっていると苦笑した。

「ただいま」

山岡と優太が帰って来たので、山岡には茶を出して、優太を納戸に呼んだ。

「今日はどうだった？」

「小学生の修学旅行生が来てたよ。だから、山岡さん、張り切って、防空壕《ごう》まで案内してさ。ずっと喋っていた」

「他のボランティアの人は？」

「二人来てたけど、チョー遠慮してたよ」

その様が見える気がして、朋美は思わず笑った。山岡の迫力に押されて、誰もが黙ってしまうのだった。

「ところで、優ちゃん、お父さんからメール来たんだけどさ。ちょっと読んで」

浩光からのメールを見せた。優太は黙って読んでいる。

「どうする、学校？　長く休むなら、欠席届出さないと駄目よ。やめるのなら退学届だけど、やめないよね？」

優太が首を振った。

「いや、俺はもう行きたくないから、退学届出してくれないかな」

そんなことではないかと思ったが、実際に聞くとどきりとした。

「学校でいじめられたりしてるの？」

「いや、違うけど」

言葉を切って、納戸の暗がりにじっと目を遣っている。なかなか次の言葉が出てこないので、朋美は心配になった。

一人でずっと悩んでいたかもしれないのに、ゲーム中毒だと片付けて、自分たちは何も見ようとしていなかったのではあるまいか。夫に腹を立てるより、もっと息子に注意を向ける必要があったのではないか。

ゲーム中毒という堅牢《けんろう》な鎧《よろい》を纏《まと》った優太は、陣地に引っ込んでしまっていた。

それがこうして鎧を脱ぎ、母親の下に助けを求めて出て来ているのだから、今こそ助けなければならなかった。

優太がせっかく心を開いてくれたのなら、何としてもこたえねばならない。

「長崎で学校探すのなら、それでもいいよ。いろんな道はあると思うから」

「お母さん、俺、こっちでやり直してみたいんだけど」

優太が膝を抱えて体育座りをした。

もともと齧歯《げっし》類を思わせる細い顎《あご》がいっそう細くなって、さらに痩せたような気がする。

朋美は優太の骨張った膝を撫《な》でた。

「どうして。話してよ」

「今の学校があまり好きじゃない。みんな勉強しねえし、真面目にやろうとするとバカにするし。やる気がないヤツばっかで、一緒にいると辛《つら》い。だから、もう一回受験したい」

「高校一年をもう一度やるっていうの？」

「うん、やりたい。こっちでやり直せるといいなと思う。俺、この街が好きだし、山岡さんが好きだし、ここで暮らして、こっちの大学に行きたい。お母さん、いいでしょう？」

意外な言葉に驚いて、すぐには返事ができなかった。

「あたしはいいと思うけど、そうなると長期的にお金がかかるから、お父さんにも相談しないとならないよ」

優太が不思議そうに、こちらを見た。

「お母さんのお金はどうしてるの？　お父さんのお金じゃないの？」

「結婚前からの貯金を崩しているの。でも、あなたの学費までは出せない」

「そうか」と、暗い顔をする。「無理なら無理で仕方ないけど」

「じゃ、自分でお父さんにお願いの電話しなさいよ。あたしはこの先、離婚するかどうかわからないけど、あなたにとって、あの人はまだまだ保護者なんだから」

優太が長崎に転校するとしたら、下宿も探さなくてはならないだろう。

自分の家出が引き起こした騒動が、こんな展開を呼ぶとは思ってもいなかった。

「わかった。お父さんに電話してみる」

浩光はさぞかしびっくりするだろう。朋美はそっと溜息《ためいき》を吐《つ》いた。


山岡の家は、古くて小さな家がぎっしりと並ぶ山の中腹にある。バス通りまでは、くねくね曲がった狭い石段を下りて行かねばならない。

今日もまたボランティアに向かう山岡の手を引いて、優太がゆっくりと石段を下りて行くのが見える。午後から雨が降るという予報なので、優太は山岡の黒い傘と自身のビニール傘を持っている。

山岡は空いた手で階段の手すりをしっかりと握り、一歩一歩慎重に足を踏み出していた。

それを辛抱強く待つ優太。

まるで祖父と孫にしか見えない二人の背中が見えなくなるまで、朋美は坂上から見守っていた。

郵便受けを覗く。電気やガスの督促状が溜《た》まっているのを発見して以来、まめに見ているが、ＤＭや役所からの連絡以外、郵便物はそんなに多くはない。

今日は珍しく厚ぼったい茶封筒が入っていた。裏を返すと、福島県のある都市名と図書館名が記してあった。山岡が亀田と回った講演旅行先かららしい。

朋美は家に入り、いつも山岡が新聞を読んだり、スクラップをしたりするテーブルの上に目立つように、その封書を置いた。

メールの着信音に気付いた。浩光からで、件名は「優太」となっている。


今朝、優太から電話を貰いました。

そのことで相談したいので、昼休み中に電話します。

都合が悪かったら、よい時間帯を教えてください。

浩光

優太が再入学の件を浩光に相談したらしい。朋美は、「いつでもＯＫです」と簡単な返信を打った。

果たして十二時半きっかりに、浩光から電話がかかってきた。

「もしもし、俺だけど」

不機嫌そうだ。

「この間は大阪に泊まったのね。お疲れ様でした」

メールの遣り取りはしていても、話すのは久しぶりだ。まずは労《ねぎら》う。

「そうなんだよ。時間がかかっちゃって参ったよ。新幹線で行けばよかったんだけど、二人ともなると金がかかるしさ」

浩光はぶつぶつとこぼし始めた。

「いろいろすみませんでした」

朋美が低姿勢に出たので、夫は少し気分がよくなったらしい。

「いや、俺も健太と旅行できて楽しかったんだけどね」と、本音を洩《も》らす。

「二度漬け禁止」というメールに添付されていた、上機嫌の写真を思い出して、朋美はくすりと笑った。

その笑い声が聞こえたのか、浩光が照れ隠しのように勢いよく喋りだした。

「今朝、優太が電話寄越してさ、長崎で入学し直したいと言うんだけど、知ってるよな？」

「ええ、聞いてます。あたしがあなたに相談しなさいと言ったのよ」

一拍おいてから、浩光が低い声でまくし立てた。

「俺は反対だよ。だってさ、今の高校に入る時だって、私立とかさんざん受けて、落ちまくった末に、ようやく決まったんじゃないか。しかも、あの時は家から近いって喜んでいただろう。なのに、どうしてわざわざ退学までして、長崎くんだりの高校に入り直さなきゃならんのよ。親として、そんな我儘《わがまま》を聞いていいと思うか?」

メールだと穏やかで哀感すら漂わせているのに、話すと高圧的になるのはどうしてだろう。何も変わっていない、と思いながら、朋美は静かに返した。

「我が儘っていうのかな。あたしは、せっかくあの子が心を開いて本音を言ってくれたんだから、聞いてやってもいいと思ったけど」

「それって、本当に本音なのか。俺は、気の迷いだと思うよ。お前がそっちにいるから、観光気分で長崎がいいと言ってるだけなんだ。考えてもみろよ。東京で生まれて育って、楽しく生きているヤツが、地方都市なんかで満足できるかよ。俺は無理だと思うね」

断言口調に、朋美はかっとした。

「観光気分とか、そういう表面的な問題じゃないと思うわ。あの子にはあの子の悩みがあるんじゃないの。それを親が訊いたところで、なかなか言おうとはしないと思う」

「あいつに悩みがあるってか。あんなゲーム三昧で、やりたい放題だったヤツに悩みか。修学旅行だって嘘吐《うそつ》いてさ、俺たちから十五万もふんだくって、お前のところに逃げてって挙げ句に転校だって言われても、どうかと思うのが普通だろう」

どうして、浩光は必要以上に感情的になるのだろう。

「何で悩みがないって言い切れるのよ。そんなの言わなかっただけかもしれないじゃない。もしかしたら、クラスでいじめられてるかもしれないわよ」

「高校でいじめなんて聞いたことないぞ」

傲然《ごうぜん》と言い放つ。

「どうして決めつけるのよ。いじめってどこにでもあるって聞いたわよ。あなたってさ、何も知らないのに、中途半端な知識でそんなこと言うのよね。優太はまだ十六歳で子供なんだから、親が庇《かば》ってやらなくてどうするの」

ボコボコと、空のペットボトルを潰すような音が聞こえてきた。夫も苛立《いらだ》っているに違いない。

「お前は甘いよ。俺は何があったって、今の学校で頑張れないヤツはダメだと思ってる。はっきり言って『逃げ』だよ。そういう輩《やから》はすぐに環境のせいにするけど、本当は本人が弱いだけだ。そういうのを許すから、いつまでたっても頑張れないヤツになってしまうんだ。はっきり言って、負け犬だよ。社会で通用するわけがない」

「またー、古い根性論言っちゃって」朋美は呆れた。「あの子は、こっちでやり直せるなら、ゲームもやめるし、ちゃんと勉強するって言ってるのよ。親にも話せない何かがあるから、そこまで約束するんでしょう。だから、家を出て来たんじゃないの。そのくらい聞いてやんなさいよ、頼むから。学費や生活費だって、東京と比べたらたいしたことないと思うから出してやって。ね、お願い」

「いやだ、断る」

何が夫をこれほどまでに意固地にさせているのだろう。

朋美は腕時計を覗いた。夫の昼休みは、あと五分で終わろうとしている。

「わかった。じゃ、あたしがパートでもやって育てることにするわ」

「どうぞ、お好きに」

売り言葉に買い言葉の応酬の後、互いに沈黙した。

「ねえ、あなたはあの子を失ってもいいの？」

朋美は思い切って尋ねた。

「失う？　ちょっと大袈裟《おおげさ》じゃないか」

浩光が笑った気配がした。

「大袈裟じゃないよ」と真剣に答える。「せっかく勇気を出して頼んだのに、あなたがここで突っぱねたら、もう二度と心を開かなくなるんじゃないかと心配なのよ。優太は要領は悪いかもしれないけど、優しくていい子なんだから、傷付く度合いも大きいと思う。別に脅かしてるんじゃないのよ。親子だって関係がこじれたら、互いに恨んだり憎んだりするでしょう。今が、あの子を永遠に失うかもしれない瀬戸際かと思うと怖いのよ」

浩光は黙っている。朋美は続けた。

「何か理由があってリセットしたいんだろうから、転校の願いくらい叶《かな》えてやったらどうかしら」

　やがて、痰《たん》の絡んだ声で返事があった。

「つまり、あの子は俺から離れていたいってことだね」

「それこそ大袈裟じゃない？」

　今度は朋美が笑う番だった。

「いや、違うよ。だって、そうじゃないか。東京の親元を離れて、長崎で学校に行きたい、暮らしたいって言ってるんだから」

　朋美ははっとした。浩光は寂しがっているのだ。

「あなたというより、家族から離れたいのかもしれないわね。たまたま、あたしがここにいたから方向が決まっただけで、本当はどこでもよかったんじゃないのかな」

　夫の声のトーンが急に低くなる。

「そうかな。あの子はまだ、お前が恋しいんだよ。俺じゃダメなんだ。優太が家を出て行く時、俺、パジャマのままで追いかけたんだよ。鍵も持たないで、エントランスまで出ちゃってさ。『待て』って止めたのに、それでもあいつは俺の方を一度も振り向かなかった。ずんずん歩いて行く後ろ姿を見てたら、すごく悲しくなっちゃってさ。こいつも俺を置いて行くのかって思って」

　浩光が慌てふためく様が見えるような気がして、切ないながらも可笑しかった。

「あなた、それ、あたしに対する厭味《いやみ》？」と、ふざけて言う。

「まあね。じゃ、この問題は少し考えてみるけど、あいつが長崎の学校に行くことになったら、お前はどうするんだ」

思い切った風に、浩光が切りだした。

朋美は、仮住まいとなった鍼灸院《しんきゅういん》から庭を眺めた。いつの間にか雨が降りだして、庭の雑草が雨に打たれていた。

「さて、どうしようかな」

朋美が独り言のように呟くと、浩光がさばさば言った。

「決めてないのならいいよ。ところで、学校のことだけど、転入じゃダメなのか？　一年遅れで入り直すと損じゃないかな」

「損かもしれないけど、そういう気分なんじゃないの。敢《あ》えて損をしたいような」

「なるほどね」浩光が苦笑した。「親に経済的な余裕があると思うから、そんなことを言えるんだろうな。俺は甘いと思うが、お前がそれほどまでに言うなら仕方がない。考えておく。じゃ、また電話する」

朋美は「待って」と止めた。

「あのね、植物に水やってくれてる？」

「オフクロがしてたよ。最近は来ないんで、俺が代わりにやっておくけど」

「これから冬に向かうから、あまりやらなくていいよ。根腐れすると困るから。サボテンなんかは特に注意して」

「俺にはどれがどれだかわからないよ」

ふて腐れたように呟く。

「じゃ、よろしくね」

もう少し話していたいような気持ちがあった。浩光が珍しく寂しさを吐露したからだろうか。

自分は冷たい妻であり、冷たい母親だったのではあるまいか。後悔の念が湧いた。気弱になったせいか、涙が出そうになる。

優太の成長にも、夫の侘《わ》びしさにも、山岡の清冽《せいれつ》な孤独の気配にも。

俄《にわか》に雨足が激しくなったのを見て、山岡と優太は、うまく小学校の建物に滑り込めただろうか、と思いを馳《は》せた。


その夜、朋美が夕飯を居間のテーブルに並べていると、昼間の郵便物を鋏《はさみ》で開けていた山岡が声を上げた。

「森村さん、これはどうすれば観《み》ることができるのでしょうか？」

茶封筒の中にＤＶＤが入っていた。

クリアケースに、「山岡先生ご講演　10・4」とシールが貼ってある。

「無理だよ、テレビ古いから」

優太がテレビセットを行儀悪く箸で指した。デジタル放送に対応していない上に、テレビの下にあるのは、ビデオカセットデッキだった。

「では、この録画を観ることは永久に叶わないということでしょうかな」

山岡が寂しそうに肩を落とした。

「今の状況では無理ですね」

「そうですか。ボランティア仲間で、私の講演を一度聴いてみたいという人がおるのですがね」

「このDVDを貸して差し上げたらいかがでしょうか?」

朋美の言葉に、山岡は厳然とした表情で首を振った。

「とんでもない。どんな内容か確かめもせずに、お貸しすることはできません」

もっともだ。それに、ボランティア仲間は概して高齢者が多いから、山岡同様、再生装置を持っていない可能性も高い。

「山岡さん、テレビを新しく買われる気はないのですよね?」

山岡は首を振ってにやにやした。

「何せ九十二歳ですからね」

「だったらさ、パソコンを買えばいいんだよ。俺、パソコン使いたいし」

優太がにべもなく言う。

「パソコンは必要ないんじゃない?」

朋美が注意すると、優太は口を噤《つぐ》んだ。

またネットゲームに夢中になってしまうかもしれない、という母親の怖《おそ》れが伝わったのだろう。

「ＤＶＤプレーヤー買えばいいじゃん。一万もしないんじゃね？」

優太がそう言って肩を竦める。

「ほう、それを使えば観られるのですか。森村さん、私がお金を出しますから、それを買って来て頂けますか？」

山岡が嬉しそうに手を叩いた。

「じゃ、明日買って来ます」

「よかった。では、近々、上映会を致しましょう。明日、その方と小学校でお目にかかるはずですから、お誘いしてみます」

山岡がひと口味噌《みそ》汁を啜《すす》ってから、誰にともなく言った。

「ところで、優太君はこちらの高校に行きたいそうですね」

「ええ」と答えて、優太の顔を見る。「でも、主人が少し考えたいと言ってましたから、まだ決定ではないのですが」

優太は視線を落として、ふりかけをまぶした丼飯をかっ込んでいる。

おかずは、アオサの味噌汁と、豚肉と野菜の炒め物、高菜の漬け物だけだった。

食材の代金はいつも朋美が払っている。

米や味噌、醤油などは山岡の備蓄を使わせて貰っているのだから、金を出すのは構わないのだが、生活費の引き落としが滞っていることが気にかかっていた。

しかし、口座の残高にまで口出しをすることはいくら何でも図々《ずうずう》しく感じられる上に、優太まで転がり込んで来たので、言いだせないでいる。

「優太君、私はいいことだと思いますよ」

山岡は心底嬉しそうである。

「東京の学校は、恵まれていると思いますよ。東京には、珍しい物もたくさんありましょうし、面白い人間も大勢集まることでしょう。洒落《しゃれ》た都会で享楽的に暮らすことができるし、刺激も大きいと思います。でもね、優太君。長崎と広島は、世界でも特別な場所なのです。何度も言いますが、原爆が投下されたことによって、人類の歴史を変える存在になった街なのですよ。そんなことは、もう誰も言わないのかもしれませんし、ほとんどの日本人は忘れたように暮らしています。でも、重要なことは、常に意識していなければなりません。私は、優太君のような若い人が長崎で暮らすことは、未来を生きる人間として、とても大事だと考えます。ここで感じたこと、考えたことが、今度の震災で被災した人たちや、福島で故郷を失った大勢の人々に通じる想像力を養っていくのですよ」

滔々《とうとう》と喋り、ひと息吐いた後に、山岡は枯れ枝のような手で優太の肩を叩いた。

「優太君、ぜひとも長崎にお住まいになって、勉学に励んでくださいましよ」

優太は恥ずかしそうに俯いて、首を縦に振った。

「そうできたら、いいんだけど」

「お父さんにもう一度頼んでおくからね」

朋美は優太の横顔を見ながら言った。

部屋を覗けば、ゲームしかしていなかった息子がこんな表情をするなんて想像もしなかった。

自分で何かを変えていこうとする気概が強く感じられて、この顔を夫に見せたいと心底思うのだった。

「森村さん、優太君の学校ですが、亀田君に相談されたらいかがですかな」

山岡がいいことを思いついたと言わんばかりに、顔を輝かせた。

「亀田さんにですか？」

「そう、彼は現役の大学院生ですし、家庭教師のアルバイトをしていたと聞いたことがあります。何といっても、長崎出身ですから、きっといいアドバイスをくれるでしょう。どこの学校が優秀だとか、入りやすいとか、どこが楽しいとか」

しかし、亀田はあの雨の夜以来、姿を現していない。

「先生、亀田さんの電話番号が見付からないのですが、もう一度見て頂いてもいいですか？」

山岡が怪訝《けげん》そうに茶簞笥を見上げる。

「ですから、あの上に置いてありますよ」

埒《らち》が明かない。

「あそこにはありません。先生のお名前を出して長崎大学に電話してみますが、よろしいですね？」

「構いませんとも」山岡はむしろ嬉しそうに頷《うなず》いた。「森村さんの坊ちゃんのお役に立てるなら、亀田君も喜ぶことでしょう」

翌日も雨だった。急坂を、雨水が川のようになって幾筋も流れていく。道の両端に穿《うが》たれた溝も流れが速かった。

長雨になれば、災害も起きやすくなるだろう。朋美は、近くの山を仰《あお》いだ。山が生き物のように感じられて不気味だった。

ここに暮らしていると、自分の住んでいた、東京の平べったい街が作り物のように感じられる。

山岡と優太を見送った後、朋美は思い切って長崎大学に電話した。

「私は、川城小学校の被爆写真コーナーで、語り部のボランティアをしている、山岡さんの代理の者です。あの、文学部の横川先生の研究室にいらっしゃる亀田さんという学生さんと連絡を取りたいのですが」

丁寧に用件を言うと、今度はすぐに繋《つな》がったが、若い女性がはっきりした声音で言う。

「横川教授のゼミには、亀田さんという学生さんはいらっしゃいません」

「ええ、大学生ではなく、大学院生と伺っていますが」

「横川教授は、院では教えておられません」

漠然と感じていた嫌な予感が当たった気がして、鳥肌が立った。

何かの間違いかもしれない。朋美は粘った。

「では、院ではなく、大学生かもしれません。大学のゼミの方に亀田という名前はありませんか？」

「見当たりません」

「名簿を見せて頂くわけにはいかないですよね？」

「個人情報ですから」

にべもなく断られて、電話は切れた。

朋美は居間の隅に積まれたスクラップブックを開いてみる。亀田の住所でも載っていないかと思ったのだが、見付けることはできなかった。

雨の山陽道で、山岡の軽自動車を運転していた青年は、まるで幽霊のように消えてしまった。

もう一度、茶簞笥の上にあるクッキー缶の中を覗いた。雑多な物を除《の》けながら、亀田の連絡先を探す。やはり、それらしきものは見当たらなかった。

茶簞笥の引き出しも開けてみたが、黴《かび》臭い古葉書がたくさん入っているので、気が咎《とが》めて慌てて閉めた。

疑心暗鬼になってくる。この気持ちを、どこに持っていったらいいのだろう。

いや、山岡の記憶が曖昧なだけで、亀田は地元の別大学に通う青年かもしれない。卒業生ということもありうるし、後で笑い話になりそうな、トンチンカンな行き違いがあったのかもしれない。

たとえそうだとしても、週に数度は顔を出していたという亀田が、朋美が来て以来、一度も現れないのはどうしてだろう。

光熱費の件も謎だった。年金はきちんと振り込まれているはずだから、口座が空っぽになるわけがない、と山岡は言うが、では、なぜ引き落とされなかったのか。

朋美が渡した三万円が見当たらない理由は？

首を傾《かし》げたくなることだらけだ。

講演先に名刺のような物でも置いていないかと思い、福島県の図書館に電話してみることにした。

「もしもし、私は長崎市の山岡さんの家の者です。この度は講演のＤＶＤをお送り頂きまして、ありがとうございました」

てきぱきした女性から、すぐに図書館長だという年配の男性に代わった。

「山岡先生のご関係の方ですか？」

説明が面倒なので、「はい、ヘルパーです」と答えた。

「この間は遠いところをわざわざ来て頂きまして、ありがとうございました。皆さん感激しておられましたよ」

館長は、滑舌よく話しだした。

「つかぬことをお伺いしますが」と前置きして、尋ねてみる。「同行した亀田さんという若い男性に連絡を取りたいのですが、連絡先など、わかりませんでしょうか。何かお名刺でもあれば有難いのですが」

「ああ、亀田さんと仰いましたね、確か。いえ、何も頂いておりません。大学院生だと伺いましたが、何かありましたか？」

不審そうな声音になったので、慌てて言い添える。

「いいえ、大変お世話になりましたので、お礼を申し上げたいと思いまして」

「そうですか。彼はよく気の付くいい青年でしたね」

出過ぎた真似かとは思ったが、敢えて尋ねてみる。

「あのう山岡さんの謝礼のことですが、お振り込みで頂いたのでしょうか？」

館長は率直に答えてくれた。

「いや、些少《さしょう》で申し訳なかったのですが、その場でお渡ししましたよ」

礼を述べて電話を切った後、山岡の私事に関わり過ぎているのではないかと、少し怖くなった。

山岡が亀田に騙されていようがいまいが、自分には関係のないことなのに。

気分を変えるため、買い物に行くことにした。街で、山岡と約束したＤＶＤプレーヤーを買って来るつもりだ。

バス通りまで下りて、バスを待つ間、傘の中で知佐子にメールした。

あれからいろんなことがありました。
かいつまんで言えば、優太が長崎に来たので、例のお爺さんと三人で一緒に暮らしています。驚いたでしょう？
ダンナとは、相談のメールを遣り取りする信じられない事態になりました。
私だけの逃避行だったはずなのに、
ダンナと健太、私と優太という、
今や単なる別居家族となっているの。
またメールします。

朋美

送信した途端に、狭い道路をいっぱいに使ってバスが下りて来た。

朋美は傘を閉じて、バスに乗り込んだ。

市電通りにある、大型量販店の近くでバスを降りる。店員の勧めに従い、一万一千五百円也のＤＶＤプレーヤーを買った。

現金はやめにして、クレジットカードで払うことにする。浩光の口座から落ちるファミリーカードだ。

これまでは、自分の貯金を切り崩して現金を遣っていたのだが、カード払いなら、金銭的なことでトラブルがあった時に証拠が残るからだ。

浩光に遣い道を何だかんだと後から言われるのは癪《しゃく》ではあるが、背に腹は替えられない。

店内を歩いていると、知佐子から返信が来た。

ほんとに驚いた。
久しぶりに長いメールが来たと思ったら、そんな状況だなんて。
前代未聞じゃない？（笑）
てっきり、一人で落ち着いてのんびり暮らしているのかと思ったわ。
でも、浩光さんもこれで安心したんでしょうね。
案外、雨降って地固まるの図じゃない？
夫婦っていいわね。羨《うらや》ましいなあ（苦笑）。
　知佐子

最後の一行は厭味だろうか。そんなんじゃない、と返信してやろうと思ったが、説明するのも面倒で手を止める。

だが、確かに今の自分は、寂しさとは無縁の生活をしているのだった。

金さえ続けば、いつまでもこうして山の中腹にある鍼灸院で、穏やかに暮らしていたかった。しかし、優太がこの地で高校に通うとなれば、浩光とは今後どうするか、決めなければなるまい。

健太は就職を控えているから、東京に残るに決まっていた。そして経済力を持てば、早晩、家を出るだろう。たった一人きりになる浩光はどうするのか。

これ以上、離れて暮らすつもりなら、きっぱり離婚した方がいいかもしれない。問題は優太の親権だ。そんなことをあれこれ考えているうちに、すっかり気が滅入《めい》った。

スーパーに寄って、夕飯のための中華総菜を買って帰った。すでに二人は戻っているようだが、居間に優太の姿はない。

納戸のドアをノックして、優太に声をかけた。

「DVDプレーヤー買って来たから、山岡さんに説明してあげて」

息子は敷きっぱなしの布団に寝転がって、マンガ雑誌を読んでいた。コンビニででも買って来たのだろうか。

いかにもだらけて見えるので、朋美ははらはらした。早いとこ学校に通わせないとまずいのではないか。

寂しさは雲散霧消したものの、またぞろ母親としての顔が強くなってきていて、これなら何のために家を出たのだろう、とまで思う。

「いいけど、そんなのお母さんがやればいいじゃん」

優太が面倒そうに起き上がって言う。

「ねえ、あなたの学校のことだけどさ。自分で調べてみたらどうかしら。山岡さんは、亀田さんに聞けばいいと仰るけど、こちらの事情もあるわけだし」

「事情って？」

「お金の問題とか、将来の進路とか、学力のことよ」

「学力？　んなもん、ねえよ」

ふて腐れて答える。

「だったら勉強しないと、こっちでも同じだよ」

「説教かよ」

どっと布団に仰向けに倒れて怒鳴る。

ああ、こういうことがもう一度始まるのか。

朋美はうんざりして古畳に膝を突いた。

「あなたがこっちで暮らすのなら、下宿代とかかかるでしょう。お父さんに出して貰わないと駄目よね。あたしもなるべく応援するけど、それだって大変なんだから、死ぬ気で頑張って貰わないと困る」

「うぜ」優太はそう言って立ち上がった。「俺、ちょっと出て来る」

雨の中、ビニール傘を持って外出してしまった。

ああ、始まっちゃった。

朋美は薄暗い玄関で、立ち竦んでいる。

やがて無為な応酬にくたびれた自分がどこかに逃げだすと、優太が再び追って来るのだ。どうしたらいいのだろう。

「森村さーん」

山岡が呼んでいる。

「はい、今行きます」

大きな声で答えて、DVDプレーヤーの箱を抱えて居間に向かった。

「亀田君、見付かりましたか？」

天眼鏡を手にした山岡が、心配そうに尋ねてきた。

「いいえ、長崎大学の横川教授は大学院では教えておられないそうです」

「おかしいですね」と、首を傾げる。「確かに、そう言っておりましたがね。はて、あれは嘘だったのですかね。なぜ、私にそんな嘘を吐く必要があるんでしょうか」

山岡は傷付いた風に薄い眉を顰《ひそ》めた。

「先生、ちょっと言いにくいことですが、この間の被災地を回った時の講演料とかは、どうされたんですか？」

「さあ」腕組みをして考えている。「あのう、振込とかではないですか」

「そういうところもあると思いますが、このDVDを送ってくれた図書館では、その場で手渡されたそうです。頂いておられませんか？」

「いや、それは全部亀田君が把握していますよ。彼がマネージメントをやっておるのです」

九十二歳の山岡から「マネージメント」という言葉が出ると、何だか可笑しかった。だが、朋美の気持ちは沈んだままだ。亀田が持ち逃げしたのではないか。

「やはり、そうですか」

目敏《めざと》く朋美の表情を見た山岡が、厳しい顔をする。

「森村さん、あなたは亀田君を疑っておられるんですか？」

「いいえ」思わずかぶりを振った。「でも、どうして連絡先を書いたメモがないのだろうとか、先生の光熱費が落ちていないこととか、長崎大学の学生でないこととか、いろんなことが気になってます。ずっと連絡がないし」

「忙しいのでしょう。彼は家庭持ちですからね。バイトにあちこち駆け回っていますよ」

山岡が腹立たしげに、夕刊を乱暴に畳む。

朋美はしばらく躊躇《ためら》っていたが、思い切って口にした。

「では、先生、お口座を確かめてみてください。このままだとまた光熱費が落ちないかもしれませんよ。ついでに預金通帳があるかどうかもお調べになってください。私の考え過ぎならそれでいいですが、何か起きていると心配ですので」

「あなたがご心配されるには及びませんよ。考え過ぎです」

山岡が怒ったように声を荒らげた。

「差し出がましくて、申し訳ありません。でも、先生。お金のことは大事ですから、きちんといたしましょう。私たち親子がお世話になっているのは百も承知で言いますが、このプレーヤー代は、先生がお支払いになると仰いました。なので、この領収証を置いておきます。いずれ、お支払いをお願いします」

「おや、あなたには生活費を払っておりますでしょう？」

山岡が驚いた顔で言ったので、朋美は啞然《あぜん》とした。

「いえ、一銭も頂いておりません」

「確か三万円、お渡ししたと思うのですが」

「最初の日のお金でしたら、私が出しました。あと、電気代やガス代も払いました」

虚《むな》しさを感じるだけでなく焦ってきた。大変だ、大変だ、大変だ。

「あなたがどうして払うのです？　あなたはヘルパーさんなんでしょう？」

山岡が不思議そうに朋美の顔を眺める。

「いえ、違います。私はただの居候です。『長崎』という紙を持って立っていたら、先生が、猛々《たけだけ》しい人だ、と言って、車に乗せてくださったんじゃないですか」

山岡は怪訝な顔で首を傾げている。

朋美は後悔で胸がいっぱいになった。鍼灸院に走って戻り、固い治療用ベッドに座って、知佐子に電話した。まだデパートにいるらしい知佐子は、休憩を取って、かけ直してくれた。

「そりゃ、早く逃げた方がいいわよ」

　話を聞いた知佐子が断じた。

「どうして」

「どうしてって、あなた疑われているのよ。そりゃ先生は立派な人かもしれないけど、頭の中でごっちゃになってる。この分では整理できないと思うよ」

「でも、ここで逃げたら、逆に怪しまれないかしら」

　知佐子はすぐさま反論した。

「あなた、暢気《のんき》ね。そんなこと言ってる場合じゃないわよ。このままだったら、あなたは自分のお金をもっと遣う羽目になるのよ。なのに先生は、あなたたちが自分のお金を遣っていると誤解したままかもしれないわよ」

　その通りだ。焦りで頭を掻《か》きむしりたくなる。どうやって山岡の誤解を解いたらいいのか、わからない。

「お金を遣うのは仕方ないけど、誤解されるのは困るわ」

「ほんと、困るわよねえ。好意でしてることが裏目に出てるんだものね」

　知佐子が一緒に溜息を吐いた。

「先生は自分のボランティアのことなんか、すごくしっかりしてらっしゃるのに、あたしのことをどうもヘルパーさんだと思い込んでいる節があるのよね。でも、そうじゃない時もあるし、一貫してないの」

途方に暮れて、鍼灸院の天井を見上げる。両端が黒ずんだ蛍光灯は辛うじて点《とも》っているものの、ジジジと微《かす》かな音を立てているのが急に気になった。

「先生はずっと一人暮らしされてるの？　誰も手伝う人はいないの？」

知佐子が心配そうに声を潜めた。

「前にヘルパーさんがいたみたいなんだけど、喧嘩《けんか》してやめたって聞いたわ」

近所の主婦に、山岡の姪《めい》と間違われたことを思い出す。

「じゃ、まったくのお一人なのね」

「そう」

「あーあ」知佐子が大声を出した。「それ、トラブルになるに決まってる。まずいよ、朋美。どんなに先生がいい人でも、やはりお金のことははっきりさせておかなきゃ駄目よ」

「させたいと思っているけど、いつも堂々巡りなのよ。あたしが出した三万円を、ご自分が出した生活費だと勘違いしているの。そして、そのお金はどこにいったか見当たらないのよ。この間は、電気も止められたのよ。光熱費が口座振替で落ちてなかったの。きっと空っぽなのよ」

知佐子に愚痴をこぼしながらも、浩光の「ほら見たことか」という得意顔が見えるような気がして癪に障る。

——だから、言わんこっちゃない。お前は甘いんだよ。

「ともかく、メモでも何でもいいからさ。これまでの出費した明細を全部書いておいたらどうかしら」

知佐子が冷静な口調で言った。

「でも、居候だから少しは出さないと」

「それは後の話だよ」

しち面倒臭いことになったが、金の問題をうやむやにするわけにはいかない。

「わかった、そうする。ノートでも買って来て、領収証貼っておくわ」

「それがいいよ。あと、預金通帳や口座のことだけどね、あまりしつこく言わない方がいいんじゃない？」

「どうして？」

「先生は警戒なさるかもしれないわ」

うわーっ。朋美は、叫びだしたくなった。

自分が疑われる立場になるなんて、考えてもみなかった。

しかし、他人から見れば、どこの馬の骨かわからない女が家に入り込んでよからぬことを企《たくら》んでいる、と言われかねない事態に陥っているのは確かだ。

「つまり、あたしは泥棒扱いされるかもしれないってことね」

はっきり尋ねると、うん、と答えにくそうに知佐子が同意する。

「その危険性大よ」

「ありがとう、おかげでよくわかったわ。また連絡する」

元気をなくして電話を切り、鍼灸院を出た。とりあえず夕飯の支度をして、山岡と優太に食べさせねばならない。そう思った時に、自分はいったい何をしているのだろうと暗然とした。家から逃れて来たのに、またぞろ別の家に縛られかけているではないか。

母屋に戻ると、山岡が心配そうに玄関先でうろうろしていた。黒い財布を持っているのでどきりとする。

「ああ、森村さん」

山岡が朋美を見て顔を輝かせた。

「どうかなさいましたか？」

「思い出しました。確か昨日、あの何とかプレーヤーのお金は私が出す、と申し上げましたっけね」

「はい、そうです」

ほっとして気が抜けた。

「今、お支払いしようと思って待っていたところです」

「すみません」

だが、山岡は財布を覗いたまま、首を傾げている。

「何か」

「これは困った。あまり持ち合わせがなくて、お支払いできませんな」

中身を見せる。確かに千円札が数枚と小銭しか入っていない。

「最初の日に、これからお世話になります、とあたしが三万円お渡ししました。覚えていらっしゃいますか？　あのお金はどうなさいました？　裸のままでテーブルに出しておられたので、ちょっと気になっていました。お財布に入ってないんでしょうかしら？」

「さあ、そうでしたっけか」

山岡は首を捻《ひね》る。

いつも鍵を開けっ放しだから、空き巣に入られたのではないかと心配しているのに、どうしてわかってくれないのだろう。

苛々《いらいら》した朋美は、知佐子に止められたのにも拘《かか》わらず、なおも言葉を重ねてしまった。

「先生、銀行のATMカードとかお持ちですか？　一緒に行きますので、少し下ろしませんか？　でないとお困りでしょう」

「おかしいですなあ。講演に行った時、少し多めに入れていったはずですがね。森村さんに生活費をお渡ししたせいかなあ」

また話が元に戻ってしまった。気持ちが折れそうになる。

「先生、何度も言いますが、あたしはヘルパーではありませんから、一銭も頂いておりません。これまでのおかず代や光熱費はあたしが出しました。お世話になっているので、返してくださいとは申しません。でも、メモにしておきますので後で確認してください。それから、サービスエリアで肉うどんをご馳走《ちそう》になりましたが、あれは亀田さんが先生のお金を預かって払ってくださったんですよね？」

山岡は亀田の名を聞いて、やや険しい表情になった。

「そうです。亀田君が講演料なども全部預かってくれましたのでね。高速代とかガソリン代とか食事とか、そこから払ったのでした」

「亀田さんは全然お見えになりませんが、先生からお声をかけて残金を返して頂き、精算されておいた方がいいかと思います」

「もちろん残った金は置いて行ったと思いますよ。亀田君は、人の金を横取りするような人間ではありません」

山岡は亀田を疑う朋美に対して、腹を立てているようだ。

朋美は負けじと言った。

「では、どこにあるんですか？」

「茶簞笥の上にあると思います」

山岡は居間の方を振り返ったが、自信なさげである。

「亀田さんの連絡先も現金も、茶簞笥の上にはありません。しかも、亀田さんは長崎大学の院生ではありません。先生に嘘を吐くなんて、ちょっと変じゃないですか？」

「何かの間違いですよ。そんなことはあり得ません」

語尾が怒りで震えている。これでは埒が明かない。

「ともかく、あたしは亀田さんに連絡を取りたいんです」

朋美はそう言い置いて、狭い台所に逃げ込んだ。

炊飯器をセットしながら、たとえようもなく憂鬱な気持ちになった。

玄関で物音がしたので見に行くと、優太が帰って来たところだった。スナック菓子やお握りが透けて見える、コンビニの袋を提げている。

「どこに行ってたの」

「関係ねえだろ」

肩をそびやかして納戸に突き進む。

「もうじきご飯よ」

「要らねっつの」

朋美は、優太を追いかけて納戸に入り、後ろ手にドアを閉めた。

「何だよ」と、優太が唇を尖《とが》らせた。

「何だよ、じゃないでしょ。あなた、また同じ生活を始めるつもりなの？　一緒にご飯を食べないで、お菓子やお握り食べて、ここに閉じ籠《こ》もって暮らすつもり？　お小遣いなくなったらどうするの？」

「放っとけっつの」

朋美は何も言わずに、息子から目を逸《そ》らした。

行きたい高校を探せ、と命じた途端に面倒臭くなってしまったのだろうか。

自ら動いてまで入学し直したいというほどの熱意はなかったのかもしれない。

朋美は失望感を押し隠して言った。

「ここで同じ生活をするくらいなら、東京に帰ってお父さんと一緒に暮らしなさい。どうしても長崎で暮らして勉強したいって思うのなら、大学から来ればいいわ。大学だったら、お父さんも学費や下宿代、出してくれるんじゃない。あとたった二年なんだから、何も転校することなんかないでしょう。東京で一生懸命勉強すればいい。もしも学校に問題があって、本気でやり直したいと思うのなら、自分で動いて生活を立て直しなさい」

急に口調と態度が変わった母親に驚いたのか、優太がちらりと目を上げた。気弱そうな光が宿っている。

「俺が？」

「そうよ。今の高校は、みんながやる気ないから行きたくないって言わなかったっけ。こっちで入り直してしっかりやりたいってあなたが言うから、お父さんもあたしも真剣に考えたんだよ。あなた自身がすべきことを親がやったって意味がないでしょう」

優太は黙って俯いている。叱る端から、情けなくなってきた。へなへなとしゃがみ込みたくなっている。

「ともかく、だらだら暮らすのだけはやめなさい」

「前の話と違くね？　あん時はここで高校に通いなさいって言ったじゃねえか」

優太は不満そうに訴える。

「今のあなたの様子を見ていたら、あまりに切迫感がないから、それでいいのかどうか自信がなくなった。妥協したくないな」

　優太が反論しないので、朋美は納戸を出た。

　居間からは、山岡が新聞をめくる音が聞こえてくる。これから、いったいどうしたらいいんだろう。朋美は狭い廊下に立ちすくんで考えている。

　数分後、思い切って居間に向かった。

「先生」

　新聞に屈《かが》み込んでいた山岡が、驚いたように顔を上げた。古びた老眼鏡を掛け、さらに天眼鏡を手にしている。

「何ですか？」

「あたし、何としても亀田さんを探すべきだと思うんです。お願いですから、一緒に連絡先や、なくなったお金などを探してください」

「森村さん、あなたが私の家でそこまでなさる権利はございませんよ」

　山岡が決然と言ったので、朋美はしばらく衝撃で口が利けなかった。

　やがて我に返り、やっとの思いで謝った。

「その通りですね、すみません。失礼なことを申しました」

　山岡が天眼鏡をことりとテーブルの上に置いて、静かに言う。

「あの男はね、大震災の数カ月後に、突然うちに訪ねて来ましてね、私にこう言いましたよ。『自分は小学生の時の社会科の授業で、被爆写真コーナーの先生の説明を聞いたことがあります。あの時、先生はひとつひとつの写真の前に直立不動で立ち、丁寧に説明をしてくださいました。その姿がおかしいと、おどけて真似をするお調子者の同級生もいましたが、どういうわけか、自分の心にはずしりと残りました。今回、このような未曾有の大災害が起きて、日本人はショックを受けています。私は、こういう時にこそ、被災した方や避難している方々に、先生のお話を聞いて貰ったらいいのではないかと考えました』。それで、彼は東北・福島のあちこちの避難所や図書館、公民館に渡りを付けて来ましてね。『電車で行くのではご負担がかかるでしょうから、自分が運転して行きます』と言うのです。なので、その頃はもう乗っていなかった私の車を提供しました。亀田君はね、愚痴もこぼさずにいろんなところに連れて行ってくれましたよ。ですから、私は本当に感謝しているのです。たとえ、亀田君がニセ学生で、私のうちから、乏しい蓄えや現金を持って行って二度と姿を現すつもりがないとしても、仕方がないと思っております」

「もしかすると、亀田さんのこと、ご存じだったのですか？」

「いいえ。でも、あなたが仰る通り、あれ以来まったく姿を現さないのはおかしいし、連絡先もなくなっておるようですし、長崎大学の学生でもないらしい。腹に一物のある人物だったのかもしれません。それでも、私は得難い経験をいたしましたし、東北・福島の方で少しでも私の話を聞いて喜んでくださる人がおったなら、もうそれでいいのですよ」

自分が誤解されたくないばかりに、出過ぎた真似をしてしまった。

「余計なことを言って申し訳ありません」

朋美が悄然《しょうぜん》としていると、山岡が慰めてくれた。

「あなたは猛々しいですね。そんなあなたにも感謝していますよ、森村さん。優太君がいることも楽しいし、人生の最後に、あなた方と一緒に暮らせて、私は幸せ者です」

「ありがとうございます」

それ以上、何も言えなくなって、朋美は鍼灸院に戻った。

することがないので、財布に溜まった領収証を出して、広告紙の裏に使用明細を記作業に没頭した。

自分の金をすべて遣い果たしても、山岡の世話を焼こうと思っていたこともあるのに、誤解されるのを恐れて亀田の追及に走ってしまった。本当に考えが足りなかった。

そのうち、孤軍奮闘ぶりが滑稽《こっけい》に思えてきて、診療用ベッドに仰臥《ぎょうが》して苦笑した。

鍼灸院のドアがコツコツとノックされた。

「お母さん」優太が顔を出した。「ご飯どうすんの？　山岡さんが台所でぼんやりしてたよ」

「あら、忘れてた」

慌てて起き上がる。

髪を撫で付けていると、優太が小さな声で言った。

「あのさ、お母さん。俺、東京に戻ってもいいよ」

「考え直したの？」

思わず笑って尋ねると、大きく頷いた後にぼそぼそ答える。

「何か変わるかなと思ったけど、どこにいても同じかもしれないし」

「そうね。あなたが変わらないと駄目なんだよ、きっと。ねえ、学校休んで何日になる？」

「そろそろ一週間かな」と、指で数えながら、目を空に泳がせる。

「いい休暇だったじゃない。お父さんに、お迎えに来て貰ったらどう？」

「だったら、お母さんも一緒に帰る？」

期待を込めて朋美を見る。首を横に振ると、落胆した様子で肩を落とした。


翌日は雨が上がったが、曇っていて肌寒かった。

パーカー一枚の優太が、身を縮めながら山岡の手を引き、ボランティアに出掛けて行く。

いつものように、二人の背中を見送った後、朋美は母屋に戻った。プレーヤーをテレビに接続する。山岡の講演のＤＶＤを見ることにしたのだ。

図書館のロビーのようなところで、山岡が端然とパイプ椅子に腰掛けていた。白い開襟シャツに、灰色のジャケットという見慣れた姿だ。

四、五十人ほどの聴衆がその前に腰掛け、真剣な表情で山岡の話を聞いていた。
老人、主婦、若い母親。中年男。一番後ろの端の席に、懐かしい顔があった。亀田だ。

朋美が何度も聞いた広島と長崎の長い話が終わりかけた時、山岡が低い声で言った。

「私には忘れられない思い出がございます。今回の原発事故とも、原爆体験とも違うのですが、初めて人前で話させて頂きます。私には歳《とし》の離れた妹がおりました。間に弟がおりますので、妹が生まれた時、私は十歳になっていました。母は長崎市にほど近い琴海町というところで、和裁を教えておりまして、とても忙しくしていました。春先のある日、妹が風邪を引いて熱を出しました。ちょうど生後五カ月頃でしたので、母親から貰った免疫も切れる頃だったのでしょう。和裁教室に教えに行かなくてはならない母が、私に氷枕を取り替えるように言って、心配そうに出掛けて行きました。どうしても授業を休めなかったのです。年配の方は氷枕がどんな物かご存じでいらっしゃいましょう？ゴム製で、氷を口から入れて、金属の留め金で留めるのです。春休みでしたので、私は遊びに行きたくて仕方がなかったのです。それで、氷を適当に入れて留め金をし、そのまま出掛けました。ところが、その日の夕方から、妹は高熱を発しました。往診のお医者様が肺炎になったようだ、と心配そうに言いました。原因は、氷枕だったのです。私の留め方がいい加減だったので、留め金が外れて、冷たい氷水がこぼれ、妹の背中を濡《ぬ》らしていたのに誰も気付かないまま、風邪を悪化させてしまったのです。翌朝、すぐに入院することになり、妹は苦しそうにはあはあと息をしていました。夜中、私は用足しに起きまして、なんとなく、妹の寝床を覗きました。母が横でうたた寝をしていました。するると、妹が突然目を開け、私の方を見て、泣いたのです。赤ん坊の泣き方ではありませんでした。両の目尻からすうっと涙を流し、まるでおとなのように静かに泣いているのです。不思議ですね、人間の魂というものは。たった五カ月の赤ん坊にも、この世を去る悲しみがわかっていたのでしょう。

母が気配で飛び起きて叫びましたが、妹はすでにこと切れておりました。私はそれからずっと、妹の涙を忘れることができずに生きてきたのです。あんなに小さな赤ん坊でも、死ぬ瞬間は何かがわかる。何がわかるのでしょうか。妹の命まで貰ったかのように、私は原爆にも遭わず、馬齢を重ねて九十二歳になりました。もちろん、こんなことを思うこともあります。妹があそこで生き抜いたとしても、原爆で亡くなったかもしれない、と。人の運命はわかりません。けれども、私には大きな課題が残されてしまったのです。即《すなわ》ち、人間の魂とは何か、を考えることであります。私が大勢の人間の死、つまり大量死に拘《こだわ》っているのも、たくさんの人間が死ぬ瞬間に、妹のように涙を流してこの世から消えて行ったのかと思うと、居ても立ってもいられないからなのです。妹は私を恨むことなく、別れを告げて逝きました。一瞬にして亡くなられた方々には、そんな余裕はなかったことでしょう。その死者の思いはどこに向かうのか。消えてなくなってしまうのか。いや、そんなことは絶対にありえない、人間の魂なのですから。どんなに疎まれても、私が自分の経験や思いを語り続けて一生を終えようと思ったのは、実はそんなことがあったからなのです」

　聴衆の間から、啜り泣く声が聞こえた。亀田も俯いて涙を拭っている。

　自分が家族を持つわけにいかない、と語った山岡の、少年の頃の面影を見たような気がして、気付くと朋美の頰も濡れていた。

「ごめんください」玄関で女性の声がする。

　朋美は再生ボタンを止めて立ち上がった。

　目尻の涙を拭きながら、玄関に出て行くと、前に話したことのある近所の年配の女性が立っていた。朋美は泣いたのを悟られないように、笑顔を作った。

「失礼します」

　女性の後ろから、五十代と思《おぼ》しき太った中年女が現れて軽く頭を下げた。

　紫色の洒落たワンピースを着ているが、不機嫌そうに頰を膨らませている。

　怪訝な顔の朋美に、近所の老女が告げる。

「この方、山岡さんの姪御《めいご》さんです」

「白石《しらいし》みず江《え》と申しますの」と、姪。

「東京から来た森村と申します」

　慌てて名乗ったが、不穏な気配に早くも腰が退《ひ》けそうになった。

「上がらせて頂きますよ」

　山岡の姪と名乗った女性が、許可も得ずに、靴を脱ぎながら言う。

「どうぞ」自分の家でもないのに、思わずスリッパを探している自分に苦笑してしまう。

「では、私はこれで」

近所の女性が、苦笑いする朋美を鋭く一瞥《いちべつ》してから、玄関を出て行った。

さっさと居間のソファに腰掛けた白石が、いきなり切りだす。

「森村さんでしたっけ？　どういうつもりで伯父の家にいるんですか？　ヘルパーさんではないんでしょう。近頃では息子さんみたいな若い人も同居しているそうじゃないですか。上の石川さんからお知らせ頂いてびっくりしましたよ。あなた、今流行の女占い師とかですか？」

「とんでもない」

驚いて否定したが、世間にはそう取られるのか、と改めて愕然《がくぜん》とした。

「では、どうしてこちらにいらっしゃるの？　伯父とはどういう関係？」

白石は重ねて問うてくる。

「確かに、こちらに泊めて頂いていますが、怪しい者ではありません。高速道路で、私が車を盗まれて困っている時に、山岡さんと長崎大学の亀田さんという方が、同じ長崎までということで乗せてくださいました。そのままこちらのお宅に泊めて頂いています。ヘルパーさんもいらっしゃらないようだし、先生も日々の家事が大変そうでしたので、ご恩返しに手伝わせて頂いておりますが、何も報酬は頂いておりません」

「じゃ、その若い男の人ってのは？」

白石はバッグを横に置いて、朋美をじろじろと観察している。

「息子です。東京の高校生で長崎観光中です。しばらくお世話になりましたが、じきに東京に戻ります」

話しているうちに、こんなバカな話は誰も信じないのではないかと不安になってくる。

案の定、白石は呆れた顔をした。

「高校生って、今お休みじゃないでしょう。本当に息子さんなんですか？」

「息子です。東京の方は休みなんです」

必死に誤魔《ごま》化《か》したものの、嘘を吐いているわけでもないのに、責められ続けているのが辛かった。

「他人の車に乗せて貰って、そのまま居着くなんてことがあるんですか。私、初めて聞きました。伯父は確かに人が好《い》いですから、人助けをすることもあるでしょう。けれども、その厚意を利用して、家に上がり込むなんてあんまりじゃないかしら」

「いくら何でも言い過ぎだと思います。滞在させて頂いてるだけという証拠をお見せしますから、ちょっとお待ちください」

白石を待たせて、鍼灸院に駆け込む。昨夜作った金銭のメモを差し出した。

「あなた、これを私に払えって仰るの」

白石が目を剝《む》いた。

「違います。私が先生のお金を遣っていないという証拠としてお見せしています」

被害妄想か、と我ながら呆れる。どうしてこんな会話をする羽目になったのだろう。

「あの、聞きにくいけど、伯父と愛情関係とかおありになるんですか?」

いきなり問われて、朋美は絶句した。

「いいえ、人間として尊敬しているだけです」

先ほどのDVDで見た、「人間の魂」という言葉が蘇《よみがえ》った。現実は、「人間の魂」にほど遠く、どこまでも下世話だ。いや、自分だとて、誤解を恐れて、「下世話」なことばかり言っている。思わず唇を噛《か》む。

それを見た白石が不満そうに口籠もった。

「だけどね」

「わかってます。そんな綺麗《きれい》事を言っても、誰も信じませんよね。山岡さんには、親切に泊めて頂いた上に、貴重な経験をさせて貰って、本当に感謝しています」

「ともかく世間体も悪いし、出て行ってくださると有難いです」

「わかりました。そうしますので、先生によろしくお伝えください」

朋美は白石を母屋に残して、鍼灸院に戻った。持ち物はほとんどない。ユニクロで買った衣類と身の回りの物を紙袋に入れて提げたら、まるでホームレスのような姿になったので苦笑する。

「では失礼します。息子は山岡さんと一緒ですので、じきに帰って来ると思いますが、すぐに引き揚げさせますので、ご心配なく」

白石に告げてから、足早に玄関を出て、山岡の家を振り返る。山岡に別れを告げられないのが残念だった。もしかすると、亀田もこんな思いを抱いたかもしれない。山岡も優太も、突然朋美がいなくなって、さぞ驚くことだろう。バスを待ちながら、優太や浩光に事情を知らせるメールを打とうと思ったが、なぜか気が進まず後回しにする。

朋美は、破けそうな紙袋を抱えて思案橋でバスを降りた。とりあえず旅行用の鞄《かばん》を買おうと、古い商店街を歩き始める。

セール用のワゴンが出ている店の前で、中年男が丁寧に掃き掃除をしていた。見覚えがあるような気がして足を止める。

生え際が後退して、前より恰幅《かっぷく》がよくなっていたが、間違いなく酒井典彦だった。奥行きのある店の看板は「翠霞堂」とある。酒井典彦の名では検索できなかったはずだ。ワゴンの中には、線香の箱が山積みになっていた。

「あなたが長崎に住んでいるから来たのよ」

こう話しかけたら、どんなにびっくりするだろう。だが、酒井は朋美の視線にも気付かず、丁寧に店の前を掃いていた。

やがて、奥から呼ばれたらしく、にこやかに店の方を振り返った。その幸せそうな表情に打たれて、朋美はしばらく佇《たたず》んでいた。

いったい何のために、そして、何が原因で家を出たのか。今となっては、どうでもよくなっていた。自分探しなんて、カッコいいものではなかった。もしかすると、単に面倒なことから逃げ回っているだけなのではあるまいか。そうだ、そうに違いない。自分に優太を責める資格なんかない。

朋美は矢も盾もたまらず、電車通りに出てタクシーを拾った。早くも破れかけた紙袋を胸に抱えて、運転手に告げる。

「立山の上の方までお願いします」

戻って、山岡の姪にひと言文句を言ってやらねば気が済まなかった。やはり、自分の本質は痛い目に遭ったことのない怖い物知らず。それ故の猛々しい女なのだろう。

タクシーを家の上方の道路で降りて、遥か山の裾野までうねうねと続く、長いコンクリートの階段を降り始める。バス停は下だから、階段を上って来ねばならないが、車で帰って来た時は、家の上方で降りて階段を降りて行く方が疲れない。

階段の途中で、白石を案内した老女の家の前を通る。中からは、相変わらずけたたましいテレビの音が聞こえてくる。

「ごめんください。先ほどの者です。森村です」

山岡の家の玄関の扉をがらりと開けながら、大声で言った。

奥から驚いた顔で白石が飛び出して来た。くつろいで緩めていたらしく、慌ててワンピースのベルトを締め直している。

「何ですか」

あからさまに迷惑顔をされて怯《ひる》んだが、思い切って言った。

「やはり、山岡先生にご挨拶をして、息子に事情を話さないと心残りですので、待たせて頂きます」

「それはあなたの自由でしょう。外でお待ちになったらどうですか」

白石が不機嫌そうに眉根を寄せて言った。信用されないということは、これだけ傷付けられることなのかと骨身に沁《し》みる。

「わかりました。そうさせて頂きます。ただ、これだけは申し上げたくて帰って来ました。あなたは、とても無礼な方だと思います。私は怪しい者ではありませんし、山岡先生とは尊敬とか友情とか、そういうような、人にはうまく説明しにくい感情で接しています。それをまったく聞こうとせずに、理解しようともせずに、いやしい想像をなさる。もう一度言いますが、あなたはとても失礼な方です。あと、先生はご高齢で、ボランティアに行くのもままならない時があることをご存じですか？　ボランティアでなさるお話は、先生の生き甲斐《がい》ですよ。あなたに、先生を心配されるお気持ちが本当にあるのなら、ヘルパーさんを新たに雇われたり、近くに住まわれてお世話されたらいかがですか？　では、外で待たせて頂きますので、これで失礼致します」

一気に喋って、呆気《あっけ》に取られた白石の顔を見たら、溜飲《りゅういん》が下がった。すっきりして、踵《きびす》を返しかけたら、大きな声がした。

「こえっ」

優太と、優太に手を引かれた山岡が呆然と口を開けて、戸口のところに立っていた。

「もし、森村さん。どうされたんですか?」

山岡の問いに朋美が答えようとすると、白石が機先を制した。

「伯父さん、お久しぶりですね。上の石川さんに、お宅に変な女が入り込んでいると聞いて、慌てて飛んで来たんですよ。占い師とかだと、困るじゃないですか」

「えっ、森村さんは占いはできませんでしょう?」

山岡が真顔で朋美の方を見遣ったので、思わず噴きだした。

「マジうけるー」

優太が、踵《かかと》を摺《す》り合わせるようにしてスニーカーを脱いで笑った。優太が上がろうとしているのを、非難するように冷たい目で見据えながら、白石がきつい口調で言った。

「何だか知らないけどね、伯父さん。後で泣きを見ないでくださいよ。預金通帳がなくなった、権利証が見付からない、なんてことのないようにしてくださいね。あたし、トラブル、嫌ですからね」

「無礼な言い方するんじゃないよ。森村さんたちは立派な人たちだ。おまえの方こそ、帰んなさい」

山岡が怒りを露わにする。よほど腹立たしいのか、語尾が震えていた。その迫力に押されたのか、白石が少し後退《あとずさ》りながら言う。

「わかりました、わかりましたよ。心配して飛んで来たのに、そんな言い方することないじゃないですか。伯父さんの親戚って、もう、うちしかいないんですから」

「遠くの親戚より、近くの他人」

山岡のとぼけた言い方に、またしても優太がぷっと噴いた。

「おもしれえ、山岡さん」

朋美が優太のパーカーを引っ張って注意する。怒った白石が足音荒く出て行った後、山岡が頭を下げた。

「みず江が大変失礼なことを言いまして、申し訳ありません。あれは疑いだすと見境が付かなくなるところがありまして、前のヘルパーさんとも揉《も》めたことがあります」

「いいえ、姪御さんのご心配は当然ですよ。あたしも、亀田さんを疑いましたもの」

亀田を庇った時の、山岡の激怒した顔は忘れられなかった。すると、山岡は小さなソファに腰掛けて腕組みをしたまま目を瞑《つぶ》って黙っている。

朋美は、優太を見ながら言った。

「先生、あたしたちも東京に戻ることにします。この子はまだ大人になりきってないので、学校に戻してきます。そして、あたしも森村と話し合ってから、また伺います。それまではヘルパーさんに来て頂くよう、ちゃんとしていきますから安心してください」

優太がはっとしたように朋美を見遣ってから、笑顔になった。

「マジ？　お母さん、東京に帰るの？」

うん、と頷く。逃げ回れば、どこまでも荒野が続く。そろそろ戻って、荒野を沃野《よくや》に変える努力をしなければならない。

「そうですか」と、山岡が嘆息した。「実は、私も近頃はまだらボケのようで生きていくのに自信がなくなってしまいました。森村さんがいるうちに、お手をお借りして、失《う》せ物を探してみましょうか」

山岡が意を決したように自ら言ったので、朋美は心底ほっとした。亀田が消えて二週間。その間、一度も連絡はないし、車も戻って来ない。

その夜、優太と手分けして家中を探したが、預金通帳は見付からなかった。

翌朝、山岡の年金が振り込まれている銀行に電話して理由を話し、口座がどうなっているか訊《き》いてみることにした。すると、最近振り込まれた年金も引き出されて空っぽだった。

「二百万近くやられましたな」

さすがに山岡は落胆した面持ちで、悄然としている。

「先生、盗難届出しましょう」

「仕方ありませんな」

朋美は警察を呼んで、預金通帳と軽自動車の盗難届を出した。

「長崎大学の院生だと言っておりました」

警察官の問いに悄然と答える山岡の横顔を見ながら、朋美は宮島で車を盗まれた時のことを思い出している。何だか滑稽ではあった。

優太が転校しないと決まれば、早めに東京に戻らねばならない。しかし、朋美はわざわざ日曜日の午後の便を取った。その日は、山岡のボランティアがないからだ。


とうとう山岡の家を出る時、朋美はソファに座る山岡の前で畳に手を突いた。

「先生、本当にお世話になりましてありがとうございました。雨のパーキングエリアで車を停めてくださった時のことは、生涯忘れません。東京の方で一段落したら、またお手伝いに伺うつもりです」

いつものように作務衣の上に毛玉だらけのニットベストを羽織った山岡は、少しの間、目を瞑っていた。やがて、ゆっくり目を開けると、入り口に立っている優太を優しく見遣り、朋美の方は見ずに視線を落として言う。

「森村さん、そのことですが、お断り申し上げます」

朋美は驚いて目を上げた。

「どうしてですか。ご迷惑でしょうか?」

「いや、そうではないのですよ」山岡は、言葉を探しているかのように唇を舐めた。

「私はね、前に言いましたでしょう。家族を持つことを自分に禁じている、と。ですからね、私の体力がなくなって、動けなくなったとしても、それは私が選んだことなんですよ」

「でも、先生にはボランティアをするという使命がおありですよね。それをお手伝いしてはいけないのですか？」

思わず反論する。だが、山岡は静かに首を横に振った。

「いけないんだと思います」

「どうしてですか」

わけがわからなかった。

「はい、あなたの使命はあなたが探すしかない。誰もが自分で探すのです。私はこの荒野にいることを選んだのですから、それで終わればいいのですよ。荒野を選ぶというのは、そういうことなんだと思います。私は一人で死んでいき、その時初めて、先に一人で死んでいった人たちの声を間近に聞けるのです」

自分は甘い。何の決意もなく、ただ、本物の荒野で生きる人のそばにいて、気分に浸っていただけだった。

「わかりました。では、どうぞ、お元気で」

「あなたもね」

別れを告げた時は涙が止まらなかった。もう二度と会うことはないだろう。振り向くと、優太が目を背けた。その目も赤い。だが、山岡だけが穏やかに笑っていた。

自宅に戻るのは、三週間ぶりだった。

家の鍵を開けると、猫のロマンがひと声高くニャーと鳴いて、擦り寄って離れない。

「あれ、変なの。これまで近寄っても来なかったのに」

観葉植物は枯れずに、葉を茂らせている。猫の餌も散らかることなく、家の中はすっきりと片付いていた。

姑《しゅうとめ》の美智子が奮闘してくれたのは間違いないが、浩光も妻の不在に慣れたのかもしれない。

「お母さん、今日、肉食わね？　焼肉行こうよ」

優太が嬉しそうに声をかけた。

「お魚ばっかだったもんね。だったら、健太も誘おうか」

「仕方ねえな」と、渋い顔をしながらも嬉しそうだ。ふと、顔を上げて言う。「今頃、山岡さん、どうしてるかな」

「どうしてるかしらね」

天眼鏡で朝刊を隈《くま》無く読んでいるに違いない。

「俺、あの人、好きだな」

優太がそう言って、自室に駆け込んで行った。

「ネットゲームしないでよ」

「わかってる」

果たして言うことを聞くかどうか。だが、次男の別の面を見た喜びが大きくて、あまり不安には思わなかった。

知佐子に報告のメールを打とうとスマホを出した途端に、浩光から電話がかかってきた。

「急に帰るっていうから、驚いたよ」

最初は不機嫌に喋る癖もわかっている。

「いいじゃないの、そのくらい。帰って来たんだから」

「だよな」と、浩光が急に嬉しそうに笑う。「優太、大丈夫か?」

「ええ。高校に戻るって」

「よかったな」

「どのくらい続くかわからないけど、一応、ゲームしないでって頼んだし」

「いいことずくめじゃないよ。世の中、そんな甘くないぞ」

わかってるって。朋美は口には出さずに苦笑した。

「今日は焼肉行くことにしたけど、あなたも行く?」

「誘われたの初めてだな」と、不機嫌そうな声。

「ウソばっかり。あたしの誕生日に誘ったじゃないの」

浩光は沈黙している。発端を思い出したのだろう。

これが沃野? いいえ、まだ違う。朋美は足元に再び擦り寄ってきたロマンの優美な背を眺めながら、微笑んだ。

解説

速水健朗

桐野夏生の小説には、さまざまに欠落した多種多彩なダメ男が登場する。『メタボラ』に出てくるボランティア宿泊施設を運営しているあいつとか、『ハピネス』のマスコミ勤務の「江東区の土屋アンナ」と不倫するメルセデスのゲレンデに乗るあの男とか、『バラカ』の中年になってビジュアル系の格好をした奴とか。さながらダメ男図鑑のようである。

本小説の主人公・朋美は、46歳の専業主婦。夫の浩光と2人の息子の4人家族だ。まず息子たちがダメである。彼女の尻に敷かれっぱなしで彼女が変わると着る服まで変わる主体性と思慮に欠けたチャラい「リア充」の長男。次男はネットゲーム中毒で、学校以外は自室に引きこもっている。そして何をさておいてもダメなのは、夫である。夫の浩光が家庭を顧みない亭主であるところはさておく。ゴルフバッグにしまっているポーチの中にコンドームを束で隠し持っている勘違い男で、ついでに言えば、グルメサイトに気の利いた文章を上げてちょっと評判なのを鼻にかけている。

物語は、朋美の46歳のバースデーから始まる。よそ行きの格好をしてメイクもばっちり決めた彼女を「ツーマッチにミスマッチ」「化粧が濃過ぎる」となじる夫。長男からも「センス悪いよ」とけちょんけちょんの言われよう。さらにこの男たちは、彼女が選んだイタリアンレストランに「カラスミパウダーじゃないか」と文句を付けて「味音痴」呼ばわりする。プレゼントもない。しまいには、クルマの運転を押しつけられる朋美。堪忍袋の緒が切れた朋美は、「あたし、先に出るわ」とこの家から出て行くのだ。

孤食、ゲーム中毒など家族にとっての危機が日常的に語られる時代において、家族崩壊の問題に真正面から向き合った本作で、その象徴として登場するのが「マイカー」である。本作で物語や人間関係が展開していく場面は、クルマの中、ドライブシーンとして描かれる。

家族が会話をするのも、このクルマの中である。「ビーエムとか、どう」「ベンツもいいな」「プリウスとかも悪くないね」。長男は自動車学校に通っており、近いうちにこのクルマを運転するようになりそうな気配。このマイカーをいかに新しくするかという、一見未来を向いたたわいのない会話が家族団欒の最後となる。彼らは、大事な何かを見逃している。

朋美と浩光の夫婦の関係性もクルマを通して描かれている。浩光は、いつも会社に行く際に、マンションから駅まで朋美に送らせている。「ママタク」である。だが週末は、浩光がクルマを独占する。趣味のゴルフに行くのだ。夫の都合に合わせるだけの人生なのだ。

森村家の「マイカー」は、日産のファミリー向けセダン2003年製ティアナ。2003年に発売された新車種である。「クルマにモダンリビングの考え方。」のキャッチコピーで、カルロス・ゴーン就任後の日産から発売された世界戦略車である。森村家がこのクルマを買った当初は、バリバリの新車の高級セダンだったはずだ。10年経って高級車の威光は消えてしまった。くたびれてきている。もちろん、それは家族の関係性の摩耗とも重なる。

とはいえ、朋美が家を出ることを決意するにあたり、このティアナは重要な役割を果たす。勢いで自分の誕生日のディナーの途中で席を立った朋美だが、とりあえずセブン-イレブンの駐車場にクルマを停めてゆっくり「これからどこに行くか」について思いを巡らす。彼女の移動の自由を与えたのは、夫の所有するETCカードとこのティアナなのだ。

このクルマがなければ何にも始まらなかっただろう。とにかく「高速で遠くまで行ってみようか」と朋美は「猛々しい」ところを発揮する。気ままな夜のドライブのつもりが、いつしか1人での旅に変わり、そして家族との決別を意識した長崎までの長距離旅行へと変化していったのだ。

一方、カーステでかかる音楽にも触れておこう。出発直後のBGM『ボレロ』は映画『愛と哀しみのボレロ』で使われていた音楽だった。一方、彼女が旅の途中でCDを購入するのがローリング・ストーンズのアルバム『刺青の男』である。どちらも1981年に公開・発表されている。朋美は、10代半ばだった時代に無意識に戻ろうとしている。友人知佐子との会話では、中学時代の初恋の相手宮内繁の話で盛り上がっている。

朋美が森村家を出た後、新しい「マイカー」、メルセデス・ベンツC250が導入される。こちらは、朋美も欲しいと思っていた夢のベンツ、Cクラス・ステーションワゴンだが、夫の浩光が熱を上げるゴルフ仲間の小野寺百合花のゴルフの送迎のため、鼻の下を伸ばしながら中古車販売店で速攻購入したものだ。これもまた象徴的に描かれている。このクルマで浩光と長男が2人でドライブをして、お互いを再発見し合う場面もある。

小説の屋台骨は、あくまで朋美の長崎までの気ままなドライブである。その道中がどのようなものだったかは、本編の楽しみどころなのでここでは触れないとして、彼女が辿る足取りはトレースしておくべきだろう。

東京近郊から東名高速に乗り、途中、御殿場のアウトレットモールでショッピングを済ませ富士川サービスエリアを経て浜名湖サービスエリアへとクルマを走らせる。その先は、名神高速道路に入り、宿泊施設が設置されている多賀サービスエリアで一泊。さらには山陽自動車道の白鳥パーキングエリアで新たな登場人物が加わる。広島の宮島サービスエリアでとある事件に出くわすが、新たな出会いもあり、九州へと入り最終到達地点は長崎である。

観光地巡りというわけではない。あくまで朋美にとっては、家族から離れて自分の人生を取り戻すための旅。つまりは、自分探しの旅である。とはいえ、この旅程は朋美の自覚とは関係なく鎮魂の意味を持っている。

彼女が巡る土地は、高速道路で神戸を経由し、広島を通過して、長崎にたどり着く。阪神淡路大震災の被災地、さらには広島、長崎は原爆が投下された場所だ。さらには、ドライブルートにはないが、別の登場人物を通して東北の被災地へも接続される。

こうした日本近現代史における「大量死」をなぞる朋美のドライブルートは、物語後半に登場する老人山岡が披露する〝思想〟によって「家族」と結びつけられる。

こう書いてしまうと重いテーマを背負った小説のようだが、そうではない。この物語が軽快にドライブしていくのは、「猛々しい」朋美のあっけらかんとしたキャラクターに負うところが大きい。ただでさえ家族がばらばらになっていく話ではあるのだが、個々のキャラクターの気ままさが、物語に奇妙な明るさを与えている。家族周辺の人物もまるで信用できない連中だが、陰惨さはない。常に移動している小説であることも、ドライブ感を物語に与えているのだろう。

ロードムーヴィならぬロード小説。この家族の「マイカー」であるティアナがどういう運命を辿るのか。物語の脇を固める小物とはいえ、ここが重要ポイントである。家族の行方と重ねて気にかけて読んで欲しい。

（ライター）

初出　毎日新聞朝刊連載　二〇一二年一月一日～二〇一二年九月十五日
単行本　二〇一三年十月　毎日新聞社刊
DTP制作　（株）言語社

文春文庫

定価はカバーに
表示してあります

だから荒《こう》野《や》

2016年11月10日　第1刷
2022年10月15日　第4刷

著　者　桐《きり》野《の》夏《なつ》生《お》
発行者　大沼貴之
発行所　株式会社　文藝春秋

東京都千代田区紀尾井町 3-23　〒102-8008
TEL　03・3265・1211(代)
文藝春秋ホームページ　http://www.bunshun.co.jp

落丁、乱丁本は、お手数ですが小社製作部宛お送り下さい。送料小社負担でお取替致します。

印刷・凸版印刷　製本・加藤製本

Printed in Japan
ISBN978-4-16-790724-2

（　）内は解説者。品切の節はご容赦下さい。

桐野夏生
錆《さ》びる心
劇作家にファンレターを送り続ける生物教師。十年間堪え忍んだ夫との生活を捨て家政婦になった主婦。出口を塞がれた感情はいつしか狂気と幻へ。魂の孤独を抉《えぐ》る小説集。（中条省平）
き-19-3

桐野夏生
柔らかな頬（上下）
旅先で五歳の娘が突然失踪。家族を裏切っていたカスミは、必死に娘を探し続ける。四年後、死期の迫った元刑事が、事件の再調査を……。話題騒然の直木賞受賞作にして代表作。（福田和也）
き-19-6

桐野夏生
グロテスク（上下）
あたしは仕事ができるだけじゃない。光り輝く夜のあたしを見てくれ——。名門女子高から一流企業に就職し、娼婦になった女の魂の彷徨。泉鏡花文学賞受賞の傑作長篇。（斎藤美奈子）
き-19-9

桐野夏生
水の眠り 灰の夢
オリンピック前夜の熱を孕んだ昭和三十八年東京。連続爆弾魔を追う記者・村野に女子高生殺しの嫌疑が。村野が辿り着いたおぞましい真実とは。孤独なトップ屋の魂の遍歴。（武田砂鉄）
き-19-18

桐野夏生
だから荒野
四十六歳の誕生日、身勝手な夫と息子たちを残し、家出した主婦・朋美。夫の愛車で気の向くまま高速をひた走る——。家族という荒野を生きる孤独と希望を描いた話題作。（速水健朗）
き-19-19

桐野夏生
奴隷小説
武装集団によって島に拉致された女子高生たち。夢の奴隷となったアイドル志望の少女。死と紙一重の収容所の少年……何かに囚われた状況を容赦なく描いた七つの物語。（白井　聡）
き-19-20

桐野夏生
夜の谷を行く
連合赤軍事件の山岳ベースで行われた仲間内でのリンチから脱走した西田啓子。服役後、人目を忍んで暮らしていたが、ある日突然、忘れていた過去が立ちはだかる。（大谷恭子）
き-19-21

（　）内は解説者。品切の節はご容赦下さい。

幽霊列車
赤川次郎クラシックス
赤川次郎
山間の温泉町へ向う列車から八人の乗客が蒸発。中年警部・宇野は推理マニアの女子大生・永井夕子と謎を追う――。オール讀物推理小説新人賞受賞作を含む記念碑的作品集。（山前　譲）
あ-1-39

ローマへ行こう
阿刀田　高
忘れえぬ記憶の中で、男は、そして女も、生きたい時がある。あれは夢だったのだろうか。夢と現実を行き交うような日常の不可解を描く、大切な人々に思いを馳せる珠玉の十話。（内藤麻里子）
あ-2-27

青い壺
有吉佐和子
無名の陶芸家が生んだ青磁の壺が売られ贈られ盗まれ、十余年後に作者と再会した時――。壺が映し出した人間の有為転変を鮮やかに描き出した有吉文学の名作、復刊！（平松洋子）
あ-3-5

麻雀放浪記1　青春篇
阿佐田哲也
戦後まもなく、上野のドヤ街を舞台に、坊や哲、ドサ健、上州虎、出目徳ら博打打ちが、人生を博打に賭けてイカサマの限りを尽くして闘う「阿佐田哲也麻雀小説」の最高傑作。（先崎　学）
あ-7-3

麻雀放浪記2　風雲篇
阿佐田哲也
イカサマ麻雀がばれた私こと坊や哲は関西へ逃げた。だが、そこには東京より過激な「ブウ麻雀」のプロ達が待っており、京都の坊主達と博打寺での死闘が繰り広げられた。（立川談志）
あ-7-4

麻雀放浪記3　激闘篇
阿佐田哲也
右腕を痛めイカサマが出来なくなった私こと坊や哲は新聞社に勤めたが……。戦後の混乱期を乗り越えたイカサマ博打打ちたちの運命は。痛快ピカレスクロマン第三弾！（小沢昭一）
あ-7-5

麻雀放浪記4　番外篇
阿佐田哲也
黒手袋をはずすと親指以外すべてがツメられている博打打ち、李億春との出会いと、ドサ健との再会を機に堅気の生活から足を洗った私……。麻雀小説の傑作、感動の最終巻！（柳　美里）
あ-7-6